DES GUIMAUVES
SUR LE CHOCOLAT CHAUD

Les Éditions du Loir bénéficient du soutien de la Région Centre-Val de Loire, de l'État (DRAC Centre-Val de Loire) et de Ciclic dans le cadre de l'aide aux entreprises d'édition imprimée ou numérique.

ISBN : 979-10-94543-59-7

Dépôt légal Juin 2021

Les Éditions du Loir
14 place de la Liberté
28200 CHÂTEAUDUN

Illustration de couverture :
© AdobeStock/© paseven

SABINE BOLZAN

DES GUIMAUVES SUR LE chocolat chaud

Roman

LES ÉDITIONS DU LOIR

À ma famille,
À ceux qui furent
À ceux qui sont
À ceux qui seront
À toi maman, toi que j'aime tant
Vous êtes mon moteur

Ne prenez pas la vie trop au sérieux,
de toute façon vous n'en sortirez pas vivant

Bernard Fontenelle

PROLOGUE

Ma chérie,

Voilà, c'est fait. Je suis parti. Vous êtes restés.

On s'est dit « au revoir », mais pas adieu. Jamais cela ne sera un adieu. Comment vous quitter alors que je vous aime tant ?

Je ne sais pas comment, car on ne m'a pas encore donné les astuces au moment où je t'écris ces quelques mots, mais je demeurerai là auprès de toi, auprès de vous. Reste sensible au moindre bruissement d'air, au vol d'un papillon, au chant d'un oiseau, surtout si tu le trouves particulièrement bruyant, à la beauté d'un coucher de soleil, au parfum d'un gâteau qui gonfle dans le four : il se pourrait que ce soit ma nouvelle façon de converser.

Tu vois, mon Amarelle, la mort n'est pas ce qui me fait le plus peur.

Et tu sais pourquoi la mort ne m'effraie pas ? Elle ne m'effraie pas, car j'ai eu la vie que je voulais, même si, à toi je peux l'avouer, j'en aurais bien repris une grosse portion de rab. J'ai toujours été gourmand, mon embonpoint pouvait en attester. Bon, là, depuis quelques mois, j'ai perdu beaucoup de kilos et l'appétit qui va avec, sans pour autant perdre l'appétit de vous tous. J'ai encore et toujours faim de moments en famille, d'instants de partage en cuisine dans notre pâtisserie avec toi mon petit fruit rouge, de vos sourires gourmands aux dents pleines de chocolat…

Mais voilà, ma Griotte, ton papa a tiré sa révérence.

Tu n'es pas sans ignorer combien je suis fataliste. On ne peut pas lutter contre son destin. C'est ainsi : il était écrit que je devais partir avant de m'être rassasié totalement de la femme de ma vie, de mes enfants, de mes petits-enfants et de mes arrière-petits-enfants.

J'ai été gâté, oh oui, cela en est même indécent. J'en rougirais presque de honte et… de bonheur aussi.

Je ne suis plus là, ma chérie, mais sois certaine que tu m'as rendu heureux et que j'ai été le papa le plus fier au monde. Tu es une championne, ma *Sweetheart*. Tout ce que tu touches, tu le transformes en or. Même ce tête en l'air de Vladimir : tu as su faire de lui un super homme d'affaires. Il gère parfaitement ton image et la communication du salon de thé. Je n'aurais pas parié un kopeck (enfin plutôt un rouble en ce qui le concerne) sur lui, même avec tout l'amour que je lui portais. Et tu sais combien je l'aimais, ce chenapan !

Au passage, permets-moi de te donner un petit conseil : laisse tes sentiments s'exprimer, mon petit Burlat, et pense aussi à en faire un compagnon de ton Pavlova, enfin, je dis ça, je dis rien. (Tu l'as vu mon clin d'œil ? Regarde dans le ciel, je suis certain que tu y verras un signe ☺).

Ce qui me fait le plus peur, c'est de ne plus être aux côtés de ta maman, de tes frères et de toi, mon trésor fruité. De ne plus pouvoir vous prendre dans mes bras, vous accompagner, vous consoler et vous conseiller.

Ce qui me coupe le souffle, c'est de ne pas voir grandir mon arrière-petite-fille et de ne pas connaître les futurs enfants de mes petits-fils. J'aurais aimé les aider dans leurs devoirs de maths, chercher les cèpes avec eux et faire griller les châtaignes tout en inventant des histoires d'horreur. Comme je l'ai fait avec tes merveilleux garçons et ceux de tes frères.

Garde ton humour, c'est notre marque de fabrique. Ne le perds pas. Ne laisse pas le chagrin te submerger, cela ne nous ressemblerait pas. Nous sommes des guerriers, mais aussi des aventuriers et donc, nous allons toujours de l'avant. Alors, ne regarde pas dans le rétroviseur et fonce vers l'avenir. On m'a soufflé que de jolies choses t'y attendent.

Promets-moi de ne pas t'oublier. Surtout, ne prends pas en charge le chagrin de ta maman et de tes frères. Je m'en charge. Comment ? C'est mon secret. Il faut bien avoir des privilèges quand on est passé de l'autre côté. Accompagne tes enfants et accompagne-toi.

Dis « promis » !

Ne croise pas les doigts, je te vois d'où je suis. À présent, tu ne peux plus rien me cacher. Ah, parce que tu crois que je ne le savais pas que tes promesses étaient souvent accompagnées d'un « croisage » des doigts ? Je te connais, ma Griottine, tu n'aimes pas faire de mal aux gens qui te sont chers. Tu dis toujours « oui », mais tu te réserves la possibilité de revenir sur ta promesse, au cas où...

D'ailleurs, en passant, oublie ce « au cas où ». Je t'assure, et c'est l'expérience de ton vieux père qui parle, cela ne sert à rien. Fonce, vis tes envies et va au bout de tes idées et de tes rêves. Quant à moi, mes rêves, je les ai tous accomplis grâce à toi, à tes frères, à vos enfants et à ta maman. Merci.

Continue d'écrire et d'apporter de la joie à tes lecteurs. Tu le fais si bien. Pourras-tu me dédicacer ton prochain livre et m'en lire des passages à voix haute, une tasse de notre thé préféré à la main ? Sois assurée que je t'entendrai.

Mon enfant, ma fille chérie, mon trésor, mon espoir, ma fierté, ma Cerise sur le gâteau de mon existence, je m'en vais, mais je ne pars pas. Ma main sera toujours posée sur la tienne et te guidera.

Je t'aime ici et ailleurs, maintenant et demain, à jamais, pour toujours.

Papa

Bommes, le 20/02/2020

PS : incroyable, tous ces « 2 » dans la date ! J'y vois un signe, toi aussi ?

UN AN ET DEMI PLUS TARD

CHAPITRE 1

DANS LA FAMILLE « FRUITS », JE DEMANDE CERISE !

PIOCHE.

Depuis plusieurs générations, on a une tradition dans ma famille : toutes les filles ont un prénom de fruits. C'est sympa quand tu as trois ans, mais plus tu grandis, plus c'est difficile à porter et à supporter. Le nombre de fois où on m'a demandé si mes fesses étaient aussi bonnes à croquer que le fruit dont je porte le nom. Plus tard, je répondais « Oui, mais en plus juteuses ! ». Je vous assure que ça fichait la honte aux gens et moi, j'étais plutôt fière de ma répartie.

Bref, c'est ainsi, une tradition reste… une tradition.

Au fil des naissances, se renouveler est devenu assez compliqué, car des noms de fruits qui peuvent être des prénoms féminins, il n'y en a pas des dizaines. Jusqu'à présent, on a réussi à éviter « poire ou banane », mais on va bientôt devoir recycler et emprunter aux anciennes mamies leurs patronymes si on ne veut pas avoir de procès de la part de nos enfants. À moins que nos agriculteurs nous inventent un nouveau fruit avec un joli nom. Ami agriculteur, si tu me lis, pense à ma famille, tu feras une bonne action !

En attendant, je ne sais pas si c'est le prénom qui définit qui on devient, mais je dois avouer qu'en prenant de l'âge, le caractère de chaque femme de la famille colle parfaitement à son patronyme.

Je vous donne des exemples.

Bon, je ne vais pas remonter au temps des dinosaures, mais juste au siècle dernier en commençant par mon arrière-grand-mère qui portait le doux nom de Mûre. Ce qui lui allait assez bien, car d'aussi loin que je m'en souvienne, elle était petite, dodue et avait de la couperose tirant vers le violet. Sa moustache, qui aurait rendu fou de jalousie Salvador Dali, était aussi piquante que les buissons qui abritent ce fruit rouge. Je me souviens que je détestais ses baisers, car ils mettaient mes joues en feu. De toutes les femmes de la famille, elle était la plus rigide et la moins joyeuse. Il n'y avait jamais de gaieté tant et si bien que son mari est allé la chercher dans les bras des filles de joie. Il y a certainement trouvé la légèreté de l'existence, mais aussi la syphilis qui l'a tué. Elle s'est retrouvée seule à élever quatre garçons et une fille. Elle a bossé nuit et jour pour pouvoir leur offrir une vie décente et ses cheveux, comme sa moustache, sont devenus blancs. Un petit air de Père Noël… euh… de Mère Noël !

Puis, il y a ma grand-mère qui s'appelle Pomme. Prénom qui lui va comme un gant, car plus elle vieillit, plus elle s'arrondit. Elle n'est plus verte depuis longtemps et pas encore pourrie. Elle dit que les vers seront dans le fruit quand elle sera six pieds sous terre. Quand une mouche se pose sur elle, elle la chasse de la main tout en clamant « Eh, va voir ailleurs, je ne suis pas encore morte ».

Elle a quatre-vingt-dix ans, plus toutes ses dents et une hanche en plastique. Parfois, elle brandit sa canne quand on veut l'aider à marcher ou à porter son panier en osier. Elle conduit encore, le pied sur l'embrayage, avec cet avantage qu'on l'entend arriver de loin et qu'on peut sauter dans le fossé pour éviter qu'elle ne nous percute. Parce qu'elle n'y voit plus super bien.

Elle jardine, tond, peint et monte à l'échelle pour faire ses vitres. C'est alors qu'elle se déplace comme une jeunette, à croire qu'elle feint la claudication.

« Quand on aime, on ne souffre pas », affirme-t-elle.

Elle refuse toute aide-ménagère, arguant qu'elle l'acceptera quand elle sera vieille. Elle porte des jupes et des jarretelles. Elle a un chéri – un jeunot, rit-elle – qui a soixante-quinze ans. Ils sont heureux et je ne manquerais pour rien au monde le thé dansant du vendredi. Les voir tous deux valser me montre combien la jeunesse peut être éternelle.

« Quand on est vieux, on fait ce qu'on veut », clame-t-elle quand on lui dit qu'elle doit se ménager.

Elle se maquille tous les jours, met de grandes créoles, va chez le coiffeur chaque jeudi et en profite pour faire une manucure. Elle a les cheveux longs et blancs qu'elle coiffe en un chignon bas, légèrement négligé. Ses mains sont fines et soignées avec des petites taches de vieillesse. Quand je lui fais remarquer que les veines sur les paumes sont gonflées, elle me répond :

« Ce n'est pas grave ça, chérie, et tu sais pourquoi ? Parce qu'elles sont les marques de toute ma vie et qu'elles mènent à mon cœur. Ce sont les veines de l'amour, car je suis une… veinarde ! »

Elle a toujours pris soin de sa peau et a très peu de rides sur son visage.

« Le secret, c'est un bon nettoyage au savon de Marseille, rincé à l'eau fraîche et une crème nourrissante. La "Nivea", c'est le nirvana. Deux fois par jour, trois fois pour le dentier. Le lavage hein, ma petite, pas la crème ! ».

Elle met son parfum dans une petite bouteille avec une pompe de couleur rose poudré qu'elle actionne avec élégance. Elle sent si bon.

L'hiver, elle porte toujours des gants en cuir marron, une lourde écharpe et un béret. L'été, elle entoure son cou d'une étole et se coiffe d'un chapeau de paille.

Elle boit son infusion de verveine-citronnelle du jardin à dix-sept heures, fraîche en période estivale, séchée le reste de l'année, avec une petite coulée de cognac et deux sablés au citron faits maison. Elle n'a jamais rien mangé d'industriel et tient un cahier de recettes avec des illustrations qu'elle réalise. Récemment, elle m'a demandé de l'initier à l'ordinateur afin de pouvoir écrire ses mémoires et parler avec notre famille par Skype.

Un dimanche par mois, elle invite toutes ses amies (des jeunes et des moins jeunes) à déjeuner et dresse une magnifique table avec porcelaine, argenterie, verres en cristal et nappe brodée à ses initiales. Elle engage un traiteur pour le repas depuis une petite dizaine d'années, mais prépare encore les desserts. Son cake à la poire et au chocolat est merveilleux.

Parfois, elle est toute rouge quand elle a bu quelques verres de rosé, son vin préféré avec le Champagne, le Sauternes et le Sancerre. Elle aime bien la bière aussi, surtout dans les crêpes. Quant au rhum, elle en verse dans la pâte du gâteau au yaourt ou dans un verre pour réaliser des mojitos qu'elle partage avec ses arrière-petites enfants lors de leur fiesta annuelle.

Elle devient jaune après avoir abusé de la mayonnaise qu'elle adore avec des crevettes, ou du cigare qu'elle fume à chaque anniversaire. Et comme on est très nombreux dans la famille, des anniversaires, il y en a plusieurs par mois.

Elle est passionnante, passionnée, attentive, douce et aimante. Elle est belle et je croise les doigts pour qu'elle vive à l'infini. Je l'aime tant.

Elle n'a pu avoir qu'une enfant. Son mari, jeune charpentier âgé de vingt-cinq ans, est mort en tombant d'un toit alors qu'il changeait des tuiles. Mamy Pomme a été veuve à seulement vingt-deux ans et n'a jamais voulu s'engager avec un autre homme ni avoir d'autres enfants :

« Un amour comme j'ai vécu, il n'y en a qu'un dans une vie. Et c'est avec cet amour-là qu'on doit avoir des enfants afin qu'ils soient beaux et généreux toute leur existence. J'ai eu de la chance de l'avoir rencontré. Certains passent une vie entière à le chercher. Cet amour m'a remplie et me suffit ».

Comme elle fait partie des veinardes – rapport à ses veines mentionnées plus tôt – elle connaît une deuxième fois ce parfait amour. Depuis quelque temps, elle a emménagé dans un des appartements de ma grande maison avec Jean. C'est une joie intense de l'avoir tous les jours à mes côtés.

Ma mère s'appelle Prune. Elle est grande, élancée, sportive. Tout ce que je ne suis pas. À soixante-treize ans, et à elle toute seule, elle pourrait fournir en énergie une ville de plus de cinquante mille habitants tant elle en a à revendre. Elle n'a pas franchi le seuil de ma maison qu'elle m'épuise déjà. Elle a des tonnes d'idées à la minute et le pire, c'est qu'elle les réalise toutes.

Ce n'est pas compliqué, ma mère a déjà franchi la ligne d'arrivée que j'en suis encore à lacer mes baskets. Du coup, j'ai renoncé à la suivre et je la laisse faire. Elle est telle une abeille bosseuse qui butine de fleur en fleur jusqu'à ce qu'elle trouve sa préférée et se repose dans ses pétales. Maman a perdu sa fleur et les pétales quand papa est mort.

Depuis un an et demi, maman vole et virevolte, brasse du vent, à la recherche de cette part d'elle-même, de cette moitié que la mort lui a fauchée. Elle cherche cette main pour y emboîter la sienne et cette poitrine pour y reposer sa tête. Je l'entends parfois pleurer et le supplier de revenir. Elle parle aux arbres, aux fleurs et leur avoue qu'elle est prête à renoncer à tout pour une nouvelle vie avec lui. Sa douleur est à la hauteur de son amour. Immense, infinie, éternelle.

Mes frères, nos enfants et moi-même pouvons lui donner toute l'affection du monde, elle est seule à présent. Mes parents sont nés l'un pour l'autre. Leur destin était de se rencontrer et de vivre ensemble, et non de vivre sans l'être aimé. Depuis le départ de papa, Maman ne se sépare jamais de son chien Pollux. Avant, elle ne l'appréciait pas particulièrement parce que depuis qu'il l'avait adopté, il avait droit lui aussi aux balades matinales en forêt. Ces balades qu'elle adorait faire seule avec papa. Ce chien qui est si triste depuis dix-huit mois.

Regarder mes parents s'aimer a été le plus beau cadeau qui m'a été offert par la vie. Quand ils s'enlaçaient, s'embrassaient, cuisinaient ou dansaient ensemble, ils donnaient l'impression d'être encore et toujours de jeunes amants. Chaque samedi, à 19 h, papa offrait une rose rouge à maman. Pour célébrer le jour et l'heure où leurs regards se sont croisés la première fois. Ils étaient venus à une soirée organisée par un ami commun. Tous deux étaient accompagnés. Cependant, au bout de quelques heures, ils s'étaient éclipsés, laissant derrière eux amis et petit(e) et ami(e). Il paraît qu'il faisait un froid de canard et que ce froid a facilité un rapprochement… corporel. Et neuf mois plus tard, mes frères, Guillaume et Bruno, pointaient le bout de leur nez. Puis, deux ans plus tard, une autre paire de jumeaux a agrandi la famille : Nicolas et Vincent. Tous sont aujourd'hui éparpillés aux quatre coins du globe (un coin pour chacun) et nous ne les voyons qu'une fois par an, à Noël.

C'est pourquoi, quand maman est tombée enceinte pour la troisième fois, enfin d'une fille et sans jumelle, j'étais la cerise sur le gâteau. D'où le choix de mon prénom. Ce qui avait comme avantage également de sauver l'honneur, car la tradition intergénérationnelle était sauve. Ouf, mes parents l'ont échappé belle. Mamy Mûre et sa moustache étaient à deux doigts de les renier.

Mes frères et moi avons été élevés dans les pantalons de nos parents. Je ne dis pas « jupons » pour maman, car elle ne porte jamais de jupes. Je la soupçonne de faire de la résistance à la féminité de sa mère.

Du jour où ils se sont rencontrés, mon père et ma mère n'ont plus jamais voulu se quitter. Ils ont tenu ensemble un salon de thé, sobrement nommé « *The Cherry on the cake* and other little biscuits ». Humour décalé, quelque peu frivole et grivois de mes parents. Je ne vais pas vous faire une explication de texte sur ce que le mot « biscuit » peut signifier en argot. À chaque fois que mon père servait un thé, il précisait à ses clients : « n'oubliez pas de tremper votre biscuit ».

Tout à leur image. Avec ce leitmotiv qui ne les a jamais quittés « ne pas prendre la vie trop au sérieux et rire chaque jour, même de soi ».

Enfants, le nom du salon de thé nous faisait marrer mes frères et moi parce qu'on ne saisissait pas la nuance syntaxique, mais une fois ados, ça nous faisait beaucoup moins rire surtout quand les garçons ont compris que les « little biscuits » faisaient référence à cette chose quelque peu encombrante qu'ils ont entre les jambes. Moi, je n'ai pas arrêté de les chambrer ce qui m'a valu quelques paires de gifles de leur part, quelques séquestrations aussi et certaines humiliations dont je ne me suis toujours pas encore vengée aujourd'hui.

Mes parents étaient complémentaires. Au niveau de leur physique d'abord. Maman, pourtant très grande, pouvait se lover dans les bras de papa qui posait alors son menton sur le sommet de son crâne. La main de mon père était suffisamment large pour pouvoir enfermer celle de ma mère. Leurs regards et leurs sourires s'harmonisaient et reflétaient sur chacun d'eux la beauté de l'autre.

Puis, au niveau de leur savoir-faire. Maman confectionnait de merveilleux gâteaux et tartes tandis que papa inventait toutes sortes de thés et de tisanes issus de plantes de leur potager. Maman décorait, papa jardinait. Maman peignait, papa la photographiait. Ils exposaient côte à côte leurs réalisations dans leur salon de thé.

Ce lieu était un hymne aux relations humaines. Il y faisait bon, il y faisait beau. Il y faisait « douillet ». Nous avons grandi dans les effluves de la pâtisserie et du chocolat chaud épicé, spécialité de notre père (encore une !). Avec quelques petites guimauves déposées de-ci de-là.

Je leur suis reconnaissante de toute cette enfance douce aux saveurs sucrées qui guérit chacune de mes blessures d'adulte. Juste un bémol tout de même, car c'est à cause d'eux que je ne peux me passer de gâteaux le matin, le midi, au goûter et le soir, que ma taille a tendance à s'épaissir avec l'âge et que je trouve mon réconfort dans les « petits biscuits ». Au sens propre comme au sens argotique.

Vous l'aurez compris, entre les hommes et moi, ce n'est pas une grande histoire d'amour. Je n'ai pas eu besoin de faire des années d'analyse et de claquer des centaines d'euros pour comprendre qu'en fait, aucun d'entre eux n'arriverait jamais à la cheville de mon père. Et ce n'est pas maintenant qu'il est mort, que j'en ai fait une icône, que ma vision sur la gent masculine va changer. C'est même pire qu'avant. Dès que je sens l'odeur de la testostérone, je fuis.

Le seul homme, en dehors de ceux de ma famille, pour lequel j'éprouve du respect c'est Vladimir Pavlov dit Pavlova. Tous deux issus de familles cultivées et aisées, nous avons fait connaissance coincés entre le portail de l'école et les cuisses de la maîtresse (ces mêmes cuisses qui ont tourné la tête du père de Vlad des années plus tard) en classe de maternelle, attendant nos parents toujours en retard. Lorsque notre institutrice s'est mise en colère face à cette situation qui perdurait (et l'empêchait probablement de prendre son goûter avec ses collègues), nos géniteurs se sont mis d'accord pour faire une garde commune. Ils ont embauché une nounou qui venait nous récupérer tous les jours et nous ramenait chez Vladimir, une grosse maison bourgeoise à côté de l'école.

Notre duo s'est ainsi formé. En partageant nos pyjamas, nos chagrins, nos dodos et nos bobos. Il est devenu mon meilleur ami, mon confident, ma conscience, le seul garçon avec qui j'ai échangé mes couches après avoir vérifié qu'il n'avait pas la même anatomie que moi et que lui aussi avait un « petit biscuit ».

Notre enfance a été douce. Nous avons grandi au sein d'un village où l'unique animation était le film du samedi soir diffusé dans l'unique salle du Rex. Lorsque nous étions gamins, nos parents nous y amenaient et restaient avec nous. Puis, ils ont fini par nous y laisser seuls, faisant à tour de rôle les allers-retours. Enfin, après nos quinze ans, ils ont accepté que nous y allions à pied. Combien de fous rires avons-nous eus en dansant dans la ruelle en attendant que la séance commence ? En sonnant à la porte de la mère Bordin, pour le plaisir de les voir sortir, elle, son peignoir en viscose et ses bigoudis ?

Après l'obtention du bac, nous nous sommes inscrits, Vladimir et moi, en fac de lettres à Bordeaux, et c'est tout naturellement que nous avons emménagé ensemble cours Vital Carles, proche de la librairie Mollat (où nous étions fourrés dès que notre emploi du temps le permettait) dans un appartement qui appartenait à sa mère. À vingt ans, je tombais enceinte d'un gars rencontré lors d'une de ces soirées étudiantes Place de la Victoire, sans intérêt aucun, si ce n'est celui de m'avoir donné du plaisir quand j'en ai eu besoin. Jamais l'idée d'avorter ne m'a effleurée : ma philosophie étant de prendre la vie telle qu'elle venait à moi avec ses épreuves, ses joies et ses malheurs, persuadée que quelque chose de bon en sortirait toujours. Ce qui est sorti ce 17 juin 1991 a bouleversé mon existence. J'ai mis au monde un ange. Raphaël était le bébé le plus beau de la Terre et de l'univers (en toute objectivité, il va sans dire) et le plus gentil (sauf quand il braillait, que son caca débordait de ses couches et qu'il me vomissait dessus, ce qui arrivait plusieurs fois par jour).

À vingt-quatre ans, DESS en poche, nous avons créé notre maison d'édition, Le Temps de Lire. Les débuts ont été compliqués. Nous avons dû prendre des petits boulots à côté pour faire bouillir la marmite et nourrir deux bouches supplémentaires. Eh oui, suite à une rencontre une fois encore éphémère dans un bar, j'ai récolté une sacrée graine, car, neuf mois plus tard, j'ai accouché de jumeaux. Encore des garçons ! Pour le plus grand malheur des femmes de ma famille (enfin jusqu'à ce qu'elles prennent dans leurs bras les bébés potelés et en deviennent « gaga ») et mon plus grand bonheur (en rapport à la pénurie de prénoms « fruitiers » pour filles citée plus haut), il manqua à chacun de mes enfants le petit abricot entre les jambes qui les aurait fait appartenir à la gent féminine et m'aurait permis d'honorer la tradition. Cependant, en leur choisissant des prénoms d'archanges, j'ai ainsi mis en place une nouvelle tradition masculine.

C'est alors qu'un irrépressible besoin d'écrire s'est emparé de moi. J'ai noirci et noirci des pages de cahiers. Jusqu'au jour où Vladimir est tombé dessus et, après les avoir lus, a menacé de disparaître de ma vie si je ne les éditais pas. Devant un tel chantage, qui ne me laissait pas le choix il faut l'avouer, j'ai cédé et j'ai tout retranscrit sur mon ordinateur.

Mon premier livre, écrit il y a vingt ans, a été un best-seller. J'ai arrêté de compter le nombre d'exemplaires vendus quand le million a été atteint. Je suis encore et toujours étonnée par ce succès fulgurant, et surtout par la fidélité de mes lecteurs dont le nombre n'a cessé de croître.

Pavlova et moi avons arrêté les petits boulots. Lui s'est consacré à la maison d'édition et à la communication, moi à l'écriture de mes ouvrages et à la lecture des manuscrits des autres auteurs. À cette époque-là, nous avons embauché Mélodie pour qu'elle s'occupe des enfants et de la maison que je venais d'acheter sur les hauteurs de Sauternes. Cette demeure a un point de vue superbe sur les vignes environnantes, vignes que j'acquerrai des années plus tard pour mes jumeaux.

Nous avions créé trois appartements indépendants dans les granges attenantes, l'un était occupé par Vlad et les deux autres étaient loués à des écrivains pour une « retraite d'écriture ». Chaque appartement communiquait avec le corps principal d'habitation à savoir, une immense cuisine, un salon, une bibliothèque et, à l'étage, les chambres de mes garçons et la mienne.

Au fil des ans, la maison d'édition s'est énormément développée. Nous avons recruté et ouvert d'autres sections comme la jeunesse, la cuisine et le développement personnel. Nous avons ainsi pu prendre un peu de recul, souffler et retrouver du temps pour nous.

Puis, à soixante ans, papa et maman ont décidé qu'il était temps pour eux de se retirer et de voyager. Ils m'ont demandé si je souhaitais reprendre leur salon de thé. J'ai naturellement accepté. Cela fait donc dix ans que, aidée par Vladimir, « *Cherry on the cake* and other Little Biscuits » est devenu « Cherry and Pavlova ». Ce salon de thé est le chaînon qui manquait à notre collaboration professionnelle. Avec lui, la boucle est bouclée.

En effet, nous sommes unis autour d'une seule passion : les mots. Les mots écrits, les mots dits (et maudits), les mots lus, les mots tus, les mots mordants et les mots tordants. À tour de rôle et en fonction de nos emplois du temps, nous tenons notre café littéraire.

Depuis le décès de papa, maman est revenue aux commandes de la cuisine. Elle confectionne les desserts, les scones et autres gourmandises sucrées le matin très tôt. Ensuite, pour le déjeuner, c'est tartines ou omelettes. Chaque client choisit sa composition en fonction des produits achetés au marché. Puis, elle rentre à la maison (elle s'est installée dans un des appartements libres, elle aussi) et s'adonne à sa passion, le tricot. Elle nous tricote des pulls, des robes, des gants, des vestes et des bonnets.

L'après-midi, Pavlova s'installe dans le café et dresse au fusain les portraits des clients. Il les sert, plaisante avec eux. Sa bonne humeur est toujours contagieuse. Une fois par semaine, il anime des lectures ou des rencontres avec des auteurs. Et moi, je m'inspire de tout ce petit monde qui navigue autour de moi pour écrire mes romans.

Ah, j'oubliais, on a une autre tradition dans la famille : on devient maman très jeune. Mamy Pomme avait dix-sept ans, maman et moi dix-huit.

Tout mon petit monde vit autour de moi dans la si belle région de Sauternes où les couchers de soleil convertiraient n'importe quel être humain à la poésie. Nous y vivons au rythme des saisons, sensibles aux couleurs de la vigne qui se pare de mille nuances et en invente d'autres.

C'est ici que je puise mon imagination. C'est dans ma famille que je trouve mon inspiration.

Sans la nature, sans mon entourage, je serais une chenille éternellement coincée dans son cocon.

CHAPITRE 2

APRÈS LA CUITE DU JOUR DE FÊTE AU JOUR DE DÉFAITE

Est-ce que la personne qui joue au tambour pourrait arrêter et, tant qu'elle y est, peut-elle aussi demander au camion qui est sous mes fenêtres d'éteindre son moteur ?

Mais pourquoi les gens ne respectent jamais le sommeil des autres ? Je vais aller leur dire ma façon de penser. Il faut juste que je parvienne à me mettre debout.

Oups, les murs ondulent et les objets tournent. C'est comme si la Terre avait changé de sens de rotation, mais pas moi. Je me rassois. Me recouche même. Et je comprends : le tambour c'est sous mon crâne, et le camion dans mes oreilles. Quant à ma bouche, c'est pire que le désert d'Atacama au Chili. Je suis presque certaine qu'il n'y a plus une once de flotte dans mon corps. Bon sang, je me damnerais pour un verre d'eau fraîche, même une bouteille, pourquoi pas un lac entier ?

J'ai l'impression qu'un diablotin s'est installé sur mes gencives et y plante des aiguilles à intervalles complètement irréguliers. Il utilise aussi un étau pour resserrer ma mâchoire.

J'en tiens une bonne, là. Je crois que cela fait presque trente ans que je n'ai pas pris une telle cuite. Ce jour-là, je ne suis pas rentrée seule à l'appart. Enfin, je ne l'ai su qu'un mois plus tard quand je passais plus de temps penchée au-dessus de la lunette des WC qu'assise dessus. J'étais tombée enceinte avec plus d'alcool que de sang dans le corps.

Mon cœur s'affole, car, en y pensant, si ça se trouve, j'ai copulé hier soir. Et, je pourrais être... Oh, non, non, non. Pas à cinquante ans. Ce serait la cata. C'est impossible !

Encore heureux que je n'ai pas « dégobillé ». Ah si ! Je suis même couchée à côté de mon vomi et j'en ai les larmes aux yeux tellement l'odeur qui se dégage est âcre.

Oups, ce n'est pas digne d'une femme de mon âge. Est-ce que j'en ai honte ? Pas vraiment. Enfin, pour l'instant car je n'ai pas encore évalué les dommages collatéraux et l'état de mes ovules.

Un coup d'œil à ma base musicale. On est juste le jour d'après. Donc, ça fait trente et une heures et quelques minutes que je n'ai pas quitté mon lit, que je me suis cachée sous la couette, à grelotter, à suer et à jeter un tas de mouchoirs pleins de morve sur le plancher. Sauf pour faire pipi et boire. Pas d'eau. Cela aurait pu me noyer. Et c'était plutôt mon chagrin que j'avais envie de noyer, pas moi. Même si cela m'aurait évité les coups de marteau sous ma boîte crânienne.

Avant de m'enfermer dans ma chambre, je me souviens avoir attrapé toutes les bouteilles à plus de quinze degrés d'alcool. Je les ai serrées dans mes bras comme on serre un ami proche puis je les ai vidées tout en me remplissant. Je me suis enivrée alors que j'étais déjà ivre.

Je ne sais même pas comment je suis rentrée chez moi. C'est le trou noir total et ça fait drôlement flipper. Je me rappelle vaguement avoir cherché les clés de la maison dans mon sac à main. En fait, je n'avais ni l'un ni l'autre. Je crois m'être énervée contre Mélodie, mon employée de maison, et l'avoir foutue à la porte de ma chambre, lui flanquant dans les bras Papillon, mon chat. Je suis honteuse depuis, mais je sais qu'elle ne m'en voudra pas. Elle est habituée à mes sautes d'humeur, à mes caprices d'écrivaine. Elle doit certainement attendre que je quitte mon lit pour rappliquer et nettoyer tout mon carnage domestique.

Quant à Papillon, je sais qu'il va bouder. Ce chat, je ne l'ai pas choisi, car j'ai toujours refusé d'en avoir un. À cause des poils d'abord, car ils déclenchent chez moi une frénésie de nettoyage. Je ne supporte pas d'en retrouver sur mes vêtements. Ça s'accroche aux fibres, après ça rentre sous la peau et ça gratouille de partout. Franchement, c'est le truc qui me rend le plus dingue, avec la mastication et la déglutition des autres. Les rognures d'ongles aussi trouvées par terre et les gens qui portent des chaussettes avec des claquettes.

Ensuite, parce qu'à part se frotter à toi quand il a faim, miauler à t'en crever les tympans, il ne sert à rien. Il refuse les câlins et passe sa vie soit à chasser, soit à roupiller. OK, un peu comme moi, mais franchement, il y a assez d'un spécimen de ce genre à la maison et je m'en octroie l'exclusivité.

Puis, comme il a neuf vies, il te regarde avec dédain et assurance. Ce qui me rend folle de jalousie, car, de vie, moi je n'en ai qu'une (comme tout le monde) et que j'ai peur qu'elle ne soit pas assez longue pour réaliser toutes mes envies et tous mes rêves. En plus, il retombe toujours sur ses pattes et pas moi. Moi, je mets plutôt les pieds dans le plat.

Bref, le félin est arrivé un soir alors que je revenais anéantie après m'être recueillie sur la tombe de papa, deux semaines après son décès. J'avais passé l'heure assise par terre sur le gravier, à me mâcher les fesses et à engueuler la pierre tombale sous le regard du garde du cimetière qui ne mouftait pas, habitué depuis longtemps aux dialogues à une seule voix.

J'étais en colère contre mon père : il m'avait promis des signes et je n'en voyais aucun. J'avais beau demander « où es-tu papa ? » et me concentrer sur les cieux, mais mis à part des nuages, je ne distinguais rien d'autre. Un papillon volait autour de moi, je tendais la main et je me disais en fermant les yeux « s'il se pose sur ma paume, c'est que c'est toi, papa qui me l'envoies ». J'ouvrais les yeux et il avait disparu. Un coucher de soleil n'était qu'un coucher de soleil et un bruissement de feuilles qu'un bruissement de feuilles. J'avais aussi besoin de lui dire que je lui en voulais d'avoir cessé de se battre contre son cancer et de m'avoir laissée avec ce néant qui, chaque jour, me vide davantage. Alors qu'il était en fin de vie et inconscient, je me rappelle avoir flirté avec la maladie. J'ai même cherché à lui vendre mon âme afin qu'elle le quitte et le laisse auprès de nous. Je l'ai suppliée, implorée. Me couchant tout contre lui, proposant à cette maladie de se nourrir de quelques-unes de mes cellules saines et de laisser à mon père les siennes très affaiblies. Mais elle a préféré le grignoter jusqu'à la fin, ne nous laissant aucune miette.

Autour de moi, tout n'était que silence. Toute la nature s'était tue pour respecter mon chagrin. Je me suis levée, le visage baigné de larmes et toute ma morve sur la manche de mon chemisier. Évidemment, je n'avais pas pris de mouchoirs. Mais pourquoi en aurais-je portés ayant juré de ne pas pleurer ? Parce que j'avais croisé les doigts en jurant.

Je remontais à pied l'allée qui mène à la maison quand je l'ai vu. Il était là, roulé en boule devant le seuil, juste à côté du rosier offert par mon père pour mon dernier anniversaire passé avec lui. Tout petit, tout craintif, plein de poils angora, il a levé ses yeux jaunes vers moi et j'ai su que j'étais foutue. Je me suis accroupie, j'ai tendu la main. Il n'a pas fait comme le lépidoptère et d'un battement de queue ne s'est pas envolé. Il s'est approché et a accepté ma caresse. Puis, il s'est frotté à mon pantalon déposant des tonnes de poils gris, et je n'ai pas râlé. J'ai ouvert la porte, il a foncé vers le salon et s'est installé exactement là où mon père s'asseyait quand il venait chez moi. On aurait dit qu'il connaissait les lieux. Je l'ai baptisé Papillon, évidemment, persuadée que c'était mon papa qui me l'envoyait. Toutefois, un doute persiste quant au destinataire du chat, car il passe sa vie plus souvent collé à Pollux, le chien adoré de mon père, que contre moi. J'avoue nourrir une pointe de jalousie envers le canidé.

Pavlova, depuis que Papillon est avec nous, n'a de cesse de me chambrer. Pas à cause du prénom ridicule dont j'ai affublé ce pauvre félin, mais bel et bien parce que j'acceptais qu'un animal à poils investisse mon habitation, se roule sur mon lit et pisse dans ma douche. Alors que j'avais toujours dit « jamais ».

Tout comme j'avais dit que jamais je ne me laisserais atteindre par les critiques. Eh bien, c'est raté ! Il m'aura fallu dix romans, six livres de cuisine, deux bandes dessinées et le décès de papa, pour rompre avec mes convictions et abattre ma forteresse. Tout ça et… Maxime Dutourd, blogueur littéraire très influent et incontournable, cause de mon inertie physique et mentale depuis près de mille huit cent soixante minutes.

Blogueur de mes fesses oui ! Et c'est une insulte à mon postérieur qui est plutôt bien ferme et rebondi pour quelqu'un qui ne fait aucun effort alimentaire ou sportif et boit comme un trou depuis toujours. Comme disait mon père « de tous mes enfants, tu es celle qui a le plus de coffre ». Il ne faisait pas allusion à ma poitrine évidemment. Je crois que cela avait quelque chose à voir avec l'expression « boire comme un homme ». Bref, je battais mes frères au concours de descente de pintes de bières et de rots aussi.

J'étais donc installée à la table de dédicace, une tasse fumante de thé vert aux écorces de citrons confits entre les mains, essayant de me détendre en dépit du brouhaha provenant du salon de thé. Des fauteuils dépareillés, ornés de coussins confortables, étaient positionnés face à moi et j'attendais qu'ils se remplissent. C'était à mon tour de faire la lecture à nos clients. Pavlova avait choisi le premier chapitre de mon nouveau roman. J'étais extrêmement tendue, car c'était un exercice auquel je ne m'étais encore jamais pliée.

Écrire, c'est se dévoiler quelque peu. Lire ses propres mots, c'est se mettre à nu. Se fragiliser.

Et si je sortais par la porte de derrière ? Je me levai, prête à fuir.

– Mauvaise idée !

– De quoi tu parles, Pavlova ?

– Tu allais prendre tes jambes à ton cou !

Honteuse, j'ai tenté de me défendre.

– Pas du tout, je sortais fumer une cigarette.

– Tu ne fumes pas...

– Mais il y a un début à tout, mon cher !

– OK, montre-moi le paquet de clopes, ajoute-t-il en tendant la main.

J'ai fait semblant de fouiller dans la poche de mon jean.

– Zut, je l'ai oublié dans mon sac.

Pavlova m'a prise dans ses bras en s'esclaffant.

– Ne stresse pas. Ça va aller, ma *Cherry on the cake.*

– Tu restes à côté de moi ?

– Je ne te quitte pas, comme d'habitude !

– Qu'est-ce que je deviendrais sans toi ?

– Un mauvais gâteau... Une cerise sans sa meringue, quoi !

C'est un « jeu d'humour » entre nous, une Pavlova étant un gâteau meringué. Je l'ai bousculé d'un léger coup d'épaule. Il en a fait de même.

– Bon, allez je vais chercher tes lecteurs. Tu as assez de stylos, de marque-pages, et de cartes de visite ?

– Oui, c'est parfait. Merci.

– OK, c'est parti !

Il a ouvert les doubles portes séparant la bibliothèque du salon de thé, transformée en salle de dédicaces pour l'occasion. Il l'a joué de façon théâtrale et j'ai adoré. Il a réussi à me faire rire et à me détendre.

À la fin de ma lecture, un homme au fond de la salle a applaudi.

– Bravo, je dois reconnaître que vous mettez du cœur et de l'intonation. Cela ne doit pas être évident quand le texte est... insipide.

Toute l'assistance s'est retournée vers lui. Je devais être aussi rouge que le fruit dont je porte le nom. Pavlova est venu à mon secours en attrapant mon interlocuteur par le bras et en prenant un ton jovial.

– Toujours le mot pour rire, cher Monsieur.

Puis, s'adressant à tous.

– Je vous présente Maxime Dutourd, auteur du blog « Je lis pour vous » et qui est venu interviewer Cerise. Mais place pour l'instant aux dédicaces.

Le temps des dédicaces a été le calme qui précédait la tempête. Je venais tout juste de m'asseoir en face de lui que Dutourd me dit détester le Café Litt'. Ni une bibliothèque, ni une librairie, ni un salon de thé. Je lui ai répondu que c'était ça justement le concept. Permettre aux gens de passer un bon moment de lecture tout en dégustant une boisson chaude. Un tout-en-un quoi !

– Oui, comme vos bouquins en fait, a-t-il rétorqué. Vous n'atteignez même pas la médiocrité avec tout cet amas d'inepties que vous répandez au fil des lignes. Quel ennui, mon dieu, mais quel ennui ! Je me dois d'être franc, Madame Simon : votre écriture est, comment dire ? Mielleuse ? Oui, c'est ça, mielleuse, mais aussi pathétique, nauséeuse à souhait. Ce dixième livre est le livre de trop. Vous devriez penser à une reconversion.

C'était comme s'il était pris d'une diarrhée... verbale. Et moi, cette diarrhée verbale m'asphyxiait, me tétanisait. En même temps que ses mots à lui se déversaient sur moi tel un déluge d'acide, les miens restaient bloqués au fond de ma gorge et m'empoisonnaient. Il a poursuivi :

– Décidément, vous dérogez à cette règle, Madame Simon, qui veut que la pratique régulière débouche sur l'amélioration voire la perfection. La seule perfection que vous maîtrisez est celle de votre incompétence d'auteure. Puis, franchement, c'est quoi cette nouvelle tendance à écrire un livre sur le développement personnel ? En plus sur le deuil. Vous avez obtenu un diplôme de psy récemment ? Si c'est le cas, votre biographie n'est pas à jour. Sinon, comment pouvez-vous vous permettre de donner des conseils sur la gestion du chagrin et de la tristesse après la perte d'un être cher ? Ce n'est pas d'avoir perdu votre père qui vous en donne la légitimité. Si toutes les personnes qui pleurent le décès d'un proche se mettaient à écrire un livre, on n'en sortirait pas.

Je l'ai regardé, à la recherche d'une répartie ou d'un couteau pour le faire taire. Histoire de lui couper la chique ou la langue. J'ai dégainé enfin. Les mots, pas le couteau !

– C'est quoi votre problème ? Vous êtes un écrivain raté, jaloux de mon succès ?

Il a éclaté de rire.

– De quel succès parlez-vous ? Ce n'est pas au nombre de ventes que l'on reconnaît le talent d'un auteur.

– Ah, et c'est à quoi ?

– À la qualité de ses lecteurs. Je suis certain que les gens qui se procurent vos bouquins sont des gens d'ici qui espèrent avoir en échange de leur achat un coup à boire gratos.

J'étais au bord de l'explosion quand Pavlova nous a apporté nos tasses de thé. Il s'est tourné vers moi et a fait les gros yeux, ces yeux qui veulent dire « n'y pense même pas ou je te quitte ». Il a compris que j'hésitais entre deux options. Soit, balancer un coup de poing direct dans la grande bouche du blogueur, soit verser des litres de thé sur sa tête afin de liquéfier son arrogance et sa morgue.

Alors, j'ai posé mes mains bien à plat sur mes genoux et me suis adressée d'une voix assez mielleuse au blogueur de mes fesses.

– Allez-y, goûtez ce thé, il est à parfaite température.

Deux secondes plus tard, il crachait, en même temps que le liquide brûlant, tous les jurons qu'il connaissait. J'ignorais d'ailleurs qu'on pouvait en connaître autant. Punaise, je venais de trouver un sacré concurrent !

– Vous n'aimez pas ce thé ? Pourtant, il semblerait qu'il ait des vertus apaisantes…

Il m'a lancé un regard haineux.

– Vous avez fait exprès ?!

J'ai pris un air étonné.

– Exprès ? Je ne comprends pas.

Son regard s'est fait encore plus haineux.

– De me faire boire le thé brûlant.

– N'importe quoi ! Enfin, Maxime, je ne suis plus une gamine !

– Oui, ça je l'avais remarqué. Et c'est Monsieur Dutourd.

Petit con.

– Heureusement, Monsieur Dutourd, ai-je répliqué en insistant bien sur son nom de famille que vous n'aviez pas sorti votre carnet... Il aurait été fichu.

– Je ne prends pas de notes.

– Pourquoi ? Vous ne savez donc pas écrire ?

Et pan ! Bien envoyé. Un partout, la balle au centre.

Il s'est levé, a repoussé lentement sa chaise, parcouru du regard le lieu et a dit d'une voix forte afin que tous nos clients entendent.

– D'ici demain, sur mon blog, vous verrez comment je sais écrire.

Il s'est penché à mon oreille et a murmuré :

– Vous êtes finie.

Je lui ai tapoté la joue en souriant.

– Petit joueur, va. Je vais t'écraser.

Il a attrapé ma main et l'a baisée.

– Vous n'en aurez pas le temps. Je vous souhaite une bonne journée, Madame. La mienne va être succulente.

Il a tourné les talons, puis il est sorti. Pavlova m'a rejointe.

Joli p'tit cul, n'ai-je pu m'empêcher de remarquer. Et grande gueule aussi.

Pavlova a soupiré.

– Cerise, arrête de prendre tout à la légère. Tu as merdé, là.

– Je n'allais pas, à cinquante ans, m'écraser devant un petit blanc-bec de mes « deux ».

– Si, tu aurais dû. Tu aurais fait preuve de maturité.

J'ai posé mes mains sur son visage et ai déposé un baiser sur sa joue.

– Tu sais bien que de la maturité, je n'en ai jamais eu.

Il a retiré mes mains.

– C'était l'occasion de mûrir, Cerise. Tu viens de te tirer une balle dans le pied.

J'ai attrapé un torchon et j'ai commencé à essuyer les tasses.

– Tu lui prêtes trop de pouvoir.

– Pas du tout. Cet homme fait la pluie et le beau temps dans le monde des livres. Comme Parker pour le vin. Tu n'es pas sans l'ignorer.

J'ai senti l'angoisse monter. Je savais très bien ce qui m'avait mise hors de moi.

– Il a attaqué le seul livre qu'il ne fallait pas. Le seul qui soit aussi personnel. J'y ai mis mes larmes, j'y ai mis mes doutes, mes interrogations... Tu peux comprendre que je sois blessée, profondément meurtrie ?

– Oui, je peux le comprendre, mais il fallait t'y attendre, a-t-il objecté. Se mettre à nu n'est pas sans conséquence. Cerise, tu n'es pas novice dans le métier. Vingt ans que tu es auteure. Tu sais très bien qu'on ne peut pas plaire à tout le monde.

La colère grondait en moi.

– Là n'est pas la question, Vladimir.

Il s'est raidi. Rares sont les fois où je l'appelle par son prénom et en général, cela n'augure rien de bon.

– C'est quoi alors ?

Je l'ai fusillé du regard. Me connaît-il mal ?

– Il s'est foutu de mes ressentis par rapport à mon père, des signes que je vois. Il a dit que je n'avais aucune légitimité à parler du monde des morts. À aider les autres dans leur deuil.

– Et donc ?

Je lui ai jeté le torchon à la figure. Puis, j'ai attrapé mon sac et mes clés de voiture, tout en refoulant les larmes et les sanglots.

– Et donc, il vient de faire mourir papa une deuxième fois !

J'ai claqué la porte et j'ai entendu Pavlova jurer, car j'avais fait tomber le tourniquet de cartes postales au passage.

À présent, me voilà dans mon lit, à cuver ma tristesse et à parler seule à des murs. Je regarde tout autour de moi à la recherche d'une bouteille à vider. Il n'y en a plus. J'ai tout bu.

Par la force de mon alcoolisme d'auteure ratée, je vais devoir quitter ma chambre et me traîner vers la cuisine à la recherche d'un truc fort à faire glisser dans mon estomac déjà brûlant d'éthanol.

Cerise ! me gronde ma petite voix intérieure, celle qui a une auréole d'ange, tu dois te réhydrater et boire beaucoup d'eau.

Pas faux.

Cerise ! ricane l'autre petite voix intérieure, munie d'une queue fourchue et d'oreilles de diable, mieux vaut soigner le mal par le mal.

Pas faux également.

Bref, peu importe la couleur et la force du liquide que j'avalerai, je dois dans tous les cas sortir de ma chambre. J'attends encore un peu que le tambour et le camion dans ma tête se calment. J'inspire profondément et tente de remettre mes idées en place. Ce n'est pas une bonne option, car tout se bouscule : enceinte ? Portable ? Clés ? Qui était avec moi ? Où suis-je allée ? Étais-je épilée ? Je portais un string ou une grosse culotte confortable ?

Je pose mes pieds sur le sol. Le gauche arrive avant le droit. Et merde. Se lever du pied gauche n'est pas annonciateur d'une super journée. Bon, je dois avouer que j'ai l'humeur qui va avec. Et l'haleine aussi. Je parie que je pourrais tomber dans les pommes rien qu'en soufflant dans mes mains et en inhalant.

Il y a comme une odeur de vieux relents de chaussettes pourries. D'où ça peut venir ? Je renifle sous mes aisselles.

J'ai un haut-le-cœur. C'est moi qui sens mauvais : un mélange de transpiration, de Gin et de crise de foie. Un petit retour dans l'adolescence quand la douche était en option.

Je jette un regard vers la baignoire. Flemme. J'enfile un débardeur et un bas de jogging. J'attache mes cheveux poisseux.

En descendant les escaliers, je croise Papillon qui se met à grogner. Je tente une approche câline, il me balance un coup de patte et feule.

– OK, t'as décidé de me faire la tête. Franchement, j'agirais pareil. Je m'excuse Papa… euh… Papillon.

Le chat se retourne, me montre ses fesses et lâche un vent monumental à l'odeur de vieille pâtée.

– Super. Merci ! Quand je t'ai demandé de m'envoyer un signe, papa, ce n'est pas vraiment à ça que je pensais.

Je me dirige vers la cuisine en traînant des pieds. Un verre est posé sur le plan de travail en résine noire. Un truc pétillant en jaillit, maculant le matériau moderne. Si je n'avais pas terriblement mal à la tête, je hurlerais ! Qui a osé commettre un tel impair ?

CHAPITRE 3

UNE HISTOIRE DE PIEDS ET DE CLAIR DE LUNE

– Bonjour.

Il me toise de toute sa hauteur. En même temps, ce n'est pas compliqué, vu que je fais un mètre soixante-deux et lui un mètre quatre-vingt-dix. Il porte juste un jean délavé et une chemise blanche. Il est pieds nus. À cinquante ans, il n'a rien à envier aux petits jeunes. Ses tempes sont grisonnantes tout comme sa barbe naissante. Ses yeux verts envoient un signal de colère montante à mon égard et il en est encore plus craquant. Il pourrait être l'homme de ma vie, car il coche toutes les cases. Le problème, c'est qu'il est mon meilleur ami.

Je mime l'agacement.

– Tu ne peux pas mettre un dessous de verre ? C'est du vrai marbre. Ça coûte une blinde et c'est super fragile.

Ironiquement, il me répond en montrant le verre.

– Je t'en prie, c'est avec plaisir.

– Tu veux que je te remercie pour quoi ?

Je pose mon index sur mon pouce avant de poursuivre.

– Je récapitule : « petit un », une dédicace qui foire parce que tu as simplement oublié de me prévenir que tu avais fait venir une bombe à retardement, à savoir Maxime Dutourd, blogueur au stylo aussi affûté que la lame d'un Katana ; « petit deux », cette même bombe (et je ne parle pas de son physique, même si je me souviens qu'il a des fesses sublimes) qui a explosé quand il fallait et comme il fallait pour juste nous foutre en l'air, mon semblant de reconstruction morale, mon esprit et moi-même. Je continue ?

Il croise les bras, dévoilant des muscles dont j'ignorais l'existence jusqu'à aujourd'hui.

– C'est moi ou l'air ambiant s'est tout à coup refroidi, balance-t-il tout en enfilant un pull léger. Mais continue, je ne voudrais pas rompre ce magnifique élan… de reproches.

De mauvaise foi, je poursuis.

– « Petit trois », tu n'es même pas venu me voir dans ma chambre et tu m'as laissée croupir.

Regard noir.

– Tu plaisantes, j'espère ? Je suis venu trois fois. À chaque fois, tu m'as dit d'aller me faire foutre. Comme ce n'est pas vraiment un truc que j'ai envie d'essayer, je ne me suis pas de nouveau aventuré sur le pas de ta porte.

– Je suis pathétique, c'est ça ?

– Non, tu es injuste.

Penaude, je capitule.

– C'est bon, j'ai compris. Excuse-moi. On fait la paix ?

Je m'approche de lui. Il m'arrête d'un geste.

– Reste où tu es, Cerise. Tu as l'air si collante que si tu m'étreins, je pense qu'on ne pourra plus se détacher. Sauf en découpant nos vêtements. En ce qui te concerne, au vu des fripes que tu portes, cela ne serait pas grave. Pour moi, en revanche, ce serait un drame.

– Alors, on en est là ? Notre amitié est moins importante que des fringues ?

Il tord la bouche.

– Ce ne sont pas n'importe quelles fringues. Tout comme ton plan de travail en marbre, elles valent une blinde. Et puis… tu pues !

Je soupire.

– Quand est-ce que nous sommes devenus trop sérieux ? Tu te souviens qu'on s'était lancé le défi de celui qui tiendrait le plus longtemps sans se laver ?

– On avait quinze ans, Cerise et on trouvait que c'était stylé de s'habiller avec des vêtements chinés dans des friperies. À cinquante ans, je n'ai plus le délire de ne pas me laver et de porter des fripes.

Je hausse les épaules.

– Donc pas de câlin ? Tu sais que je vais être encore plus de mauvaise humeur ?

– Même pas peur. J'ai affronté des tornades bien plus violentes que ta tempête intérieure. En parlant de tempête intérieure, tu as l'air d'aller mieux compte tenu de la nuit que tu as certainement passée et qui t'a fait dormir plus d'un jour, termine-t-il en s'esclaffant.

– De quelle nuit tu parles ?

– De celle que tu as vécue, torride vraisemblablement, après ta fuite du salon de thé.

Je fronce les yeux, mon cœur ratant un battement.

– De quoi es-tu au courant ?

– Je ne fais que supputer. Quand tu picoles, tu es amoureuse et…

Il se pince les lèvres.

– Il a mis un préservatif au moins ?

Je hausse les épaules, exprimant ainsi mon ignorance.

– Tu n'as pas fait ça ?

Je secoue la tête en lui avouant que j'ai tout oublié, absolument tout. Ses mâchoires se crispent et, froidement, il me fait remarquer.

– Cela a dû être chaud vu les marques que tu portes là.

Il me montre mon cou. Je commence à flipper.

– Quoi mon cou ? Qu'est-ce que j'ai ?

Il pose deux doigts sur mes épaules et me pousse vers la psyché de l'entrée.

– Regarde.

Oh, mon Dieu ! Là, sur ma jolie peau mate, je découvre horrifiée un chapelet de suçons.

– Non, je refuse de croire que j'ai laissé quelqu'un d'étranger me faire ça.

Je lève un doigt accusateur vers lui.

– C'est toi ? Par vengeance ?

Il secoue la tête.

– D'abord, j'ai passé l'âge de ce genre « d'amusement ». Ensuite, je me vengerais de quoi ? Tu fais ce que tu veux de tes fesses. Puis, rien que l'idée qu'il faut aspirer un bout de peau plein de sueur me dégoûte.

– T'as qu'à dire que je suis crade.

– D'habitude non, mais aujourd'hui, oui. Et pour finir, tu n'as pas eu besoin de moi pour… te colorer le corps.

Mon cœur se met à battre la chamade.

– De quoi tu parles ?

– Baisse ton jogging et retourne-toi.

Je m'exécute et découvre sur mes fesses l'inscription : « Fuck Dutourd ». Je bégaie.

– C'est un tatoo ?

– Je ne pense pas. On dirait du feutre indélébile. Je devrais plutôt dire indé… débile.

Je me mets à hurler.

– Oh, ça va toi et ton humour à deux balles. Enlève-moi ça.

Il recule avec une moue de dégoût.

– Je ne sais pas ce que tu as fait avec tes fesses, moi ! Apparemment, toi non plus. Alors il est hors de question que je te les nettoie.

La porte s'ouvre derrière (ne me parlez plus de derrière !) moi. Mon employée de maison, Mélodie, éclate de rire.

– Joli spectacle, n'est-ce pas ? Support assez original pour écrire, je dois l'avouer.

Je me liquéfie et remets mon jogging à la hâte.

– Vous aussi vous avez vu…

Elle pointe mes fesses du doigt.

– Ce chef-d'œuvre ? Oui, malheureusement.

– Mais comment…

Vlad soupire.

– Quand tu as quitté le salon de thé, après ton interview foirée avec Dutourd, tu as disparu. Tu étais injoignable sur ton portable. À 5 h du matin, nous étions morts d'inquiétude avec Mélodie. Puis, ton chat s'est mis à miauler et à gratter à la porte.

Je sens que je vais défaillir et qu'il va me falloir plusieurs « Pater et Ave » pour mériter de nouveau ma place au paradis. Parce que là, j'ai pris un aller simple pour l'enfer. Je m'assieds sur une des chaises de bar.

– Nous avons ouvert et avons été frappés par… la pleine lune, enfin, votre pleine lune, ajoute Mélodie, tordue de rire de nouveau. Vous étiez royalement dévêtue. Soit dit en passant, votre poitrine est magnifique.

Par réflexe, je pose les mains sur mes seins. Mélodie, nullement perturbée par mon geste, poursuit.

– Vous baragouiniez des sons inaudibles et manifestiez ouvertement votre colère en ne cessant de pointer Vladimir du doigt. J'ai tenté de vous raisonner, de vous persuader de passer sous une douche bien froide pour que vous récupériez vos esprits. Vous avez refusé de m'écouter et, après être montée dans votre chambre chargée de tous les alcools forts de la maison, vous m'avez flanqué dans les bras le pauvre Papillon qui dormait paisiblement sur votre lit.

Outrée, je réplique.

– Et vous ne m'en avez pas empêchée ?

– De quoi ? demande Pavlova.

– De m'enfermer dans ma chambre avec tout cet alcool ?

– Si.

J'attends la suite avec appréhension, des flashs me revenant en mémoire. Vlad me montre son poignet.

– Tu m'as griffé.

Il marque une pause.

– Mais ce n'est pas tout.

Qu'est-ce que j'ai encore fait ?

– Tu as également tenté de m'étrangler.

Mes yeux deviennent aussi ronds que des ballons quand je vois les marques de doigts, de mes doigts, sur son cou. J'en reste même muette, ce qui est un exploit pour moi qui piaille plus fort qu'un moineau affamé. J'avance la main pour toucher. Pour vérifier aussi que les traces correspondent bien à mes doigts, car il ne me semble pas qu'ils soient aussi gros. Vladimir fait un bond en arrière.

– Qu'est-ce que tu cherches à faire ?

Il est sur la défensive.

– Tu croyais que j'allais t'étrangler encore ?

– On ne sait jamais avec toi.

Je lui avoue que je voulais juste toucher pour savoir si c'était encore douloureux. Il me répond qu'il a encore mal en effet. Surtout à la déglutition. Bon sang, j'ai vraiment serré fort.

– Les marques sont encore très visibles. Avec un peu de fond de teint, cela n'y paraîtra plus.

– J'ai déjà du fond de teint, Cerise.

Oups, je n'y suis pas allée de main morte. Pfff…

– Me pardonneras-tu un jour, Pavlova ?

Il tourne vers moi son beau visage et son regard vert qui prend des nuances foncées quand le temps est à l'orage. Je sens qu'on est en plein cœur du cyclone en cet instant précis.

– Tu vas ramer, ma vieille. T'es pas sortie d'affaire. Tu m'as agressé et tu m'as frappé. Tu es tarée.

– Pourquoi tu m'as laissée faire ? Tu es plus grand et plus fort que moi.

– La colère avait décuplé tes forces et je t'avoue que je ne pensais pas que tu allais tenter de me faire du mal. Tu m'as sauté dessus et tu as entouré tes jambes autour de ma taille. Un vrai chimpanzé. Il a fallu que Mélodie te tire en arrière de toutes ses forces pendant que je détachais tes mains de mon cou. Toute cette scène s'est déroulée alors que tu étais toute nue évidemment.

Je cache mon visage dans mes mains. Puis, je me mords les lèvres et fais la moue, cette moue qui le fait rapidement craquer en temps ordinaire.

– Ce n'était pas moi, c'était la détresse et le chagrin.

On ne doit pas être en temps ordinaire. Il ne craque pas.

– Ta réaction a été disproportionnée, tu en es consciente, j'espère, Cerise ? Tu te rends compte que tu es partie en vrille à cause d'une critique ? Une seule et unique mauvaise critique. Dis-moi, en toute honnêteté, tu n'aurais pas pris la grosse tête ?

Je gonfle mes joues.

– Comme ça ?

Il reste de marbre. Décidément, je n'arriverai pas à le dérider. Il plisse les yeux. Je fais de même. Dans ma tête s'insinue la musique du western *Le Bon, la Brute, le Truand* d'Ennio Morricone que j'ai regardé avec mon père, un mardi soir, lors de la « Dernière Séance » présentée par Eddy Mitchell et que j'ai vu plusieurs fois depuis. Pavlova pose ses mains sur ses hanches. Je l'imite. Plusieurs minutes s'écoulent avant que Mélodie ne nous interrompe.

— Je vous laisse dans votre petit règlement de compte. Je vais dans votre chambre, Cerise. Si je ne suis pas revenue d'ici une demi-heure, appelez les pompiers. C'est que je me serai asphyxiée.

Elle monte les escaliers, pliée en deux par le fou rire.

Vlad reprend :

– N'avais-tu pas juré que tu accepterais toujours toutes les remarques, qu'elles soient bonnes ou mauvaises, parce que l'essentiel est de toujours progresser ? Tu es devenue un auteur prétentieux, orgueilleux et arrogant.

– AuteuRE, le coupé-je en insistant sur le « RE ».

– Quoi auteuRE ?

– Une auteuRE prétentieuse, orgueilleuse et arrogante.

Il plisse le regard.

– Je t'emmerde, Cerise.

– Pareil

– Tant mieux !

– Pareil.

Tout à coup, des bips résonnent dans la cuisine. Je me bouche les oreilles.

– C'est quoi ce raffut ?

– Ce raffut comme tu dis, c'est toute ma vie. Enfin, ma vie... disons plutôt la tienne. C'est une alerte que j'ai mise en place afin d'être prévenu à chaque fois que ton nom est mentionné sur internet.

– Donc là, quelqu'un a parlé de moi.

Il lève un pouce en l'air.

– Youpi, tes neurones n'ont pas tous été détruits par l'alcool ! Il existe encore une chance pour que tu puisses continuer ta carrière d'auteuRE.

Il regarde son téléphone et un large sourire se dessine sur ses lèvres.

– Quoi ? Qu'est-ce qui te rend heureux ?

– Ton roman a reçu des centaines de félicitations.

– Comment ça, des centaines de félicitations ?

Il me tend son portable.

– Regarde ! Tu as plus de cent commentaires sur Babelio par tes lecteurs et des blogueurs. Il y a même des libraires qui ont écrit. Tu as 4,5 étoiles sur 5. La critique de Maxime Dutourd disparaît complètement.

Je tape dans les mains.

– Chouette alors ! Il faut fêter ça !

Il soupire.

– Ta gueule de bois ne t'a donc pas suffi ? Il t'a fallu des heures pour refaire surface.

– « Ainsi il y eut un soir et il y eut un matin ». Amène !

– Amen, dis-tu ? Cerise, aurais-tu trouvé une certaine spiritualité dans cette brève retraite monacale ?

– Amène une bouteille d'alcool !

Dépité, il passe une main sur son visage.

– Il n'y en a plus. De toute façon, tu as juste droit à ce verre d'eau dans lequel un comprimé de paracétamol a fini de fondre depuis bien longtemps. Tu veux que j'y ajoute des glaçons ?

D'un geste, j'envoie valser le verre qui se brise à terre.

– Tu es une folle furieuse, tu sais ?

Je l'imite.

– Tu es une folle furieuse, tu sais.

Devant mes enfantillages, Vlad s'énerve.

– Putain, Cerise, t'as 50 piges quoi ! Tu vas grandir quand ?

– C'est bon, je n'ai pas besoin de leçon de morale. J'avais mon père pour ça.

Un lourd silence s'installe et je tente, en vain, de refouler mes larmes. J'attrape un balai et une pelle, et ramasse les morceaux de verre éparpillés. Vladimir se rapproche de moi. Il pose les mains sur mes épaules et sa voix se fait plus douce.

– Je sais qu'il te manque… À moi aussi. Mais, je ne fais pas de conneries pour autant.

Je lance froidement.

– Ce n'était pas ton père !

– Non, tu as raison. J'en ai un bien à moi de père. Si ce n'est que je n'ai plus de nouvelles depuis des années, car il a refait sa vie avec une midinette – notre instit – plus jeune de trente ans et lui a fait deux gosses. Merci pour ton tact.

Consciente de ma remarque blessante, je me lève et me rapproche de mon meilleur ami.

– Pardonne-moi, Pavlova. C'était maladroit.

Il balaie d'un geste mes excuses.

– Ça va. Laisse tomber. Je me suis endurci avec les années face à tes remarques à la con. Je t'ai toujours servi de punching-ball.

– Et ce n'est pas prêt de changer.

J'esquisse quelques mouvements de boxe qui m'arrachent une grimace. La migraine revient. La nausée aussi. Le tambour et le camion ne se font pas prier pour reprendre de la voix. Je ferme les yeux et tente de me concentrer sur ma respiration.

– Cerise ? Oh, tu vas tomber dans les pommes, là ?

Il m'attrape juste avant que je ne fasse un malaise. Il m'aide à m'allonger sur le canapé et me couvre d'un plaid. Papillon saute sur mon ventre m'arrachant un gémissement et se met à patouner en me plantant les griffes dans la peau. Toi, tu es en train de te venger !

Tout à coup, je me mets à rire sous le regard étonné de Vladimir, sa dernière phrase « Cerise, tu ne vas pas tomber dans les pommes ? », me revenant en mémoire. Celle-là, on ne me l'avait encore jamais faite. Mon fou rire est communicatif et Vlad se joint à moi.

– Arrête, j'en ai mal aux abdos.

Il s'assoit au bout du canapé et je pose mes jambes sur les siennes. Au bout de quelques minutes, je lui demande.

– Tu me masses les pieds ?

Il me regarde horrifié.

– *No way* !

– S'il te plaît…

– Ils sont crados tes pieds !

Comme si j'avais la peste, il saute sur les siens… de pieds.

– Je vais te préparer des pâtes. La seule chose que tu as avalée depuis avant-hier, c'est de l'alcool.

– Et des cacahuètes.

Il pointe son pouce en l'air.

– Super, le régime.

– Elles étaient bio quand même.

– C'est censé être moins nocif ? Tu t'alimentes n'importe comment, quand tu daignes t'alimenter… Regarde ton jogging, tu flottes dedans. Tu as dû perdre cinq kilos depuis le décès de ton père.

– Je n'ai pas faim, Pavlova. De toute façon, je devais perdre du poids.

– Tu n'as pas de poids à perdre. Moi, je les aime tes rondeurs.

Je suis surprise.

– Ah bon ?

Il rougit légèrement.

– Bref, il faut que tu manges.

Je râle.

– D'accord, mais demande à Mélodie de le faire. Reste auprès de moi. J'ai besoin d'un câlin.

– Le câlin, ce sera après la douche. Je te l'ai dit, tu pues trop. Quant à Mélodie, elle a suffisamment de boulot avec le ménage dans ta chambre. Je pense qu'il faudra lui décerner la médaille du mérite.

Je grimace. Il fronce les sourcils.

– Quoi ?

– Il se pourrait que j'aie... vomi dans mon lit.

Il souffle.

– Tu vas devoir lui offrir un sacré cadeau à Mélo pour te faire pardonner.

– Et changer aussi de matelas. Je rêve d'un matelas à eau.

– Je te le déconseille, car, à la prochaine cuite, ce n'est pas juste l'alcool que tu rendras, mais ce seront tes tripes et boyaux.

– Pas faux. Va pour un bon gros matelas à mémoire de forme.

– Je pourrai l'essayer ?

– Yes, on se fera même un plateau-repas devant la télé.

– Trop bien. Comme quand je dormais avec toi chez tes parents.

C'est en dévorant les pâtes à la carbonara de Vladimir que je m'aperçois à quel point j'avais faim. Le tout arrosé d'eau pétillante me redonne force et couleurs. Lucidité d'esprit aussi. Quand je demande à mon ami quel est le programme de la journée, il me répond que, comme tous les samedis, c'est assez chargé et qu'il faudrait d'ailleurs que je file me préparer. C'est alors qu'il fronce les sourcils.

– En parlant de te préparer, je viens de faire une association d'idées. Sais-tu où sont tes vêtements, tes chaussures, ton sac à main et… ta voiture ?

J'ouvre de grands yeux ronds.

– Là, tout de suite, dans l'immédiat, non. Ce n'est pas toi qui as tout planqué et lavé ?

– Absolument pas. Je te rappelle que tu es apparue nue comme un ver.

Ça craint. Dans mon sac, il y a mon portable et mes clés de voiture. Dans ma voiture, il y a aussi mon ordi. Dans mon ordi, mon prochain manuscrit.

– Putain !

Il hoche la tête.

– Je n'aurais pas dit mieux. Croisons les doigts pour que ton sac n'ait pas été juste posé sur le capot de la voiture. Tu ne te souviens de rien ?

– Non, de rien. Même pas de la baise avec ce mec qui m'a fait les suçons et les graffitis sur mes fesses.

– C'est que cela ne devait pas être mémorable.

– En attendant, je flippe. Qu'est-ce que j'ai bien pu faire ?

– Je vais aller interroger les quelques bars du coin.

Je descends de ma chaise pour l'aider à débarrasser.

– Je viens avec toi.

Il m'arrête d'un geste.

– Toi, tu montes te doucher.

– S'il te plaît, Vlad…

D'un doigt, il montre l'étage de la maison.

– Non ! Va te doucher et fais-en sorte de ressembler à quelque chose de présentable, car tu as une dédicace cette après-midi.

Je croise les bras.

– Je n'irai pas.

– Oh, si, tu vas y aller et s'il le faut je t'y traînerai par la peau des fesses.

– Tu n'y arriveras pas. Je n'ai pas envie, c'est tout. J'ai écrit de la merde d'après Maxime Dutourd. Étant donné que son blog est lu par des milliers de personnes, je te parie ma culotte qu'il n'y aura personne à la dédicace !

– D'abord, tu ne portes pas de culotte, donc tu ne peux pas la parier. Ensuite, il y a eu d'autres critiques qui sont très positives comme tu as pu le constater. Tes lecteurs ont besoin de te rencontrer.

– Comment tu le sais ?

– Que tes lecteurs veulent te rencontrer ?

– Non, que je ne porte pas de culotte ?

– Enfin, *my Cherry on the cake*, ce n'est pas parce que je suis ton meilleur ami que je ne te mate pas les fesses ! Il n'y a jamais de marques quand tu portes des vêtements moulants. Donc pas de marque, pas de culotte.

– Mais, tu es un cochon !

– C'est ce que m'a dit Jen mardi soir quand…

Je mets les mains sur mes oreilles.

– Épargne-moi les détails !

– Va sous la douche si tu ne veux pas entendre ! Alors, j'ai commencé par lui lécher un à un les orteils et…

Je pars en courant vers la salle de bains. Connaissant Vladimir, il est tout à fait capable de me raconter sa nuit d'amour dans son intégralité.

Je passe sous l'eau chaude et commence à en ressentir un certain bien-être. Je termine juste d'enlever les « gribouillis » de mes fesses (qui sont plus rouges que des tomates mûries en plein soleil) quand Pavlova se plante devant moi, me tendant un verre.

– Tu as oublié d'avaler ça !

– Te gêne pas surtout !

– Je t'ai déjà vue nue des centaines de fois. Ah non, pardon, cent et une fois en comptant cette nuit de pleine lune. Je suis certainement le seul homme à te connaître si bien. Je sais exactement où tu as des grains de beauté et quel sein est plus petit que l'autre.

Je pose mes mains sur ma poitrine. Oups, cela devient une manie.

– Mais ce n'est pas vrai, j'ai pas de sein plus petit que l'autre.

– Si, ma Cherry, comme moi j'ai un testicule plus petiot que l'autre. Tu veux voir ?

Je le regarde, navrée.

– T'arrêtes jamais, toi !

– Non, c'est pour ça que tu m'aimes ! J'ai préparé ta tenue sur ton lit. Je file errer de bar en bar. Croise les doigts pour que j'y trouve toutes tes affaires.

Il dépose un baiser sur mon épaule droite.

– Lave-toi bien les dents, tu as une haleine de fauve ! N'oublie pas de passer de la crème sur ton derrière. Rouge comme il est, on dirait un phare. Fais gaffe, tu vas attirer tous les hommes perdus.

Je lui jette la serviette au visage. Il réussit à l'esquiver.

– Au fait, il faudra acheter un test de grossesse.

– Quoi ? hurle-t-il. T'es pas sérieuse ?

– Ben si. Souviens-toi des dernières fois où j'ai trop bu…

– Neuf mois plus tard, tu me mordais la main au sang à chaque contraction.

Il pousse un profond soupir.

– Tu m'auras tout fait, Cerise. Un bébé à cinquante ans. Ce serait n'importe quoi. Tu ne le garderais pas, n'est-ce pas ?

Je pointe un doigt menaçant vers lui.

– Ne me parle pas d'avortement !

– Tu es complètement inconsciente. Et aère ta chambre, ça pue le bouc !

Il sort en claquant la porte.

Après m'être frotté les dents pendant plus de dix minutes et avoir fait des gargarismes de bains de bouche, j'enfile le pantalon en cuir noir, la chemise en jean et les bottines en daim choisis par Vladimir pendant que je me douchais. Un peu de poudre, du mascara, un chignon bas, un regard dans le miroir : « pas mal ».

Les effets de ces quelques heures passées en ermite alcoolique ne se voient pas trop. En sortant de ma chambre, je me retrouve nez à museau avec Papillon, enfin plutôt mollet à truffe. Il s'assoit, me regarde puis passe entre mes jambes et disparaît sous le lit. Je l'entendrais presque pousser un soupir de dédain.

Décidément, il a un sale caractère. On a ce point en commun lui et moi. On boude. Et là, il me fait une sacrée tête, car j'ai beau l'appeler en lui tendant ses friandises favorites, il ne sort pas de sa cachette. Et si je lui demandais pardon ? « Arrête de délirer, *Cherry* », me dirait Clémentine, ma copine adorée (son prénom est juste un choix de ses parents, elle n'a pas de « traditions fruitières » comme dans ma famille, c'est donc un pur hasard si une clémentine est devenue amie avec une cerise, et le hasard a bien fait les choses), vétérinaire et donc pragmatique. « Ne fais pas d'anthropomorphisme. Un chat, c'est un animal. Tu n'es pas sa mère, mais sa maîtresse ».

– Bon, Papillon, je te laisse les gourmandises. Je sais que tu vas leur sauter dessus dès que j'aurai tourné les talons.

Sur le pas de la porte, je me retourne pour murmurer à l'attention de mon compagnon à quatre pattes :

– Embrasse papa pour moi et dis-lui que je l'aime.

J'ai à peine descendu deux marches que j'entends hurler :

– Maman !!!!!

Raphaël, mon premier fils, qui aide Vladimir à la communication et s'occupe du graphisme et de la mise en page des livres pour notre maison d'édition, semble très en colère.

– Maman, tu es où ??!!

Je fais marche arrière sur la pointe des pieds, essayant de ne pas faire craquer les marches. J'étouffe un rire, car j'ai l'impression d'avoir fait un bond dans le temps et d'être le jour de Noël quand je venais de surprendre mes parents en train de déposer les paquets enrubannés au pied du sapin. J'étais remontée à pas de velours me cacher, comme au ralenti, sans les quitter des yeux. J'étais persuadée alors que s'ils apprenaient que j'avais découvert la supercherie, ils renverraient les cadeaux… au Père Noël. J'étais sûre que les parents étaient les lutins et faisaient les courses pour le gros bonhomme à la barbe blanche. Puis, à la rentrée, quand j'avais partagé ma découverte avec mes copains, ils s'étaient bien fichus de moi. J'avais huit ans et en rentrant de l'école, j'avais traité mes parents de gros menteurs ! Secrètement, je leur en ai voulu de très nombreuses années, jusqu'à ce qu'à mon tour, je devienne un lutin du Père Noël pour mes fils.

– Maman !!!!!

Punaise, pour qu'il hurle ainsi, c'est que Vladimir lui a parlé de ma grossesse potentielle. J'entends ses pas dans les escaliers. Je me précipite dans mes toilettes, pour faire genre « je ne t'ai pas entendu ».

La porte s'ouvre avec fracas.

– Ça pue ! Tu as dormi avec un bouc ou quoi ? On dirait que tu as ramené toute la bergerie. L'odeur est pire que celle de ma chambre d'ado. T'es où ?

Je tire la chasse et mime la surprise.

– Ah, tu es là ?

– Je t'appelle depuis dix minutes.

– Pardon, chéri, j'étais aux WC. Tout va bien ? lui demandé-je avec un timide sourire.

– Si je vais bien ? Tu te fous de moi.

Je pince les lèvres et me tords les mains.

– Vlad t'a mis au courant ?

Il me regarde bouche bée. J'agite une main devant son visage.

– Raph ? Tu m'entends ?

Il me répond, agacé.

– Pourquoi tu me parles de Vladimir ?

Je bafouille ne sachant quoi lui répondre sans lui mettre la puce à l'oreille. Il évacue la question d'un geste.

– Je ne suis pas là pour Pavlova de toute façon. Je suis là pour TOI !

Mince alors, pourquoi est-il si remonté contre moi ?

– As-tu pris connaissance des dernières infos sur toi, maman ?

Je fais non de la tête.

– Pas encore eu le temps.

Il arpente la pièce en long et en large, visiblement très énervé.

– C'est un truc de dingue ça quand même. En temps ordinaire, tu es branchée sept jours sur sept sur les réseaux sociaux. Et tu veux me faire croire que tu n'es au courant de rien ?

– Ben… non. Il y a un problème ?

Il rit jaune

– C'est plus qu'un problème. C'est une catastrophe !

Je suis de plus en plus mal à l'aise de la tournure que prend cette conversation.

– Je ne comprends pas de quoi tu parles, Raph. Je n'ai rien regardé depuis que..

Il rit encore plus jaune.

– Allez vas-y, dis-le, maman !

Je reste muette.

– Depuis que tu es rentrée bourrée. Bravo, maman ! À ton âge, merde ! Tu devrais avoir honte.

Mon sang ne fait qu'un tour. Il a beau avoir trente ans, être père de famille, il n'en est pas moins mon fils.

– Arrête tout de suite, Raphaël. Tu franchis les limites. Ce que je fais dans ma vie privée ne te regarde pas. De plus, cinquante ans, ce n'est pas un âge canonique et on a encore le droit de faire des bêtises. Sache que, dans tous les cas, je n'ai pas de compte à te rendre.

Il blêmit.

– En effet, tu n'as aucun compte à me rendre de ce que tu fais de tes fesses. En revanche, quand elles sont exposées au monde entier, là, oui, tu me dois une explication.

Comment ça mes fesses sont exposées au monde entier ?

– De quoi tu parles ?

D'un geste brusque, il dégaine son téléphone et me le met sous le nez.

– De ça !

CHAPITRE 4

LE BATTEMENT D'AILES D'UN PAPILLON

– Mais putain, maman, tu te rends compte comme c'est grave ?

Je ne peux détacher mon regard de son téléphone. Punaise, j'ignorais qu'on pouvait développer de telles prouesses physiques grâce à l'alcool. Mais bien sûr, comment n'y ai-je pas pensé plus tôt ? Moi qui admirais béatement Véronique et Davina, ne réussissant jamais à lever la jambe plus haut que mes hanches, je viens de comprendre que leur secret résidait dans la quantité de tord-boyaux qu'elles avaient dans le sang. En même temps, mieux valait être ivre morte pour supporter les « toutouyoutou » répétitifs. Si j'avais su, je me serais saoulée plus souvent.

Mazette, vu ce que j'ai sous les yeux, ma petite renommée est probablement passée au stade d'une popularité exponentielle qui va faire pleuvoir les contrats, mais pas dans le milieu du livre. Il va falloir que je me fasse discrète dans les prochains jours, voire les prochains mois, car cela risque d'être compliqué lors des dédicaces. Quand les lecteurs vont me demander un selfie, ils risquent de me réclamer ma plus jolie fesse… euh face. Je pouffe.

– Ça te fait marrer ?

Je tourne et retourne l'écran. Ah oui, quand même !

– Comment as-tu pu accepter de faire un truc aussi dégueulasse ?

Dégueulasse ? Je ne suis pas du même avis. Il est doué le bonhomme. Le truc qu'il fait avec sa langue… C'est qui d'ailleurs ce mec ? Il ne me dit rien du tout. Je plisse des yeux et me rapproche de l'écran.

– Maman ! Je rêve ou tu es en train de TE mater ?

Moi, je rêve du corps musclé qui s'active avec application. Dommage que je ne me souvienne de rien.

– Tu étais au courant qu'il te filmait ?

Mâchoires serrées, il attend une réponse de ma part. Je voudrais bien trouver une explication à lui donner, mais c'est le trou noir complet.

– J'sais pas.

S'il était un taureau, je verrais de la fumée sortir de ses naseaux tant je sens la colère bouillir en lui. Heureusement que je ne suis pas toute de rouge vêtue, sinon il m'aurait déjà chargée.

– Je te jure que j'ai vraiment honte d'être ton fils.

Ben là, il vient de me charger. J'ai pourtant envie de lui dire qu'il devrait plutôt être fier que sa mère soit capable d'une telle élasticité et de tant de souplesse. Mais face à la rougeur de son visage, et la possibilité qu'il tombe raide sur le parquet, il vaut mieux que je fasse profil bas. Parce ce que c'est bien de mon profil qu'il s'agit.

– Mais c'est quoi tout ce raffut ? s'enquiert Vladimir. Tu vas ameuter tout Sauternes en hurlant ainsi.

– T'es pas parti, toi ?

– J'étais sur le point quand j'ai entendu des hurlements, me répond-il. D'ailleurs, pourquoi tu hurles ?

Raph fait volte-face.

– Je suis furieux et j'ai des raisons de l'être.

– Contre qui ?

Il me montre du doigt.

– Contre elle !

– Contre ta mère ?

Vladimir rappelle à mon fils que je cuve mon vin depuis deux jours et que je viens juste de refaire surface. Donc il ne voit pas comment j'aurais pu en ce court laps de temps commettre un truc qui le mette dans un tel état d'hystérie. Mon fils émet un rire bizarre, un peu comme celui du clown *Ça* de Stephen King. Mon Dieu, il est possédé.

– Un état d'hystérie ? reprend-il.

Il hoche la tête comme s'il évaluait la situation.

– Dis-moi, Pavlova, tu n'as pas reçu l'alerte Google sur maman ?

Vlad lui explique qu'il n'a pas ouvert son ordi ni regardé sur son smartphone ces deux dernières heures. Comme tous les jours, entre midi et quatorze heures, il fait une pause avec le boulot.

– Voilà, voilà, tout s'explique. Tu n'es pas au courant.

Vladimir croise les bras.

– Quoi, il y a une photo d'elle en train de vomir dans le caniveau qui circule ? C'est pas bien grave. Les gens vont vite se lasser. Cela arrive à tout le monde de prendre une cuite. Ta mère n'a pas réussi à gérer les critiques de Maxime Dutourd et elle est partie en vrille. Cela ne lui ressemble pas, je suis d'accord, mais elle n'était pas bien. Le seul moyen qu'elle a trouvé pour oublier, c'est picoler. Elle avait besoin de se vider la tête.

– Pendant qu'un mec s'est vidé autre chose.

Vlad nous regarde à tour de rôle, ne comprenant pas ce qui est en train de se jouer sous ses yeux.

– Comment sait-il que tu as… ?

Je me liquéfie et tente de rattraper la situation avant qu'elle ne dégénère et que je ne sois envoyée au bagne à casser des cailloux pour attentat à la pudeur familiale.

– Je te promets que je n'ai rien dit. Il a appris par un tout autre moyen et… euh… promets-moi de ne pas t'énerver ?

Vladimir se transforme en Cyclope des X-Men et son regard me lance des rafales… de colère.

– De… de… de quoi tu parles ?

Mayday, mayday. Nous entrons dans une zone de fortes turbulences et le crash est imminent !

– De ses fesses ! hurle de nouveau mon fils en me montrant du doigt.

La mâchoire de Vladimir, jusqu'alors contractée, se détend. Il balaie d'un geste la remarque de mon fils.

– Ah, ça ! Enfin, tu ne vas pas en faire tout un plat. C'est pas bien grave et ça finira par partir.

– Quoi ? Pas bien grave ?

– Oui, relax. Détends-toi. On ne va pas passer la journée sur le fait que ta mère soit apparue nue devant moi avec une inscription sur les fesses. Ce n'est que du feutre. Tu as bien frotté n'est-ce pas, Cerise ? C'est parti ?

La lèvre inférieure de mon fils ne va pas tarder à tomber à terre.

– Une inscription sur les fesses ?

Raphaël me fusille. Je sens ma fin proche, très proche.

– C'est le pompon ! s'exclame mon fils.

Il s'effondre sur le canapé du salon, la tête entre les mains. Vladimir s'assoit près de lui.

– T'en fais pas, il n'y a que Mélodie et moi qui avons assisté à cette scène. Je te promets que même sous la torture, je n'en parlerai jamais. Tu sais quoi, je n'ai pas eu le réflexe de prendre une photo. Donc, il ne subsiste aucune preuve, ajoute-t-il en riant, pensant détendre l'atmosphère.

Mon fils se tourne vers lui, excédé.

– D'autres l'ont eu, le réflexe.

– Quoi ?

– Une vidéo de maman circule depuis cette nuit. Accroche-toi parce que c'est du lourd.

Je suis finie. Ce n'est pas un crash qui a lieu, mais un tsunami d'insultes. Si les injures avaient une existence physique, je serais morte sous leur poids.

Une heure plus tard, le portable de mon fils, et la vidéo qui va avec, circule de mains en mains depuis que, alerté par les vociférations de Vladimir, tout le monde a rappliqué *illico presto*. Ma grand-mère et son amoureux, ma mère et Clémentine, ma meilleure amie. Sans oublier Jade, la femme de Raphaël et leurs deux filles Prunelle et Myrtille, respectivement âgées de trois ans et six mois (la tradition se poursuit...). Ouf, elles sont trop jeunes pour garder en mémoire les exploits... sexuels de leur mamy Cerise et en être traumatisées à vie.

De toute façon, à peine arrivée, ma belle-fille a décidé d'emmener les petites en balade autour de la maison. C'est une personne discrète que notre côté extraverti fatigue très vite. Elle a un caractère aussi plat que sa poitrine et un rire aussi rare que l'eau dans le désert. Sa cuisine est aussi fade que la mer noire est salée et, ô désespoir, elle refuse que ses gamines se régalent de bonbons, glaces et sodas. J'ai évité de justesse qu'elle dépose plainte contre moi quand j'ai emmené Prunelle chez Mac Do. Même mamy Pomme, qui pourtant ne mange rien d'industriel, se damnerait pour un Big Mac, frites et coca. Et en Best Of, s'il vous plaît.

Bref, vous l'avez compris, je ne l'aime pas et la seule circonstance atténuante que je peux lui accorder, c'est de rendre mon fils heureux. Contrairement à moi sa mère dont il n'a jamais compris l'humour, surtout quand celui-ci consiste en une sextape, sujet principal de discussion entre tous les protagonistes présents.

J'ai l'impression d'assister à mon procès avec la preuve de ma culpabilité exposée devant un jury qui m'a déjà condamnée. Leurs yeux ne cessent d'aller et venir de la vidéo à moi. Soldats, à mon commandement, feu ! Puis, on écrira comme épitaphe sur ma tombe : « son postérieur était aussi lumineux qu'un clair de lune ».

Sans déconner, papa, comme as-tu pu ME laisser faire ça ? Tu n'as pas regardé au moins ? Rien qu'à cette idée, j'en deviens cramoisie.

– On y arrive dans cette position ? Tu as vu, Jean ? On devrait essayer.

Le fameux Jean en profite pour rouler une pelle monumentale à sa chérie de quatre-vingt-dix ans, sous le regard courroucé de ma mère.

– Enfin, à votre âge, maman, un peu de tenue ! Et surtout, pas devant les enfants !

– Oh, je t'ai connue moins farouche, Prune. Et puis, il y a longtemps qu'ils ne sont plus chastes ces gosses. N'est-ce pas, Cerise, ajoute-t-elle en m'adressant un clin d'œil. Dis-moi, ma chérie, tu es encore sacrément souple à cinquante balais.

Mon regard furète dans tous les coins du salon à la recherche d'un trou de souris dans lequel je pourrais disparaître. Cependant, je réalise qu'avec un chat dans la maison, de souris il n'y en a point. Tout comme de l'alcool dans lequel j'aurais pu noyer ma honte.

Alors, je me rabats sur un pot de crème glacée vanille et noix de macadamia, le tout arrosé généreusement de chantilly et de petits vermicelles au chocolat. Les pieds repliés sous mes fesses (qui n'ont plus de secret pour personne depuis exactement une heure), je squatte le fauteuil de Papillon qui, assis sur mes genoux, tente de faire rentrer sa tête dans le pot de crème glacée.

– Mais c'est dégoûtant ! Tu ne sais pas où il a mis sa langue avant, s'écrit ma mère.

– Oh, question langue, Cerise, n'est plus à ça près.

Clémentine, ravie de sa répartie, se marre. Elle est la seule avec ma grand-mère à trouver la situation comique. Quant à Raphaël, je pense qu'il va finir par migrer dans un sanatorium afin de réparer ses poumons abîmés par les hurlements qu'il pousse depuis tellement longtemps que nos tympans sont officiellement décédés (paix à leur âme).

– Tu jettes le déshonneur sur la famille et tu peux dire adieu à ta carrière, finit-il d'une voix épuisée – l'opération des cordes vocales est également à envisager.

– À moins qu'elle n'en démarre une dans le porno, lui réplique mon amie en tapant dans la main de mamy Pomme.

Elles rient tellement ces deux-là qu'elles n'auront pas besoin de faire une séance d'abdos-fessiers. Ah non, qu'on ne me parle plus de fesses ! Pavlova explose.

– STOP ! La situation est grave et si vous n'êtes pas capables de le comprendre, vous sortez. C'est quoi cette famille ? Vous rendez-vous compte que la vidéo est devenue virale et que...

– Ça veut dire quoi virale ? C'est comme un virus ?

– Mais non, grand-mamy, tente de lui expliquer Raphaël, c'est...

Mais ma grand-mère ne l'écoute pas. Elle s'assoit sur l'accoudoir en grimaçant et me tapote la main.

– Cerise, ne me dis pas que tu n'as pas utilisé de préservatif !

Je rougis, refusant d'avoir ce genre de conversation avec ma grand-mère.

– Elle ne s'en souvient plus. Elle flippe tellement qu'elle m'a envoyé chercher un…

Je file un coup de coude violent dans les côtes de Vladimir. J'accepte qu'il soit en colère contre moi, mais il n'a pas à étaler ainsi ma vie privée, même par vengeance. Enfin, ce qu'il me reste de vie privée.

– Un test de quoi, reprend ma grand-mère. De grossesse ? Pfff, non, cela ne peut pas être ça, à ton âge, tu es déjà ménopausée.

Voilà, c'est fait, on est en plein dans ma vie intime. La prochaine étape, c'est quoi ? Tous ensemble chez la gynéco ?

– En fait, tu as peur d'avoir attrapé une MST comme ton arrière-grand-père ? Il faut filer aux urgences et te faire examiner, ma chérie. Tu sais qu'il en est mort. Bon, à l'époque, on soignait moins bien qu'aujourd'hui. Je me souviens qu'une fois…

Ma mère l'interrompt.

– Maman, c'est la vidéo qui est devenue un virus pas l'utérus de Cerise.

Je n'en peux plus, là. Je lève la main.

– Pourrait-on deux secondes oublier mon anatomie et se concentrer sur la stratégie à adopter ?

– On n'aurait pas de stratégie à adopter, si tu avais fait preuve d'un tant soit peu de retenue, balance Raphaël.

– Oh, ce que tu peux être coincé du cul, fait remarquer Clémentine.

– Pas du tout, répond-il vexé, mais là il s'agit des prouesses sexuelles de ma mère. Tu peux comprendre non ?

– T'as plus dix ans, mon gars. Ta mère, c'est pas la Sainte Vierge. Je crois que tu sais comment on fait les bébés aujourd'hui.

J'interviens avant que la situation ne vire au règlement de compte.

– Essayons de nous concentrer, s'il vous plaît. Ma carrière est en jeu.

– Il serait temps que tu t'en préoccupes, car tu as foutu un sacré bordel. Et la maison d'édition risque aussi d'en subir les conséquences, réplique Vladimir. Tu aurais pu y penser avant de…

Jean le coupe dans son élan de reproches.

– Eh, dites-moi, pourquoi pensez-vous que c'est Cerise ? En fait, on ne la voit que de dos. Même si je ne remets pas en cause ta souplesse, j'ai un doute sur le fait que ce soit toi qui montes telle une amazone ce bel étalon.

Mon fils se bouche les oreilles.

– Vous êtes irrattrapables dans cette famille.

Puis s'adressant à Jean :

– Qu'est-ce qui te fait dire que ce n'est pas maman ?

– Regarde plus attentivement.

– Non, je l'ai assez regardée cette vidéo. Explique-nous, ce sera plus… enfin moins…

– OK, j'ai compris.

Il met « pause » sur une image où la femme – moi ? Pas moi ? – passe sa main dans ses cheveux.

Jean, tout excité, se met à crier.

– Là, vous voyez ?

À nos mines interrogatives, il s'énerve.

– Bon sang, qui de nous tous est le plus âgé ?

– Moi, répond ma grand-mère.

Il lui prend la main.

– Oui, ma douce, mais toi, je suis sûr que tu as compris de quoi je parle.

Elle lui adresse un sourire espiègle. Je les regarde avec tendresse et envie. Je m'adresse à mon père dans ma tête « Je te promets papa, si je trouve l'homme de ma vie, je lui sourirai de la même façon ».

– Franchement, dès que cette histoire est terminée, vous filez tous chez l'ophtalmo parce qu'il vous faut des lunettes. Là, regardez le poignet !

Je me tape le front.

– Mais oui ! Il manque quelque chose.

Tous les regards se retournent vers moi alors que je montre fièrement le joli papillon (encore ! Quand on aime, on ne compte pas) que j'ai fait tatouer à l'intérieur de mon poignet le lendemain du décès de mon père. Je pleurais tellement que le tatoueur ne cessait de s'excuser pensant que son aiguille m'arrachait des larmes de douleur. C'est Pavlova qui lui a expliqué les raisons de mes sanglots.

– Ce n'est donc pas moi.

Je me retourne vers mon fils.

– Et toc ! Tu vois que je sais encore me tenir.

Je croise les bras tout en tapant du pied.

– J'attends des excuses.

Il marmonne dans sa barbe un léger « je suis désolé ». Ah, non, c'est trop facile, je ne vais pas le laisser, les laisser s'en tirer aussi facilement.

– Toi aussi, Vladimir.

Je mets mon index sur le pavillon de mon oreille.

– J'écoute.

De mauvaise foi, mon fils me rappelle que j'y ai cru tout de même à cette histoire de sextape, ce qui signifie que je me crois capable d'agir ainsi. Ce gosse (OK, ce n'est plus un gosse depuis trente ans, mais c'est toujours mon petit garçon) ne changera jamais et voudra toujours avoir raison.

– En parlant de papillon…

– Tu penses à quoi maman ? questionné-je.

– On connaît tous l'effet papillon ?

Je récite cette phrase que papa me martelait sans cesse afin que je comprenne que chaque action a une répercussion sur nos vies et sur les gens.

– Oui, le battement d'ailes d'un papillon peut engendrer un typhon à l'autre bout du monde.

– Il ne te reste plus qu'à battre des ailes, ma chérie.

Maman nous explique son plan. L'idée est de retourner à l'envoyeur la mauvaise publicité que la vidéo déclenche et en faire un avantage pour ma carrière (pas celle dans le porno, l'autre, celle d'auteuRE), un super coup de promo en fait.

– Autant chercher une aiguille dans le triangle des Bermudes, fais-je remarquer avec une petite pointe de découragement. On ne sait pas à qui appartiennent ces muscles sexy.

– Regarde sur ton portable, Cerise, suggère ma mère. Tu prends toujours plein de photos. Tu as bien dû le faire aussi ce soir-là, bourrée ou pas.

Je fais la moue en lui apprenant que je ne retrouve ni mon portable ni mon sac ni mon ordi et… ni ma voiture.

– T'as vraiment déconné, me reproche Vladimir. Fais au moins un petit effort et essaie de te souvenir dans quel tripot tu es allée te faire tripoter.

Je lève mes yeux vers la gauche et vers le haut. En PNL, ça signifie que je cherche dans mes souvenirs. Je me dis que, en me mettant en situation, je pourrais faire remonter des bribes de ma soirée de beuverie. Je me vois claquer la porte de notre Café Litt', cogner le volant de ma voiture (il a dû porter plainte pour maltraitance) à plusieurs reprises, traitant le blogueur de « connard » et de plein d'autres noms d'oiseaux, avoir mis le contact, pris la direction de Langon et avoir acheté du whisky au centre commercial (beurk, je déteste ça, je devais vraiment avoir perdu la tête). Je me revois sur le parking du supermarché en train de vider la bouteille. Puis… plus rien.

– Tu m'étonnes que ce soit le trou noir. Tu as du bol de ne pas avoir grillé quelques neurones. Bien que je n'en sois pas certain, observe Raphaël. Tu te rends compte que tu aurais pu être arrêtée par les flics ou pire, blesser quelqu'un ?

Mon fils et ses « si tu avais… ». Je n'ai jamais compris à quoi cela pouvait servir d'imaginer une situation qui n'a pas eu lieu et qui n'aura jamais lieu. Je préfère en plaisanter.

– Bref, j'ai eu chaud aux fesses !

Toutes les paires d'yeux se tournent vers moi.

– Bon, je vous l'accorde, j'ai mal choisi mon expression.

Je tape dans mes mains.

– Bien, par quoi commence-t-on ?

– Vu comme tu étais alcoolisée, tu n'as pas pu aller bien loin, conclut Jean. Il faut faire les bars de Langon en montrant ta photo. Peut-être que quelqu'un te reconnaîtra et saura nous dire avec qui tu as passé la soirée ?

– Tu as raison, s'enthousiasme Vlad.

– Mais que ferez-vous une fois que vous aurez les coordonnées de ce mec ?

Le regard mauvais que Pavlova lance à Clémentine suffit à lui faire comprendre ce qu'il fera à l'individu qui a osé salir ma réputation et par ricochet la réputation de la famille et de la maison d'édition.

Tout à coup, je soupire.

– Qu'est-ce qu'il y a, Cerise ? s'enquiert Vladimir.

– Je suis déçue.

Le brouhaha qui s'était mis en place à la suite de la découverte de ma non-participation à la sextape (ma carrière dans le porno s'est terminée avant d'avoir commencé) stoppe brutalement. Vladimir me demande de m'expliquer quant aux raisons de ma déception subite.

– Il avait un corps de dingue.

– De qui tu parles ?

– Du mec sur la vidéo.

– Attends, tu es en train de me dire que tu regrettes de ne pas te l'être tapé ?

Je hoche la tête, les yeux gourmands.

– Tant qu'à être discréditée autant en avoir profité. Et là, apparemment, ce n'est pas le cas.

Mon fils lève les yeux au ciel pendant que Pavlova me questionne, à la fois amusé et complice. Il a deviné que cette réflexion n'était pas sérieuse, mais devait aider à détendre l'atmosphère.

– Je croyais que tu aimais les hommes mûrs, de ton âge quoi ?

– Tu veux dire quoi par « mûrs » et « de mon âge » ? Tu sous-entends que je suis une « vieille » ? demandé-je en mimant les guillemets.

Mamy, qui semble s'être assoupie, interroge tout à coup.

– Mais pourquoi parlez-vous de ma mère ?

J'éclate de rire, suivie par toute l'assemblée.

– On parlait d'âge « mûr » pas de Grand-Mamy Mûre.

C'est à cet instant que ma bru revient de sa promenade. Elle nous informe que d'énormes nuages noirs menacent à l'horizon et que de grosses gouttes d'eau commencent déjà à tomber. Un vent très fort est en train de se lever. Comme en réponse à ses informations, une violente bourrasque fait claquer les volets.

– Les orages du 15 août sont en avance, annonce maman.

– Ah zut ! Jean, on devait tondre notre gazon, constate ma grand-mère. L'herbe est si haute.

– Euh, par « tondre votre gazon », tu sous-entends quoi, mamy ?

Elle a une moue étonnée.

– Je parle de notre petit bout d'herbe devant notre chambre. À quoi d'autre pensais-tu, Cerise ?

Légèrement embarrassée, je bafouille.

– À une petite coupe chez le coiffeur ?

– Pfff, tu sais bien que je refuse qu'on touche à mes cheveux et Jean n'a plus un poil sur le caillou. À part lui faire briller le crâne, je ne vois pas ce qu'une coiffeuse pourrait lui faire...

Puis se retournant vers son chéri.

– Alors, Jean, tu crois que c'est embêtant ?

– De quoi, que je sois chauve ?

– Mais non ! rouspète-t-elle, je te parle de l'herbe haute.

– T'inquiète, paupiette, lui répond-il, ce n'est pas prêt de dépasser le toit. En revanche, ce n'est pas bon pour la vigne, ça. Espérons qu'il ne grêle pas.

Je remercie secrètement Jean d'avoir changé involontairement de sujet. Toutefois, il vient de soulever un sujet qui, en effet, pourrait être dramatique pour mes jumeaux, Nathanaël et Gabriel, tous deux viticulteurs à Sauternes. Les grappes de raisin sont en pleine véraison et toute la récolte pourrait être détruite.

Comme s'il lisait dans mes pensées, Raphaël décide de les appeler. Il tombe directement sur leur messagerie respective.

– Ce n'est pas normal qu'ils ne répondent pas, constate-t-il.

Jean en déduit qu'ils sont probablement aux chais, car il n'y a pas de réseau là-bas.

– J'espère qu'il n'y a pas de problème avec la toiture, renchérit ma mère.

Raphaël propose de se rendre sur place pour voir si tout va bien. C'est alors que sa femme l'appelle pour l'aider à nourrir les filles. Elle ne peut pas se démerder toute seule, celle-là ? Quand je pense que j'ai élevé trois garçons sans mec.

– Pas tout à fait, j'étais là moi, chuchote Pavlova.

Je me mords la lèvre.

– J'ai parlé à voix haute ?

– Tu as marmonné dans ta barbe. De plus, le regard que tu lui as lancé suffisait à faire deviner le fond de ta pensée. Je ne comprends pas pourquoi tu ne l'aimes pas. Tu n'es quand même pas comme ces « mamas » briseuses du ménage de leur fils ?

– Raphaël mérite mieux.

Pavlova se tape le front

– Tu ne peux pas dire un truc comme ça. Pas toi, Cerise.

– Si, complètement, et j'assume. Je la trouve conne. Bête et… gnangnan.

– Gnangnan ?

– Cul-cul si tu préfères.

Il hoche la tête, pas convaincu.

– En parlant de cul-cul, si on allait sauver le tien ?

– Yes. On commence par quel bar ?

– On ne prend pas de bonnes décisions le ventre vide. Pour l'instant, nous allons d'abord nous régaler d'une tasse de thé et d'une part de gâteau, nous interrompt Clémentine. Eh oui, si tu te poses la question, j'ai tout entendu de votre conversation et je suis d'accord avec Pavlova. Elle est mignonne Jade. C'est une chouette nana.

Dépitée, je me dirige vers la cuisine et mets la bouilloire à chauffer. Maman sort un cake du moule et le dépose sous une cloche en verre. Rien qu'aux parfums qui s'en dégagent, je devine qu'il s'agit de mon préféré. Je m'approche d'elle et passe mes bras autour de son cou, ma tête reposant contre son dos.

– Tu es la meilleure, mamounette.

– Quoi ? Un câlin sans moi, questionne Clem, amusée. En quel honneur ?

Je montre du doigt la raison de mon sourire dégoulinant de gourmandise.

– Trop bien ! NOTRE gâteau ! C'est à mon tour de te faire un câlin, Prune. C'est exactement ce qu'il nous fallait avant de construire notre plan d'attaque.

C'est en sixième, à l'âge de onze ans que j'ai rencontré Clémentine. Quand j'ai parlé d'elle la première fois à mes parents, ils ont éclaté de rire. Quelle probabilité y avait-il que je rencontre une copine qui porte un nom de fruit tout comme moi ?

Clémentine et Cerise : deux fruits ronds, aussi insupportables l'un que l'autre à cause des pépins ou des noyaux. Parfois acides, souvent sucrés et toujours savoureux. Appartenant à deux saisons opposées, l'une chaude, l'autre froide. Comme notre amitié (des hauts, des bas, mais toujours là)... et le cake que ma mère a créé en notre honneur alliant un subtil mélange de gingembre, cannelle et fruits confits de... cerise et clémentine bien sûr.

Maman commence à peine à découper son fameux cake que tout le monde tend son assiette et se dispute le plus gros bout.

– Heureusement que j'en ai préparé un deuxième.

Un calme absolu règne dans la cuisine. Assis autour de la lourde table en chêne héritée de mon arrière-grand-mère, chacun apprécie la dégustation et savoure le thé à bonne température.

Papillon saute sur le plan de travail et se frotte contre moi. Je fais mine de l'ignorer, n'étant pas prête à lui donner un morceau de ma part. C'est alors qu'il se met à miauler comme un chien hurle à la mort.

– Quel comédien !

– Comme était ton père, remarque Pavlova.

C'est vrai qu'il était marrant mon papa. Je me souviens d'une nuit de décembre, quelques mois avant sa mort, nous étions dehors tous les deux à boire une tisane de Noël qu'il venait d'inventer. Il était encore en forme malgré son cancer qui progressait et la chimio qui le fatiguait. Assis tous les deux sur un banc, un plaid sur nos genoux et ma tête sur son épaule, nous regardions le ciel.

– Un jour, je serai là-haut et je te ferai des clins d'œil.

Je me souviens m'être sentie vide et froide tout à coup, comme si une partie de papa s'était déjà envolée. J'avais frissonné et m'étais davantage blottie contre lui. J'avais mis mon nez dans son cou et j'avais imprimé dans mon cerveau le souvenir de l'odeur de sa peau. Je l'avais serré si fort que j'avais eu peur un instant de le casser en deux. Il était tellement maigre.

– Je t'aime tant, papa.

– Moi aussi, ma fille chérie.

Tout à coup, il avait crié.

– Regarde, une étoile filante.

– Vite, fais un vœu, papounet !

– Zut je ne me souviens plus de mon vœu habituel.

– Mais on s'en fout, trouve autre chose à souhaiter.

Et c'est là qu'il avait dégainé son arme fatale : l'humour.

– Je fais le vœu que le vœu que je veux se réalise.

J'avais éclaté de rire. Et lui aussi.

Je regarde ma tasse de thé et le sachet que j'ai posé sur une petite assiette. Il serait peut-être temps que je m'occupe des plantes de papa et que je propose de nouveau ses tisanes au salon de thé.

Cette pensée me plonge dans ces rêves récurrents que je fais depuis qu'il est mort et dans lesquels je suis avec lui. Il me parle, comme si tout était comme avant. Pourquoi vient-il ?

Sa présence nocturne accentue si douloureusement son absence diurne et irréversible. Chaque jour, ma première pensée est pour lui, tout comme ma dernière. Et chaque jour, mon cœur se resserre de tristesse. Je me sens vidée de toute mon énergie tant mon esprit est plombé par le chagrin. Quand Papa m'avait annoncé sa maladie, il m'avait confié qu'il savait qu'il ne s'en sortirait pas. Je n'avais pas assimilé ce que cela sous-entendait. J'avais pensé qu'il allait devoir mener un dur combat, mais que, grâce à sa volonté et son déterminisme légendaire, il le remporterait. C'est quand j'avais senti que sa main ne serrait plus la mienne avec la même force, que son regard était parti ailleurs et se voilait, que son souffle était saccadé, que j'ai compris que la victoire reviendrait à son « crabe ».

Ma plongée dans le passé est interrompue par Pavlova qui dépose tout un fatras devant moi.

– Au fait, voilà tes fringues. Elles étaient jetées dans le local de la piscine. Je pense que tu as voulu te baigner et puis, je ne sais pas pourquoi, tu as changé d'avis – fort heureusement, car, bourrée comme tu étais, tu aurais pu te noyer – et tu as frappé à la porte d'entrée. En revanche, je n'ai trouvé ni ton sac ni ton portable.

Je regarde autour de moi et m'aperçois que je suis seule dans la cuisine.

– Où sont-ils tous passés ?

Mon ami me regarde bizarrement.

– Tu ne les as pas entendus partir ?

– À croire que non...

Tout en débarrassant la vaisselle de la table, il me répond que ma grand-mère et Jean sont allés se reposer, et que maman et ma belle-fille donnent le bain aux petites pendant que Raphaël et Clémentine dressent le plan de riposte à la sextape. Ils vont essayer de trouver des indices qui pourraient nous indiquer où a été filmée cette mémorable scène. J'approuve d'un hochement de tête. Il poursuit.

– Cette faculté que tu as de pouvoir t'échapper mentalement, je l'admire, tu sais. Alors, dis-moi, toi, où étais-tu passée ?

– Avec papa.

Je lui raconte pour la millième fois cette scène que j'affectionne tant. Pour la millième fois, il m'écoute, les larmes au coin de son sourire. Nos regards se rencontrent et s'accrochent pendant que ma main trouve refuge dans la sienne. Ce temps vécu ensemble, de l'enfance à aujourd'hui, nous dispense de mots.

– Je sens combien c'est difficile pour toi d'avancer sans lui.

Je respire profondément. Puis amorce un sourire.

– À chaque jour, un jour, comme on dit.

Il caresse ma joue.

– Ma Cerise, ton visage porte les stigmates de toute la peine que tu essaies de dissimuler. Ton sourire ne suffit pas à cacher la tristesse de ton regard. Il manque cette étincelle malicieuse.

Je ferme les yeux et laisse encore ma joue reposer contre la paume de sa main. Je comprends que je n'ai besoin de personne d'autre que lui…

– Elle reviendra, cette malice, Vlad.

– Je sais, je sais…

Mon chat est assis en bout de table et nous observe. Je mettrais ma main à couper qu'il plisse les yeux. Est-il encore en colère contre moi parce que je lui ai refusé un bout de gâteau ? Ou cherche-t-il à me faire passer un message subliminal ? Pour toute réponse, il entreprend un nettoyage de ses parties intimes. Cette scène est exactement ce dont j'avais besoin pour m'enlever ce poids dans ma poitrine.

– Sympa, le minou.

Vladimir écarquille les yeux.

– T'as pas dit ça ?

– Si, je crois bien.

– Ton cas est désespéré, Cerise.

– Dis-toi plutôt que j'ai de l'humour en toute circonstance. Tu connais cette citation : « ne prenez pas la vie au sérieux...

– ... de toute façon vous n'en sortirez pas vivant ». Oui, ton père nous la sortait à chaque fois que nous nous vexions. En parlant de « sérieux », tu t'es vraiment crue capable d'accomplir de telles prouesses sexuelles ?

– Tu es incorrigible, Pavlova !

– Je suis surtout soulagé que ce ne soit pas toi sur ce film et, après ces heures d'angoisse, j'ai besoin de rire. Au fait, tu es certaine de ne pas vouloir porter plainte ?

– Oui, certaine. Je suis persuadée que le type sur la vidéo n'est qu'un pion. Quelqu'un d'autre tire les ficelles et je veux savoir qui. La police se contentera de le blâmer et rien d'autre. Moi, je veux confondre le commanditaire de la sextape.

– Rhooo, on se croirait dans un film. J'en ai la chair de poule, ajoute-t-il en s'esclaffant. Sans déconner, tu crois qu'il y a quelqu'un d'autre derrière tout ça ? Genre qui, par exemple ?

– Genre... Maxime Dutourd.

CHAPITRE 5

« ET ÇA CONTINUE ENCORE ET ENCORE, C'EST QUE LE DÉBUT, D'ACCORD, D'ACCORD »

Pavlova ouvre de gros yeux.

– J'appelle tout de suite l'hôpital psychiatrique de Cadillac ou j'attends deux secondes ? Tu te rends compte de ce que tu dis ? Il aurait monté un complot contre toi ? Mais pourquoi ? On parle bien d'un blogueur ?

– Tout à fait.

– Pour quelles raisons penses-tu que c'est lui ?

D'un air énigmatique, je réponds :

– À cause de cette phrase qu'il a prononcée.

– Je t'écoute.

Je prends une pause de quelques secondes puis déclare.

– Avant de quitter le salon de thé, il m'a dit « vous êtes finie ».

Vlad s'esclaffe.

– C'est tout ?

– Comment ça, c'est tout ? C'est une menace.

– Mais pas du tout. Ce sont juste des paroles prononcées sur le coup de la colère. Il a dit ça comme il aurait dit « je vais vous casser ». C'est ce qu'il a fait, car il t'a vraiment pourrie sur son blog. Je dois reconnaître qu'il écrit bien. Tu n'as toujours pas lu son article ?

– Pas envie.

– Tu as raison. Ça te foutra le blues et tu dois rester concentrée, car tu as un nouveau bouquin à écrire.

– Pas envie non plus.

Pavlova me fusille du regard.

– Tu vas bien m'écouter. Peu importe que tu sois une des actionnaires de la maison d'édition. Tu es liée comme tous les autres auteurs par contrat et sans privilège supplémentaire. Dois-je te rappeler qu'un engagement est un engagement ? Tu vas te mettre au taff et vite.

– Sinon quoi ?

– Sinon… rien. À toi de prendre tes décisions. Mais il faudra que tu sois forte pour en accepter les conséquences.

Mais je rêve où mon meilleur ami est en train de me menacer ? Je porte mon pouce à la bouche et commence à ronger ce qu'il reste d'ongle.

– Cerise, arrête.

Je fais la moue.

– Tu n'es pas gentil.

– Si, je suis gentil, mais je n'accepte pas tes caprices, *my Cherry on the cake.*

Il remet en place une de mes mèches de cheveux.

– Promets-moi que je serai toujours ta *Cherry on the cake.*

Il met sa main sur son cœur.

– Ça fait près de quarante-cinq ans que je suis là et je suis certain d'avoir vécu nos meilleures années. Donc, ce n'est pas maintenant que tu alternes entre plusieurs états, dégoulinante de sueur, peau encore plus sèche qu'un désert en période de sécheresse (c'est dire !), visage rouge comme une tomate, claquement des dents et frigorification avancée, pleurs devant un hanneton écrasé, bref que tu es devenue chiante ET ménopausée, que je vais te quitter.

Je lui mets une tape sur l'épaule.

– Suis pas chiante.

– Non, tu es TRÈS chiante. Tu trouveras la nuance subtile.

Je dépose un baiser sur sa joue.

– Dis-moi, tu n'as pas ouvert le Café Litt' ?

– Non, j'y ai renoncé. J'ai informé tes lecteurs de l'annulation de la dédicace sur les réseaux sociaux. Il tombe des trombes d'eau et on n'y voit rien à un mètre. Je suis même persuadé que le Ciron est sorti de son lit et que des routes sont inondées.

Je regarde par la baie vitrée. En effet, c'est la tempête dehors. Je frissonne.

– Tu veux que j'allume une flambée ?

Je souris. Il me connaît si bien. Avec moi, tout est prétexte à craquer une allumette dans la cheminée. Vladimir ajoute :

– On a décidé de tous se retrouver à la cuisine pour 19 h et préparer le dîner ensemble. On pourra faire une belle grillade avec les braises.

Alors que le feu se met à crépiter, je le regarde les yeux pleins de larmes.

– Oh, non, *my Cherry on the cake*. Qu'est-ce qu'il y a ?

Je ne peux réprimer un sanglot.

– J'ai tout foutu en l'air. Je suis désolée. Je n'ai jamais été dans le rang, mais… là, je sais que j'ai déconné.

Il fait le tour du bar et me prend dans ses bras.

– Jean nous a apporté la preuve que tu n'as rien fait.

– Je ne parle pas de la vidéo. Je n'aurais pas dû aller me saouler. Depuis le décès de papa, je fais n'importe quoi.

– Nous le savons tous que tu as perdu ton mentor, ta boussole.

Je renifle.

– Je ne réalise pas, Pavlova. Je me dis qu'il va arriver, entrer avec ses grosses bottes recouvertes de terre, que je vais l'engueuler parce qu'il en met partout, qu'il va hausser les épaules et venir ici dans la cuisine préparer une de ses dernières tisanes.

– Je ne réalise pas non plus… Il me manque.

– Tout est devenu si difficile.

Je souris faiblement.

– Tu te souviens quand on lui posait une question ?

Pavlova acquiesce.

– Il ne pouvait jamais aller à l'essentiel. Non, il fallait qu'il raconte tout depuis les origines, comment tel ou tel objet avait été inventé, d'où venait tel mot, comment tel pays était devenu indépendant, s'était construit… Il ne pouvait faire les choses simplement. Il était perfectionniste.

J'avale ma salive.

– Oh mon Dieu, je déteste parler de lui au passé. Depuis qu'il est… mort, je dois accepter son silence et laisser mes questions sans réponse. C'est insupportable.

– Il a laissé un vide immense.

– Un vide qui vide… Un vide qui a créé un trou monumental dans mon cœur et dans ma vie que rien ne pourra remplir.

– Non, rien.

On reste ainsi tous les deux à partager notre chagrin, laissant les flammes réchauffer nos cœurs froids. Vladimir interrompt ce moment suspendu.

– Je te prépare un chocolat chaud ?

– Avec des guimauves ?

– J'espère qu'il y en a encore, ajoute-t-il en ouvrant le placard à confiseries. Bingo, une poche entière !

Après avoir fait fondre le chocolat dans une casserole et avoir ajouté le lait, il verse le tout dans deux tasses. Il les dépose délicatement devant moi et retourne nettoyer la vaisselle.

– Oh, tu es un amour !

Il se retourne vers moi.

– Merci. Mais ce n'est qu'un chocolat chaud. Tiens, d'ailleurs, j'ai même oublié les guimauves.

– Non, ce n'est pas pour le chocolat. Enfin si, aussi, mais pour le cœur que tu as dessiné.

Il regarde la tasse avec étonnement. Il soupire tout en me tendant le sachet de guimauves..

– Promets-moi que je serai toujours un amour quand je t'aurai avoué ce que je m'apprête à t'avouer.

J'ouvre de grands yeux, ne comprenant pas trop où il veut en venir.

– Désolé, je vais te décevoir. Ce n'est pas moi qui ai dessiné le cœur. J'en serais incapable.

– Pavlova, dans cette cuisine, il n'y a que toi et moi. Les tasses sont passées de tes mains aux miennes.

– Non, tu as oublié quelqu'un.

Il montre du doigt mon chat.

– Tu n'es pas sérieux là ?

Papillon miaule très fort et s'assoit, assez majestueusement, je dois le reconnaître, sur le plan de travail à côté de ma tasse. Vlad et moi nous regardons.

– Tu crois que c'est…

– … ton père. On dit que les défunts peuvent nous envoyer des signes. Je ne vois que cette explication même si elle me semble toutefois tirée par les cheveux. Cependant, comme tu me l'as fait remarquer, ce cœur sur la mousse de ton chocolat chaud, ce n'est ni toi, ni moi qui l'avons dessiné.

Quant à Papillon, même si ce félin a, j'en suis certain, des talents cachés, je le vois mal réaliser un cœur avec le bout de ses griffes et sans que nous ne le voyions.

– Les chats peuvent être perfides parfois.

– Je n'en doute pas. Cependant, à ce stade-là, c'est plus que de la perfidie. C'est machiavélique. Franchement, si c'est lui, embauche-le pour le lancement de ton futur livre. Vous allez faire un carton.

J'éclate de rire.

– Oh, ce serait si marrant. Papillon avec des lunettes et un costard.

Le fou rire nous gagne. Mon chat en profite pour croquer la guimauve sur le chocolat chaud et en laper le contenu.

Le ciel est alors zébré d'éclairs et un assourdissant bruit de tonnerre retentit faisant vibrer les vitres. L'électricité se coupe dans la maison. Papillon se met à bondir dans tous les sens et termine sa course dans mes bras toutes griffes dehors. À présent, en plus des suçons, j'ai deux énormes griffures sur le décolleté. Décidément, j'aurais dû rester couchée. En me levant du pied gauche, c'était certain que tout serait pourri dans le royaume de Cerise.

La porte d'entrée claque et deux faisceaux lumineux apparaissent. Je pousse un hurlement.

– Oh, tout va bien ! Calmez-vous. Ce n'est que nous. Vous faites quoi dans le noir ? Des cochonneries ?

Nathanaël et Gabriel, mes fils, mouillés de la tête aux pieds, inondent mon beau plancher tout juste ciré.

– Les plombs ont sauté.

– Ah, je préfère, maman, rétorque Gabriel, parce que, vous imaginer en train de… Brrr, j'en ai froid dans le dos.

– Je dirais même que c'est dégoûtant et cela pourrait être traumatisant, renchérit son frère.

– Vous avez passé l'âge d'être traumatisé par une vision de jambes en l'air.

– Vous essayez de nous avouer un truc ?

La lumière revient tout à coup.

– Un peu de sérieux, Nat. On était juste en train de se préparer un chocolat chaud quand l'orage a éclaté.

Pourquoi suis-je en train de me justifier ? D'autant plus qu'il n'y a rien à justifier. Et quand bien même, il y aurait quelque chose à justifier, je ne devrais pas avoir à me justifier. OK, je suis en train de m'emmêler les pinceaux. Peut-être parce que l'idée que Vladimir et moi aurions à nous justifier ne me déplairait pas.

Mon fils plisse les yeux de malice.

– OK, mais dis, Vlad, tu fais quoi avec une louche en l'air ? C'est ton nouveau sex toy ?

Je me retourne vers mon ami, les yeux plus ronds qu'un ballon de football.

– C'est tout ce que j'ai trouvé comme arme quand on a vu les lumières de vos torches.

Je réprime un fou rire.

– Pourquoi êtes-vous à la maison ? questionne-t-il afin de détourner la conversation.

– Quand la grêle a commencé à tomber, on a voulu aller voir les dégâts sur les vignes.

L'hystérie de Vladimir devance la mienne.

– Vous êtes sortis avec un temps à décorner un bœuf ? Sous l'orage ? Je pensais que votre mère avait choisi l'option « intelligence » avant de vous mettre au monde. Elle a dû se tromper de touche et taper sur « imbécillité ».

Gabriel regarde Nathanaël.

– Il me semble, cher frère, que vous êtes tout entier.

Nathanaël prend du recul et scanne son jumeau.

– Il me semble, mon cher frère, que vous l'êtes aussi. Comme je suis heureux de voir que vous allez bien et que rien de grave ne vous soit arrivé.

J'éclate de rire, n'ayant jamais réussi à garder mon sérieux plus de deux minutes devant mes clowns de fils.

– Vous avez raison, nous en faisons toujours un peu trop. Mais c'est parce qu'on a peur pour vous et…

– On comprend bien, m'interrompt Nat. Cependant, si vous estimez que nous avons passé l'âge d'être traumatisés par une vision de jambes en l'air, cela signifie aussi qu'on est assez grands pour prendre soin de nous-mêmes, non ?

Touché ! Gabriel tourne sur lui-même.

– Eh, regarde, Papavlova, tout va bien. Enfin, nous, nous allons bien. Il n'en est pas de même pour le van.

Mon hystérie revient au galop et cette fois-ci coiffe sur la ligne d'arrivée celle de Vladimir.

– Quoi ?

– Un tronc d'arbre lui est tombé dessus pendant que nous étions dans les chais à inspecter la toiture. C'est un vrai déluge d'acacias dehors. On va pouvoir en faire des piquets, ajoute Nat en se marrant.

Je le regarde, interloquée.

– Qu'est-ce qui ne tourne pas rond chez vous ?

– Les pneus de notre van, répond Gabriel hilare, en tapant dans la main de son frère.

C'est acté, mes fils sont irrécupérables. Ils sont nés avec un naturel optimiste et, malgré les coups déjà reçus par la vie, ils le conservent. Je devrais peut-être prendre exemple sur eux.

– C'est bon, les engueulades sont terminées ? On peut passer aux embrassades ? demande Nat nous dévoilant dans un magnifique sourire ses belles dents blanches qui ont coûté une blinde à ma mutuelle et enrichi l'orthodontiste.

Ils s'avancent vers moi, font résonner deux énormes bises sur mes joues et laissent de monumentales traînées de terre sur le sol.

Tel grand-père, tels petits-fils.

– Jamais vous vous déchaussez, les gars ?

Comme s'il n'avait pas entendu, Gabriel demande.

– T'as du réseau, maman ? Parce que nous, rien, *nada*. Oh, chouette, il reste du cake de mamy ! Tu viens, Nat, on va se régaler. J'ai une faim de loup. Les émotions, ça creuse.

– Ça t'arrive de faire une pause dans tes phrases juste pour respirer et permettre à nos vieux cerveaux d'assimiler toutes les infos que tu leur envoies ?

– Il paraît que plus on vieillit, plus il faut faire travailler ses méninges. Voici donc ma contribution à votre gymnastique intellectuelle, c'est cadeau.

Et il m'adresse un clin d'œil. Chenapan !

– Non, mais les garçons quoi ! Vous avez vu dans quel état vous avez mis la maison ?

– Mélodie, s'écrient-ils en chœur, viens là qu'on t'embrasse !

Ils la soulèvent de terre à tour de rôle et la font tourner. Elle rit aux éclats tout en essayant de reprendre un ton autoritaire.

– Reposez-moi, enfin ! Vous n'êtes plus des gamins et moi plus toute jeune. Vous allez me donner le tournis, mes petits.

– Il faut choisir, Mélo, on n'est plus des gamins, mais on est encore tes petits ?

– Même avec les cheveux blancs et une canne, et si Dieu me prête vie jusque-là, vous serez toujours mes petits.

À contrecœur, ils la déposent non sans l'avoir de nouveau couverte de baisers.

– Tu nous fais un bon café ?

Mélodie regarde sa montre.

– Tout de suite ?

– Non, demain, répond Nathanaël, taquin. Bien sûr que ce café, on le veut maintenant.

Elle soupire et montre l'horloge du doigt. Mon fils se tape le front.

– On n'avait pas vu l'heure. C'est plutôt le moment de l'apéro. Au fait, vous savez où est Raph ? On est passé à La Grange avant d'aller aux chais et il n'y avait personne.

« La Grange » est un vieux bâtiment sur la propriété des jumeaux que nous avons fait restaurer en habitation pour Raphaël. Mes trois fils sont inséparables. En fait, toute ma famille est inséparable. Nous sommes toujours les uns avec les autres, les uns sur les autres, les uns se mêlant des affaires des autres, les uns consolant ou félicitant les autres, tout cela avec autant de bienveillance que de reproches et de disputes.

– On parle de moi ? demande l'intéressé débarquant dans la cuisine avec mes petites-filles que je m'empresse de prendre dans mes bras et de couvrir de baisers.

– Arrête, Cerise, tu vas leur user la peau et il ne me restera rien à bécoter, s'exclame Pavlova. Venez dans les bras de Papilova, ils sont plus confortables.

– Papilova ? Ça fait pas un peu émission coquine ?

Je ne peux retenir un éclat de rire, repris par toute l'assemblée présente.

– Si ! Ça résonne comme « Docteur Love », mais pour les grands-pères, s'esclaffe Mélodie.

– Oh vous, c'est bon. Je crois qu'il y a l'apéro à préparer, réplique Vladimir, un tantinet vexé.

Mélodie, de bonne composition et toujours prise par le fou rire, sort les verres.

– Attention à ne pas mettre…

– C'est bon, Nat, je sais qu'il ne faut pas mettre le blanc du zeste. Qu'est-ce que vous voulez manger avec ?

Un éclair d'une intensité extraordinairement forte coupe le ciel en deux et le craquement d'un arbre nous fait comprendre que la foudre n'est pas tombée loin. Mes petites-filles se mettent à hurler

– Ze n'aime pas l'oraze, mamy. Z'ai peur, chouine Prunelle.

Mélodie lui tend la main.

– Viens, ma puce, je vais te préparer un bon jus de pêches du verger. Tu veux venir toi aussi, Myrtille ? Elle a pris son biberon ? demande-t-elle à leur papa.

– Non, pas encore.

Raphaël accepte que Mélo s'occupe des filles, car Jade prend un bain et quant à lui, il a besoin de me parler. Notre employée de maison installe Prunelle dans la chaise haute puis, Myrtille dans les bras, met à chauffer le lait sur la gazinière. Nos verres à la main, nous nous installons au salon où Pavlova a allumé le feu dans la cheminée ainsi que plein de bougies.

– C'est au cas où l'électricité viendrait encore à se couper, se sent-il obligé de préciser.

Je me réfugie dans ses bras pour le remercier. Je suis alors frappée par l'effet apaisant que son parfum a sur moi.

– Vous n'avez jamais pensé tous les deux à devenir un vrai couple ?

Comme prise en faute, je m'empresse de quitter la chaleur des bras de Vladimir et de répondre d'un ton léger à Clémentine qui vient de surgir de nulle part.

– Jamais de la vie. Ce serait incestueux, pas vrai, Pavlova ?

– Mouais, répond-il tout en se dandinant sur ses pieds.

– Et tu étais où, Clem ? demandé-je pour rapidement changer de sujet.

Tout en dégustant une tranche de saucisson, elle m'explique qu'elle vient de raccrocher avec mon attachée de presse. Elles ont mis en place un plan de contre-attaque qui devrait mettre KO l'expéditeur de la vidéo.

– De quelle vidéo parlez-vous ? interroge Gabriel.

La chanson de Francis Cabrel me vient à l'esprit : « et ça continue, encore et encore, c'est que le début, d'accord, d'accord. »

Je lève la main.

– Si on pouvait juste éviter que les images circulent de nouveau…

– Pourquoi ? Il faut préparer les mouchoirs ?

Je jette un œil noir à Nathanaël.

– Plutôt le parapluie pour se protéger des foudres de maman, réplique son jumeau. Raph, briefe-nous rapidement. On se passera du film et des popcorns.

Pendant que mon fils aîné leur raconte les derniers événements cinématographiques dans lesquels (il se trouve donc que) je ne suis finalement pas la tête d'affiche ni un des rôles secondaires ni même une figurante, j'avale coup sur coup deux verres de SweetZ[1]. Alors que je m'apprête à en boire un troisième, Vladimir pose doucement sa main sur la mienne et m'entraîne dans le bureau.

– On est là pour toi. Tu n'as pas besoin de boire.

Je ronge de nouveau ce qu'il reste d'ongle à mon pouce. Bientôt, je vais pouvoir attaquer directement la peau.

– J'ai peur, Pavlova. Les gens vont-ils vraiment nous croire quand on leur dira que ce n'est pas moi sur la vidéo ? Va-t-on réussir à la faire disparaître et surtout à supprimer mon identification ? Et si mon nom restait pour toujours collé à ces images ?

1. Le SweetZ est un cocktail en vogue avec du Sauternes, deux glaçons et un zeste d'orange.

– On a les moyens technologiques et financiers pour détruire toutes les traces. Il nous faut d'abord trouver le mec à l'origine de la diffusion. Ensuite, on lui fera comprendre qu'on n'hésitera pas à le poursuivre en justice si la vidéo continue de circuler. On va le pulvériser, n'en doute pas.

Je ne peux retenir plus longtemps mes larmes.

– Pourquoi on me fait ça à moi ? Qui peut m'en vouloir autant pour m'humilier de la sorte ?

Il secoue la tête tout en essuyant mes joues avec un mouchoir.

– Tu es une personnalité, *my Cherry on the cake*. Tu vis de tes livres et tu en vis plus que bien. Des tas de gens sont jaloux.

Pour la énième fois de la journée, il me prend dans ses bras. Et, pour la deuxième fois en l'espace de quelques minutes, j'en suis troublée. Je m'en dégage comme si j'avais reçu une décharge électrique.

– Qu'est-ce qu'il y a, Cerise ?

– Rien, laisse tomber.

– Tu viens de me repousser ! J'ai fait ou dit quelque chose de mal ?

Mon Dieu, non. Il n'a rien fait de mal. C'est plutôt le contraire. Mon cœur et mon corps le veulent tout entier, mais ma tête le repousse. Comment vais-je m'en sortir ?

– Eh, il y a des lits pour faire ça ! Vous n'êtes plus des gosses, faites gaffe, vous allez vous froisser un muscle à votre âge, nous interrompt Clémentine, à deux doigts de faire une syncope tant elle rit.

Sauvée *in extremis* par ma meilleure amie. Si elle savait !

– On vous attend dans le salon pour trinquer.

Je l'attrape par le bras alors que je regarde Vladimir partir vers son appartement, les épaules rentrées et le dos voûté.

– Les garçons ne sont pas trop choqués ?

– Pas du tout. Je te rappelle que ce n'est pas toi sur la vidéo. Allez, viens, on va boire un verre avant d'établir notre planning de riposte pour demain. Cela va nous détendre.

Puis, en pointant la silhouette de Vlad.

– Vous vous êtes engueulés ?

Je hausse les épaules et l'entraîne vers les autres membres de ma famille.

Grand-mère Pomme et son amoureux Jean sont confortablement installés dans le canapé, un verre de Sauternes à la main. Ils discutent avec passion avec les jumeaux. On dirait presque un duel entre générations.

– C'est une hérésie que de mettre des glaçons dans le Sauternes. Moi, vivante, jamais !

– C'est à cause de gens qui pensent comme toi, grand-mamy, que cette appellation meurt.

– Quoi, tu veux que je meure ?

– Non, chérie, il a dit que cette appellation meurt, car des gens comme toi ne veulent pas changer.

– Pourquoi veux-tu que je me change ?

– Maman, es-tu sûre d'avoir mis tes aides auditives ? lui demande ma mère.

Pomme pose les mains sur ses joues toutes rouges.

– Oh, j'ai dû passer pour une folle. J'ai éteint mes oreilles tout à l'heure pendant la sieste et j'ai oublié de les rallumer.

– Si je pouvais moi aussi éteindre mes oreilles quand Myrtille hurle ! reprend Raphaël.

Il lève son verre.

– On « tchine » ?

Tout le monde l'imite. On est sur le point de trinquer quand, tout à coup, maman demande.

– Où est Vladimir ?

Une chape de tristesse me tombe sur les épaules, ce qui n'échappe pas à Clémentine. Elle répond à ma place.

– Il avait un coup de fil urgent à passer. Un truc pour le boulot. Il va vite revenir. Ne l'attendons pas. À nous tous, ajoute-t-elle en levant son verre.

La sonnerie de l'interphone retentit alors.

– Je ne peux pas aller ouvrir, hurle Mélodie de la cuisine, je nourris les petites.

Je me dirige vers l'écran afin de savoir qui vient nous rendre visite avant de déclencher l'ouverture du portail.

– Mais il ne manque pas de culot !

J'attrape le club de golf de Vladimir dans le chariot qu'il laisse toujours dans l'entrée, ouvre la porte violemment et sors sous une pluie battante, sans parapluie et à deux doigts de me faire emporter vers d'autres cieux tant le vent souffle.

– Il va voir de quel bois je me chauffe.

CHAPITRE 6

UNE LEÇON D'ANATOMIE
UNE LEÇON DE VIE

– Cerise, s'époumone ma mère, tu vas attraper la mort !

C'est plutôt moi qui tiens la mort au bout du club de golf et je m'en vais la refiler. Je vais le pulvériser, l'atomiser, le réduire en purée. Je garderai ses testicules en trophée.

– Putain, mais tu fais quoi là ?

Vladimir me barre le chemin. Si je n'avais pas une mission à exécuter ou plutôt un compte à régler, je lui sauterais dessus tant il est sexy, les cheveux plaqués par la pluie et la chemise mouillée dévoilant ses pectoraux saillants. Et au diable mes principes sur l'amitié de toujours et de « pas toucher, c'est comme mon frère ». Un, il paraît qu'entre l'amour et l'amitié c'est kif-kif ; deux, ce n'est pas mon frère ; trois, il y a longtemps que je n'ai pas reniflé le torse d'un mec. Enfin, que je me souvienne avoir reniflé le torse d'un mec.

Mais la haine est plus forte que le désir.

– Pousse-toi, Vladimir Pavlov.

Il reste au milieu de ma route et de mon objectif. Il se campe sur ses jambes et croise les bras. Je n'avais pas remarqué qu'il avait les biceps aussi développés. Je vais arrêter là ma leçon d'anatomie sinon je risque de chercher à en découvrir davantage. Et énervée comme je suis, je ne donne pas cher de ses belles fringues qu'il ne voulait pas tacher quelques heures plus tôt et qui, à présent sont, de toute façon, juste bonnes à servir de chiffons pour les vitres.

– Non, pas avant que tu m'aies expliqué quelle mouche te pique.

– Lui, là-bas.

– De qui tu parles ?

– Excusez-moi, je pourrais utiliser votre téléphone ?

Mon corps se vide de tout mon sang. Je pousse un cri et telle une Walkyrie, mais sans monture ni armure et avec beaucoup moins de sex-appeal, je fonce vers l'objet de ma colère et de ma future bronchite, club de golf au-dessus de ma tête.

Je n'ai pas fait deux pas que je glisse sur une énorme flaque d'eau et nous étale à terre, mon amour propre et moi-même.

– Fais chier !

J'écarte les mèches de mes cheveux qui ressemblent à présent aux franges d'une serpillière espagnole et aperçois une main tendue. Une chevalière au majeur. J'en déduis que ce n'est pas la main de Vladimir qui ne porte aucune bague et qui est actuellement plié en deux de rire.

– Foutez le camp ! Même à l'agonie, je n'accepterai pas votre aide. Plutôt crever.

– En effet, vous êtes perspicace, Mademoiselle Simon, car si vous restez ainsi dans et sous l'eau, il y a de fortes chances que vous passiez de vie à trépas.

Connard. Je l'ai déjà dit, non ?

– Vlad, aide-moi.

Mon ami s'accroupit derrière moi et passe ses bras sous mes aisselles.

– Tu ne vas pas me repousser cette fois ? murmure-t-il avec une pointe de rancœur dans la voix.

– Je n'ai pas envie de plaisanter, Vladimir. Je suis frigorifiée.

Il m'aide à me relever.

– Et lui, qu'en fait-on ? On ne peut pas le laisser comme ça.

– Il n'a qu'à repartir à sa voiture et attendre qu'il y ait de nouveau du réseau.

– Je n'ai pas de voiture, nous avoue-t-il.

– Comment êtes-vous venu jusqu'ici alors ? Pas à pied en tous cas.

– En fait, je voulais dire ce n'est pas MA voiture. C'est la vôtre.

Mes yeux sortent de leurs orbites en même temps. Sans compter que toutes mes dents vont se déchausser tant elles claquent les unes sur les autres à cause du froid qui m'envahit. Je dois ressembler à la sorcière de Blanche-Neige. Tiens, je lui offrirais bien une pomme empoisonnée, à cet intrus.

– Qu'est-ce que vous foutez avec ma bagnole, Monsieur Dutourd ?

– C'est une longue histoire. Ne peut-on pas en discuter au chaud ?

– Allez, Cerise, rentrons. On va tomber malade.

Je capitule. La Walkyrie que je supposais être dépose les armes (enfin le club de golf) et, grelottante de froid, légèrement boiteuse (demain, ça risque de piquer au niveau des articulations) remonte l'allée vers la maison, appuyée sur l'avant-bras de Pavlova.

La porte s'ouvre en grand pour nous laisser passer et maman nous tend des serviettes chaudes. Toute ma smala est dans l'entrée. Je mettrais ma main à couper voire même ma tête qu'ils ont tous maté la scène depuis les fenêtres.

– Bonjour, Monsieur. Je suis Prune, la maman de Cerise et…

Je l'interromps.

– Tu ne l'invites pas à s'asseoir. Cet homme est mon pire ennemi. Il a juste le droit de passer un coup de fil et il s'en va.

– Nous n'avons toujours pas de réseau, fait remarquer Clémentine qui dévore Dutourd des yeux.

– Trouvez un téléphone filaire ou satellite. Un télégraphe. Ou un pigeon voyageur. N'importe quoi qui permette de communiquer avec l'extérieur. Sinon, prêtez-lui une trottinette.

– On n'en a pas, fait remarquer à juste titre Vladimir.

J'explose.

– Je m'en fous ! Fabriquez-en une !

Je montre le blogueur du doigt.

– Je ne veux pas respirer le même air que… que ce traître !

On entendrait une mouche voler. Personne ne parle. Tous les regards sont tournés vers moi et semblent se demander qui est dans le corps de Cerise, elle d'habitude accueillante et bienveillante. Eh bien, Cerise, elle en a ras le derrière d'être toujours gentille, car « trop bonne, trop conne », dit-on.

Je m'apprête à en rajouter une couche quand Mamy Pomme, surgissant de je ne sais où, s'exclame.

– Mon petit Maxime, que faites-vous là ? J'ai oublié notre rendez-vous ?

Je fais volte-face et offre un visage très crispé à ma grand-mère.

– Tu le connais ?

– C'est mon prof de yoga.

– Parce que tu fais du yoga ?

Qu'est-ce que je vais apprendre de plus sur ma grand-mère ? Qu'elle est devenue un moine bouddhiste, qu'elle marche pieds nus sur des braises ? Qu'elle était un homme avant ? Qu'elle vient de Mars et non de Venus ? Et si elle était une extra-terrestre ? Si ça se trouve, elle est comme Leeloo dans

Le cinquième élément, avec les cheveux orange en moins et beaucoup d'années en plus.

– Oui, je suis très agile. Je réussis à faire la position du lotus, de la tortue et du chien aussi. À mon âge, te rends-tu compte ? C'est grâce à Maxime.

Tout est en train de se mélanger dans mon cerveau et je commence à bouillir. Dans deux secondes, des bouts de ma cervelle vont tapisser le mur.

– Tu marches avec une canne parce que tu as des problèmes à la hanche. Comment peux-tu alors croiser tes jambes l'une sur l'autre ?

– Un miracle, me répond-elle avec un air coquin.

– C'est ça, un miracle. Tu me prends pour un lapin de six semaines ?

Jean et Mamy Pomme pouffent de rire, rejoints très vite par Dutourd.

– Tu te moques de nous, en fait, reprend ma mère.

– Elle est aussi raide qu'un piquet, s'esclaffe Jean. En fait, Maxime est kiné également. Son cabinet est à Podensac. J'y amène ta grand-mère deux fois par semaine. Il lui fait faire des exercices d'assouplissement afin qu'elle souffre moins de sa hanche et qu'elle puisse marcher avec plus d'agilité.

Je me retourne vers le principal intéressé, les mains sur les hanches.

– Donc, en plus de votre rôle de scribouillard dans votre blog à deux balles, vous portez une blouse blanche et installez dix clients à la minute sur des machines pendant que vous vous faites les ongles. Vous palpez un max de fric sans rien foutre, quoi !

Il m'adresse un regard malicieux.

– C'est assez bien décrit, à deux ou trois détails près.

– Lesquels ?

– C'est un métier très physique et qui demande de la disponibilité et de l'écoute. Quand mes patients ne peuvent se déplacer, je me rends chez eux. Une fois par semaine, je donne bénévolement des cours de yoga dans le cadre des restos du cœur. Donc, non, je ne me fais pas du fric facile et je n'ai même pas le temps pour une manucure.

Il vient de me moucher. C'est de bonne guerre et je ne lui en veux pas. Bien au contraire, car je suis presque sur le point de l'admirer. J'ai dit « presque ». Il ne faut pas pousser mémé dans les orties, quand même. Déjà qu'elle est mal en point, ma petite mamy…

Je farfouille dans ma tête pour trouver une bonne répartie quand il me montre mon bras.

– Vous saignez, Cerise.

Je touche mon coude qui est assez douloureux.

– C'est « Madame Simon » pour vous, dois-je vous le rappeler ?

– Je saurai m'en souvenir.

Ma mère s'approche de moi.

– Mon Dieu, mais oui, tu es blessée, chérie.

– Ce n'est rien, juste quelques égratignures. Je m'en remettrai.

Moi, oui. Ma fierté, c'est moins sûr. Je désigne le kiné-blogueur.

– Il doit avoir dégagé quand je redescends. Vlad, tu veux bien m'aider à monter les escaliers ?

Vladimir m'aide à enlever mes vêtements. Il fait attention à ce que l'étoffe ne frôle pas les plaies. Ce n'est pas la première fois que je me retrouve en sous-vêtements devant lui, et ce, pas plus tard que ce matin (d'ailleurs, j'étais nue, si je me souviens bien), mais c'est la première fois que je me sens mal à l'aise.

Il revient de la salle de bains avec du coton et du désinfectant. Il tamponne délicatement afin d'enlever les traces de sang. Il n'a pas prononcé un mot depuis que nous sommes tous les deux.

– Pavlova, je suis désolée pour tout à l'heure. Je ne voulais pas te repousser.

Il ne répond pas et se lève pour jeter les cotons souillés à la poubelle. Il ouvre le robinet de la baignoire et les parfums qui s'échappent me confirment qu'il a versé des sels de bain dans l'eau.

– Je te laisse. Je ne ferme pas la porte afin que tu puisses m'appeler quand tu auras fini. Je viendrai t'aider à t'habiller.

– Vlad, je…

Il plonge ses yeux dans les miens puis sort. Je l'apostrophe.

– Vladimir, c'était quoi ce regard ?

J'entends claquer la porte de ma chambre. Il avait pourtant dit qu'il ne la fermerait pas. Alors, en râlant, clopin-clopant, je sors de la salle de bains afin d'aller ouvrir cette fameuse porte. Je m'arrête net.

Il est là, assis sur mon lit, la tête entre les mains. J'ai une furieuse envie – encore ! – de le prendre dans mes bras, mais pas comme une amie. Je m'approche doucement et reste debout face à lui. Il entremêle ses doigts aux miens.

– Je ne sais plus où j'en suis, Cerise. Je ne parviens pas à mettre de l'ordre dans mes idées.

Je déglutis.

– Tu as rencontré une femme dont tu es tombé amoureux ?

Il se tait

– Tu veux partir ?

Il se tait toujours.

– Tu en as marre de moi ? Tu ne ressens plus d'amitié pour moi ? Tu… Tu ne m'aimes plus ? C'est ça que tu cherches à me dire.

Il relève la tête et me sourit tristement.

– Oui, c'est ça, je ne t'aime plus…

Mon cœur fait un bond et éclate en mille morceaux. Je sais alors que je n'aurai pas assez de toute ma vie pour les ramasser.

– Cerise, Vladimir, vous nous faites un quatrième gosse ? On le met où le blogueur ? On l'attache et on le descend à la cave où je pourrai le violer à mon aise ou on lui donne une chambre pour qu'il se douche et où je pourrai le rejoindre toute nue ? Quoi que vous décidiez, moi ça me va.

Qu'est-ce qui lui prend à Clémentine ? Quant à l'autre scribouillard, je l'avais complètement zappé. Vlad effleure ma joue d'un baiser. Mon estomac se tord.

– J'arrive, Clémentine.

Avant de descendre, il chuchote.

– Prends ton temps. Je m'occupe de lui.

– Tu ne vas pas partir ? lui demandé-je affolée.

Il me répond la voix tremblante.

– On en reparlera.

Je m'effondre sur le lit, perdue et triste. Papillon, que je n'avais pas entendu pénétrer dans ma chambre, se frotte à moi en ronronnant.

– Tout part en vrille dans ma vie depuis que papa est mort. Ma réputation et ma carrière sont anéanties, Vladimir veut me quitter et mon ennemi juré est en train de se doucher dans ma maison. Si ça se trouve, Pavlova va lui prêter des fringues et maman lui préparer ses meilleurs gâteaux. Il se peut même qu'il tape la belote avec mamy Pomme. Ou que ce soit plutôt Clémentine qu'il se tape vu le regard lubrique qu'elle lui a jeté. C'est un désastre.

Une bourrasque ouvre violemment la fenêtre de ma chambre et m'arrache un cri. Papillon file se planquer sous le lit. Des papiers s'envolent de mon bureau. L'un d'entre eux atterrit à mes pieds au moment où je tente de refermer les châssis. Je me baisse pour l'attraper. C'est le poème[2] que j'avais écrit à l'enterrement de mon père.

Comme par magie – ou est-ce un signe paternel – un éclair illumine une des strophes. Je la lis à voix haute.

Chacun de mes pas, tu accompagneras,
Ton étoile dans le ciel me guidera,
Ta douceur m'envelopera,
Ma main sur ton visage alors se posera,
Et je pourrai encore murmurer à ton oreille « je t'aime, papa »

Sans réfléchir, je me glisse sous le lit près de Papillon et chuchote « Aide-moi, papa ». Mon chat me lèche la main puis se place devant la porte tout en miaulant.

– Il est temps d'affronter mon destin, c'est ça que tu veux me dire ? À moins que tu n'aies tout simplement faim.

Il court vers les escaliers qu'il descend en trombe, accueilli par maman.

– Ah Papillon, tu as entendu la cuillère sur la boîte de pâtée. Viens, mon chat, ta gamelle t'attend.

Pfff, tu parles d'un chat messager, toi.

***

L'eau du bain est froide. Je vide la baignoire et opte pour une douche non sans avoir éternué une bonne dizaine de

---

2. Note de l'auteur : l'intégralité du poème se trouve à la page 251.

fois. Si je suis malade à cause de Maxime Dutourd, je lui enverrai la note des médicaments.

Au fait, pourquoi conduisait-il ma voiture ?

Déterminée à avoir une réponse à ma question, je m'habille à la hâte, non sans grimacer. Demain, c'est certain, je vais douiller.

Au moment où je m'apprête à sortir, Clémentine est là, le poing en l'air.

– J'allais frapper. Tu viens ? On passe à table. Oh, ma chérie, qu'est-ce que tu as ? Tu as pleuré ?

Je secoue la tête.

– Non, je me suis mis du gel douche dans les yeux.

Elle tord la bouche.

– À d'autres. Pas à moi. C'est à cause de Maxime ?

Étonnée, je réplique.

– Parce que tu l'appelles Maxime maintenant ?

Elle rougit.

– Non, mais sans déconner, Clem, tu es en train de pactiser avec l'ennemi ? C'est de la haute trahison.

Elle met ses poings sur ses hanches.

– On voit bien que tu es romancière toi. Tout de suite les grands mots et l'attitude mélodramatique. On ne t'a jamais proposé de devenir actrice ?

– Je te rappelle que je viens de rater une carrière dans le porno.

– C'est ballot. Parce que question gémissements, tu es super forte, vu que tu te plains tout le temps. Tu aurais pu te faire des couilles en or.

L'association porno et « bijoux de famille » provoque un fou rire mutuel.

– Celle-là, tu aurais voulu la faire, que tu n'aurais pas réussi.

– Ouiiiiii, c'est vrai, me répond-elle en hoquetant, pliée en deux. Aïe, j'ai mal aux abdos.

– Quels abdos ?

– Ceux qui sont sous ma bouée ventrale.

Re-fou-rire. Nous tombons à terre dans les bras l'une de l'autre.

– Tu sais que je t'aime, Cerise ?

Je la regarde ma petite Clémentine qui a depuis longtemps perdu ses longues nattes blondes et ses joues rebondies, mais qui a su, cependant, garder sa saveur sucrée et pétillante. Pourtant, la vie ne l'a pas épargnée. À vingt ans, elle a perdu ses parents et son frère dans un accident de voiture dont elle a été la seule rescapée. Longtemps, elle a gardé la culpabilité du survivant et le chagrin de leur perte.

Un jour, je ne sais pas comment, elle a décidé de ne plus regarder dans le rétroviseur et d'avancer tout en laissant tous ses fardeaux là où était leur place, à savoir dans le passé. Elle m'a alors demandé de l'accompagner sur la tombe de sa famille. Je me souviens que nous avons allumé trois bougies, une très grande, une moyenne et une plus petite. Cela m'a fait penser à Boucle d'Or et les trois ours quand elle rentre dans leur maison et découvre les bols, les lits et les chaises de tailles différentes. En fait, c'était bien l'idée, m'a-t-elle avoué avec un sourire bien pâle. J'ai admiré sa force et sa détermination. Je les admire toujours.

Nous avons regardé les flammes se consumer et juste avant qu'elles ne s'éteignent, elle a parlé à voix haute, s'adressant à ses parents et à son petit frère. Elle a déclaré qu'elle se donnerait les moyens d'avoir une belle vie, de réaliser toutes ses envies et d'aller au bout de ses projets. Elle leur a promis d'accomplir à leur place le rêve le plus fou qu'ils avaient. Sur le coup de l'émotion, je me suis engagée à l'accompagner dans cet accomplissement.

Nous sommes donc allées en Islande à Noël pour voir les aurores boréales et laisser ainsi partir sa maman. Nous avons rénové un van avec l'aide de Vladimir et avons fait le tour de l'Italie, dévoré les meilleures pizzas à Naples, goûté au fabuleux Tiramisu à Rome et à de sublimes *gelati* à San Gimignano. Nous sommes parties un mois entier et ce furent les plus belles vacances de ma vie. Nous avons laissé partir l'âme de son papa sur le pont du Rialto à Venise, là où ses parents avaient passé leur lune de miel.

Ensuite, j'ai regretté d'avoir plongé dans cette aventure sans m'être informée avant du vœu de son petit frère. J'ai essayé de me désister mais… une promesse est une promesse, m'a sermonnée Clem. Elle a fini par reconnaître que si je ne l'accompagnais pas, elle n'aurait pas la force de le faire et romprait alors son serment.

C'est comme ça que je me suis retrouvée à plus de trois mille mètres d'altitude, une grosse sangle dans la raie des fesses et un instructeur qui puait de la bouche à tel point que je me suis évanouie. Bon, OK, ce n'est pas à cause de l'haleine du type que je suis tombée dans les pommes. J'ai eu une telle frousse que j'en ai fait pipi à la culotte juste avant de perdre connaissance et… aussi en me réveillant, ayant eu la bonne idée de reprendre mes esprits à quelques mètres de l'atterrissage. Une fois les pieds sur la terre ferme, enfin plutôt mon royal derrière, j'ai senti une forte odeur de bouse de vache. Horrifiée, j'ai cru que c'était un autre organe que ma vessie qui s'était lâché. Après vérification de mes airbags postérieurs aussi secs que mes plantes vertes que j'oublie d'arroser, je comprends que l'odeur vient d'un tout autre orifice qui devrait plutôt sentir le menthol voire la fraise s'il avait piqué le dentifrice à ses gosses. En fait ce n'était que – encore ! – l'haleine de mon coach-tandem-de-parachute-que-jamais-plus-de-ma-vie-et-même-après-on-ne-m-y-reprendra.

Il paraît que *l'important ce n'est pas la chute, c'est l'atterrissage*[3]. Ben, là, pour moi cela n'a été ni l'un ni l'autre.

En revanche, pour mon amie, l'atterrissage, s'est fait en douceur. Elle y a trouvé la détermination qu'elle cherchait ainsi que la motivation pour aller au bout de son ambition. En revenant de notre pèlerinage, elle a vendu tous les biens familiaux. Elle s'est installée en location dans un petit appartement, juste au-dessus de celui que je partageais avec Vladimir. Elle a poursuivi et réussi brillamment ses études de vétérinaire tout en bossant comme hôtesse de caisse le soir et les week-ends dans une grande surface. Elle n'a pas voulu toucher à son héritage, car elle souhaitait par-dessus tout se payer seule son diplôme.

Elle a ensuite cherché une grande maison avec un parc. Elle l'a trouvée à Bommes, tout près de Sauternes où je vis. Elle y a aménagé sa clinique et un refuge pour animaux. Depuis, elle se dévoue corps et âme, nuit et jour, à ses petits protégés, ce qui lui laisse peu de temps pour rencontrer un homme avec lequel fonder une famille. D'autant plus que je suis assez chronophage et que je dois reconnaître « bouffer » les quelques heures disponibles dans l'emploi du temps overbooké de ma meilleure amie. Et, je n'en éprouve aucun remords. J'ai besoin de sa présence. Est-ce normal, docteur ?

Clémentine, c'est la douceur acidulée. Elle ajoute du peps à la rondeur sucrée de la Cerise que je suis. Nous sommes complémentaires sans renoncer à nos différences. Elle est matheuse, je suis littéraire. Elle aime tous les animaux, je

---

3. *La Haine*, Mathieu Kassovitz.

supporte juste un chat voire un chien, parce que mon père l'avait choisi. Elle déteste écrire (pour preuve, elle ne m'a jamais envoyé de textos ni répondu aux miens, elle appelle, c'est plus naturel pour elle), je passe ma vie à poser des mots les uns après les autres. Elle boit des litres de thé sans aller faire pipi, je fais pipi tous les quarts d'heure sans boire des litres de thé. Elle est blonde, je suis rousse. Elle est grande, je suis petite. Elle a des rondeurs là où il faut et comme il faut, je suis ronde de partout. Enfin, ça, c'était avant le décès de papa. Elle ne fait l'amour qu'avec amour, je ne le fais qu'avec besoin. Elle est romantique dans la vie et ne lit jamais de livre, je ne suis romantique qu'à travers les livres que j'écris. Quand elle est en colère, elle jure avec politesse en employant « zut, flûte, crotte », moi je jure comme un charretier.

Alors qu'est-ce qui nous unit ? Nos différences nous rassemblent, car nous admirons chez l'une ce qui fait défaut chez l'autre.

– Mais d'où tu l'appelles par son prénom ?

Elle fait cette petite moue qui m'a fait craquer il y a plus de quarante ans et devant laquelle je n'ai pu faire autrement que de lui céder la moitié de ma boîte de Chamonix.

– Je le trouve très… attirant.

– Mais Clem, tu le connais à peine !

– Ça va, je ne suis pas en train de te dire que je vais l'épouser. Juste une partie de jambes en l'air. Histoire de me souvenir du contact des mains d'un homme sur mon corps.

Là, je suis stupéfaite.

– Cerise, sors du corps de ma meilleure amie et reviens dans le mien.

Elle expire.

– Je n'ai pas eu un mec dans mon lit depuis des lustres. À ce rythme-là, je vais me faire nonne. Ou bien je me tape Vlad.

Je réponds un peu vivement.

– Ah non, pas Vladimir.

Elle plisse des yeux et me regarde de biais.

– Il y a un truc entre vous deux ?

Cette fois, c'est un peu trop vite que je réponds.

– Pas du tout. Où vas-tu chercher cette idée ?

Elle croise les bras.

– Jure-moi que tu n'as jamais eu de sentiments pour Pavlova ?

– Oh, non ! Cela relèverait de l'inceste, comme je te l'ai dit tout à l'heure…

– Euh, vous n'êtes pas frère et sœur non plus.

– D'une certaine façon, si. On a joué au docteur quand on était gosse et j'ai vu son petit « zigouilli ».

– « Zigouilli » ? s'esclaffe-t-elle.

– Oui, bon, ça va. Tu as compris.

– Et alors ?

– Ben, j'ai cette image collée à la rétine.

– En tous cas, je peux t'assurer que son « zigouilli » comme tu le nommes est passé de petit à gros.

Je me bouche les oreilles.

– Je ne veux pas savoir, je ne veux pas…

Je m'arrête net.

– Mais comment tu sais ça toi ? Clémentine Beaulieu, ne me dis pas que tu as joué avec le « zigouilli » de Vlad.

Elle prend un air coquin.

– Je n'ai pas fait que jouer.

– Tais-toi. T'entendre dire que vous avez eu toi et Vladimir une relation sexuelle, c'est comme si tu prononçais un gros mot, plus gros que le plus gros de tous les gros mots qui existent. Et ça, tu ne sais pas faire. Donc, c'est comme me dire qu'il y a de l'eau dans le désert, que les fraises ont un noyau, que…

– Il y a de l'eau dans le désert…

Je m'énerve.

– Oui, je sais mais tu devines l'image, non ?

– Pourquoi te mets-tu en colère, ma Cerise ?

– Parce que…

Je souffle.

– Je ne sais pas pourquoi. Vous êtes deux adultes et mes meilleurs amis. Je suppose que je devrais en être heureuse.

Je me tais quelques instants.

– C'est peut-être ce que Vlad a essayé de me dire. Qu'il était amoureux de toi.

Elle éclate de rire.

– Vladimir, amoureux de moi ? Il faudrait que les poules aient des dents pour ça !

– Tu es sûre qu'elles n'en ont pas ?

Elle secoue la tête.

– On a juste couché ensemble une fois.

– Et c'était bien ?

– Je n'arrive pas à croire que tu me demandes des détails sur ma nuit de folie avec notre Pavlova interplanétaire. Il y a deux secondes, tu ne voulais rien savoir !

– Ah, c'était à ce point.

Elle pousse un petit gémissement.

– Bon, là, tu m'as vraiment énervée. Il faut que je me calme.

Je réfléchis pendant qu'elle se tord de rire.

– Arrête de ricaner, tu me déconcentres ! C'est bon, je sais, je vais aller casser du Dutourd.

Elle se redresse plus vite qu'une vipère prête à attaquer.

– Pas touche ! Tu ne me l'abîmes pas.

– Comment tu te l'appropries ! Sans déconner. Tu as conscience que c'est peut-être lui qui est à l'origine de la vidéo ?

Elle ouvre la bouche en grand.

– Je ne vais pas tarder à voir tes amygdales.

– Je ne les ai plus. Tu peux m'expliquer pourquoi tu crois que c'est lui le réalisateur de ce magnifique film qui mérite le César de la meilleure simulation ?

– À qui d'autre profiterait le crime ?

CHAPITRE 7

EST UN MENTEUR CELUI QUI DIT QU'APRÈS LA PLUIE VIENT LE BEAU TEMPS

En arrivant dans la cuisine, Vladimir est en pleine conversation avec Maxime. Ce dernier porte des vêtements prêtés par Pavlova. Je dois en effet avouer qu'il est vraiment canon et je comprends l'attirance de Clémentine pour lui. Un peu de chair fraîche ne lui fera pas de mal, en effet. Oh, j'exagère un peu, ils n'ont que cinq ans d'écart après tout.

Pour autant, de beaux gosses de cet âge, ça court pas les rues. Pour avoir un corps si parfait, sans proéminence abdominale qui caractérise la plupart des hommes quinquagénaires, il doit fréquenter assidûment une salle de sport. Donc, il va falloir que Clem se mette à l'activité physique si elle veut passer du temps avec lui et ce n'est pas gagné. La seule fois où je l'ai vue courir, c'est derrière Pollux, le chien de maman qui lui avait piqué sa tartine.

Le regard que me lance Vladimir me broie les tripes et fait s'agiter tous les papillons dans mon ventre. Je parierais même que celui qui est tatoué à l'intérieur de mon poignet bat des ailes. Purée de cacahuètes, je suis en train de rougir !

Non, mais allô quoi, c'est mon meilleur ami, là. Quarante-cinq ans que je vis quasiment au quotidien avec lui. On a échangé notre morve à l'école maternelle, nos stylos plumes préférés à l'école primaire, nos scooters au lycée et partagé nos lits comme les potes que nous étions à la fac.

Trente-deux ans que nous vivons sous le même toit, que nous partageons le café le matin dans un silence quasi monacal, que nous nous disputons le plaid et la place devant la cheminée en hiver, qu'il écoute mes frasques sexuelles et moi les siennes amoureuses.

Non, ce n'est pas possible. Mes sentiments pour lui ne peuvent avoir changé. Si je rougis, c'est à cause des hormones. Ce sont des bouffées de chaleur. Tiens, maintenant que j'y pense, je n'ai pas eu mes règles depuis plusieurs mois. En plus, je suis très irritable.

Voilà, c'est ça, je suis en pleine ménopause. D'ailleurs, Vladimir m'en a parlé un peu plus tôt. Qu'est-ce qu'il a dit déjà ? « Chiante et ménopausée ». Mais… la ménopause ne provoque pas de papillons dans le ventre, si ?

Est-ce que l'andropause a des effets similaires chez l'homme ? Parce que lui aussi, il a les joues qui rosissent, ce qui lui donne, je dois le reconnaître, un sacré charme. Voilà, ça recommence, ça s'agite dans mon ventre.

Pourquoi tout à coup son regard fuit le mien ? Pourquoi essuie-t-il de nouveau un verre qui a déjà été essuyé maintes fois depuis que j'ai débarqué dans la cuisine et qui, à mon avis, ne va pas tarder à retourner à la poussière à force de frottements ?

Allez, reprends-toi, Cerise. Chaque chose en son temps. Petit un, tu dois foutre à la porte Maxime Dutourd avant qu'il ne prenne racine.

Mes hormones au rabais et moi-même nous approchons du kiné et nous plantons devant lui, poings sur les hanches.

Enfin, c'est moi qui ai les mains sur les hanches, mes hormones se sont barrées voir ailleurs.

– Vous pouvez m'expliquer ce que vous foutiez avec ma voiture ?

– Je vous la ramenais.

– Prenez-moi pour une idiote aussi. J'avais compris. Je vais reformuler puisqu'il me semble que vous n'entendez rien à la langue française.

– C'est plutôt vous qui ne la maîtrisez pas. Ça la fout mal pour quelqu'un qui se prend pour un auteur.

– UnE auteuRE.

Il ricane.

– J'aurais dû me douter que vous aviez rallié la branche des féministes. Je ne comprends pas cette nouvelle tendance à vouloir ajouter des « e » partout.

– Et les points sur les « i », vous voulez que je les ajoute ? Si on commençait par votre patronyme ? Maxime Dutourd. MD. Merdeux Diplômé, cela vous sied à ravir très cher.

Clémentine est au bord de l'asphyxie et Vladimir se décompose.

– Cerise, tu manques de respect à notre hôte. Je ne saurais le tolérer, pas chez moi.

Je riposte avant même de tourner ma langue plusieurs fois dans ma bouche comme mon père me l'a souvent recommandé.

– Ici, c'est chez moi aussi. Contrairement à toi, je n'aime pas y laisser entrer n'importe qui.

Il jette le torchon qu'il tenait à la main.

– OK, super. Le message est bien passé.

Il quitte la pièce avant même que j'aie eu le temps de comprendre ce qu'il venait de se produire. Clémentine pose une main sur l'épaule du blogueur.

– Maxime, suivez-moi, nous allons prendre le thé dans la serre.

Je me mets sur leur chemin.

– Non, tu ne l'emmènes pas dans la serre. Si t'as envie de te faire sauter, fais-le chez toi. La serre, c'est le lieu de papa et je n'ai pas envie que vous lui apportiez de mauvaises ondes.

Je montre Dutourd du doigt.

– Tu le trouves craquant mais ce type est perfide, sournois et… vénéneux.

Clém me fusille du regard.

– C'est toi qui es vénéneuse. Je ne sais pas ce qui t'arrive, Cerise, mais reprends-toi vite si tu ne veux pas que tous les gens que tu aimes te tournent le dos. À commencer par Vladimir. Je parierais qu'il est en train de faire ses bagages. Tu es allée très loin, là. Championne des coups bas. Bravo, ajoute-t-elle tout en applaudissant.

Je jette un œil vers le couloir qui mène à l'appartement de Pavlova. Non, je n'y crois pas. Il a promis qu'il ne me quitterait pas et que je serais toujours sa *Cherry on the cake*.

– Qu'est-ce que c'est que tout ce raffut ? Je vous entends même mes oreilles éteintes.

Mamy Pomme s'est fait toute belle. Elle a relevé ses cheveux en chignon et mis des chaussures avec des petits talons. Si je n'étais pas en colère contre la Terre entière, je l'aurais prise dans mes bras tant elle m'attendrit.

– Cerise est en train de faire de la marmelade. Elle a décidé de tout écraser sur son passage.

– Fais bien attention, trop cuite la confiture de cerises est immangeable. Mais pourquoi tu veux faire de la confiture pour le dîner ?

Mince, le dîner ! Avec ces derniers événements, nous avons complètement oublié de faire les grillades et les accompagnements.

– Il est où Vladimir ? On devait préparer les magrets ensemble, demande Jean.

Que répondre ? Qu'il boude parce que j'ai été maladroite. Que je suis en colère contre lui (et aussi contre Clémentine), car ils ont laissé s'installer le loup dans la bergerie ?

– Vous faites trop de bruit, je n'arrive pas à endormir les petites ! nous informe ma mère, Myrtille et Prunelle, trop craquantes dans leur pilou-pilou, blotties tout contre elle.

Je jette un regard vers Clémentine qui, contre mon avis et profitant de l'agitation générale, se dirige vers la serre, bras dessus bras dessous avec le kiné. Elle se tourne vers moi et m'adresse un doigt d'honneur. Je bous à l'intérieur. Elle ne perd rien pour attendre. Je plisse les yeux et mime un revolver. Elle me tire la langue. Je lui fais une grimace.

– Mamy, elle est pas polie.

Prise sur le fait d'un geste que nous interdisons à mes petites-filles, je reprends Prunelle.

– On dit « mamy n'est pas polie », chérie.

Elle croise ses petits bras sur son ventre tout rond.

– D'abord, moi je ne tire pas la langue. Mamy, tu « doivras » me demander pardon.

Elle me fait craquer avec son regard noir froncé et sa moue boudeuse.

– Tu « devras » me demander pardon, je la reprends.

Elle m'attrape le menton et me force à la regarder dans les yeux. Je ne peux m'empêcher de sourire face à son caractère déterminé.

– Arrête, mamy. Je fais des fautes mais moi je suis polie. J'ai vu ce qu'elle a fait, Clémentine. C'est pas joli.

Et elle lève son majeur tout boudiné. Nous ne pouvons tous réprimer un fou rire, évidemment interrompu par « Madame, je casse l'ambiance », j'ai nommé ma belle-fille.

– Prunelle, enfin, c'est quoi ces manières ?

Ma petite chérie se met à rougir, les larmes au coin des yeux.

– Ne la gronde pas, Jade, c'est entièrement ma faute.

Hautaine, elle réplique en récupérant Prunelle.

– Je n'en suis pas étonnée, car vous ne savez pas vous tenir, Cerise. Cependant, je refuse que ma fille apprenne et reproduise des gestes vulgaires.

Je vais la frapper.

– Jade, je n'accepte pas que tu parles ainsi à maman.

Elle se décompose.

– Tu prends sa défense, Raphaël ?

– Je ne prends la défense de personne. Je dis juste que tu n'as pas à avoir une telle attitude.

– Tu trouves que ta mère, elle, elle a la bonne attitude ?

– Les enfants, on va se calmer, intervient mamy Pomme. Je n'ai pas envie de voir ma famille se déchirer pour une histoire de doigt d'honneur.

Elle lève la main pour faire taire Jade.

– Stop ! Cerise, tu t'excuses auprès de Jade et inversement.

La doyenne de l'assemblée a parlé et je dois avouer qu'elle a raison. Tout cela tourne au ridicule. La mâchoire crispée toutefois et en articulant à peine, je m'adresse à ma petite fille. Je ne vais quand même pas me rabaisser à demander pardon à ma bru.

– Prunelle, mamy et Clémentine ont eu tort. Les gestes qu'elles ont faits sont de vilains gestes. Il ne faut jamais les reproduire. Enfin sauf si…

– Cerise ! m'interrompt ma mère.

– OK, jamais. D'accord, ma chérie ?

Ma petite fille passe ses bras autour de mon cou et me dépose un baiser tout poisseux sur la joue. *Yes*, elle a mangé des bonbons dans le dos de sa mère. Je l'adore cette petite, elle n'en fait qu'à sa tête !

– Mamy, moi j'adore tes grimaces. Tu m'apprendras ? chuchote-t-elle dans le creux de mon oreille.

C'est une vraie coquine. Tout comme je l'étais. Je suis émue de voir combien elle me ressemble. Elle déchire, ma Prunelle !

Tous les regards se tournent vers Jade. Elle capitule de mauvaise foi.

– Je suis désolée, Cerise, d'avoir haussé le ton.

Bon, ça ira. Elle ne reconnaît pas avoir dépassé les bornes de la courtoisie mais il est temps de laisser l'atmosphère se détendre et de rejeter toutes les tensions.

En parlant de tension (rapport à l'attirance physique que ma meilleure amie éprouve pour mon pire ennemi, attirance qui me semble réciproque), je trouve qu'ils en mettent du temps ces deux-là à déguster leur thé. À moins que ce soit autre chose qu'ils dégustent.

Rien qu'à l'idée, j'en ai des haut-le-cœur. Bref, passons à autre chose.

– Cela vous tente une belote avant le dîner ? Suggéré-je

Raphaël et maman sont partants. Jean et les jumeaux se dévouent pour préparer le repas. Mamy décline, prétextant quelque chose d'urgent à faire. Elle refuse de nous en dire plus et déclare seulement que c'est une surprise. Ma belle-fille souhaite coucher ses filles et leur lire une histoire pour les endormir.

La partie de belote ne se passe pas sans accrocs ni disputes. Nous sommes tous les trois de mauvais perdants et de sacrés tricheurs. Après une défaite chacun et une victoire pour tous, nous décidons d'arrêter de jouer.

– Allons rejoindre les jumeaux et Jean dans la cuisine. Les odeurs qui se répandent augurent d'un dîner bien appétissant, propose maman.

La table est dressée avec soin et les cuillères dans les poêles répondent aux fouets dans les culs-de-poule. Nos cuisiniers en chef se retournent vers nous.

– On a fouillé dans le congélo et les réserves et on a trouvé tout ce qu'il fallait pour préparer un poulet au Sauternes avec des pâtes fraîches. Jean termine sa légendaire tarte au citron meringuée et Nathanaël met la touche finale à un crumble que vous n'êtes pas près d'oublier. Vlad est…

– Parti ? Je l'interromps brusquement, le cœur battant si fort.

– Pourquoi veux-tu qu'il soit parti ?

Je bafouille.

– C'est parce que… c'est que… enfin, je…

– Ce que ta mère essaie de te dire, c'est que je devais aller faire un tour au Café Litt'. Comme l'orage n'est toujours pas calmé, j'ai décidé de rester à la maison, déclare Vladimir, venant ainsi à mon secours.

Il est devant la porte de la cave, les bras chargés de bouteilles de vin qu'il tend à Raphaël.

– Décante-les. Les arômes vont bien se développer.

– Ah bon, tu décantes le Sauternes ? demande Jean stupéfait.

– Fais-moi confiance. Tu vas te régaler.

– Il faut toujours que vous inventiez des trucs mais finalement, je le sais, vous reviendrez aux bonnes vieilles habitudes.

– Comme on dit, fait remarquer ma mère, il faut que jeunesse se passe.

– Qu'elle passe vite alors, reprend le chéri de mamy, car moi, mon Sauternes, je préférerais le boire sans glaçon et sans carafe.

Je m'apprête à lui répondre quand Clémentine et Dutourd font leur apparition. Mon regard tombe sur la table et je compte onze couverts. Un de trop.

Bon sang, je suis la seule dans cette famille à vouloir que cet intrus se casse ?

Tout à coup, un bruit fracassant retentit. Jean vient de laisser tomber le couteau qu'il tenait à la main et semble paralysé. Sa bouche grande ouverte offre ainsi un fabuleux terrain de jeux à toutes les bactéries environnantes.

– Jean, ça ne va pas ?

Il réussit à pointer du doigt la raison de sa soudaine sidération.

– Pomme, tu es…

De concert, nous faisons tous volte-face. Puis, nous nous regardons à tour de rôle, sidérés par le spectacle devant nos yeux.

Mamy Pomme est vêtue d'une jupe en cuir ultra moulante, d'un débardeur pailleté et d'une veste léopard. Ses cheveux, attachés en queue de cheval, sont teints en blond platine. Elle s'est tartinée le visage de fond de teint tirant sur le caramel-orangé (à moins que ce ne soit du beurre de cacahuète tant sa peau est luisante), porte de faux cils plâtrés de mascara, des ongles tout aussi faux et peints en rouge vif. Ceux-ci sont tellement longs que, si elle se cure le nez, elle embarquera un bout de son cerveau.

– Alors, comment me trouvez-vous ? interroge-t-elle.

Elle nous offre son plus beau sourire dévoilant ses dents sur lesquelles des traces de rouge à lèvres subsistent.

– Euh… Rock and roll ? répond Vladimir.

– T'as vu, ça me rajeunit. Regarde mes chaussures.

Mon Dieu, elle va finir par se bousiller sa hanche valide si elle fait un pas de plus sur ses échasses.

– Tu… Tu…

– Tu me trouves belle au point d'en bafouiller, mon chéri ? minaude-t-elle.

Elle s'approche de Jean avec grande difficulté, la jupe en cuir et les talons entravant sa démarche déjà chaloupée. Elle rate un pas, se tord la cheville et tombe dans les bras de son amoureux qui la rattrape de justesse. Elle éclate de rire.

– Je voulais tester ta réactivité. Je vois que tu es encore très alerte.

– Et toi, tu es très… blonde.

Elle passe une main dans ses cheveux peroxydés.

– Je savais que tu aimerais.

Elle dépose un baiser sur la bouche de Jean, lui colorant les lèvres. Il grimace.

– C'est bon, hein ? Je l'ai choisi « goût pomme », ajoute-t-elle avec coquetterie. Bien, si on se buvait une petite bière ? Vladou, tu m'en ouvres une ?

« Vladou » ? Non, mais j'aurai tout entendu !

– Avec plaisir. Qui en veut aussi ?

Mes fils lèvent la main. Pendant que Vladimir décapsule les bouteilles, mamy essaie de monter sur le tabouret de bar. Cependant, l'étroitesse de la jupe et le manque d'agilité de ma grand-mère rendent la tentative périlleuse. Elle fait des petits sauts et manque de tomber. Elle se rattrape de justesse au rebord de la table haute et fait mine de rien. Je retiens difficilement un fou rire.

– Dis-moi, Mamy, qui t'a fait cette couleur de cheveux ?

– C'est moi, avoue ma belle-fille.

Je comprends tout à coup.

– C'était ça ta surprise. Et toi, Jade, tu n'es pas allée coucher les filles. C'était une excuse pour aider mamy.

– C'est un peu ça en effet. Pendant le temps de pose du produit, Pomme m'a aidée à endormir Prunelle et Myrtille. Ensuite, j'ai collé les faux ongles et les cils.

– Ensuite, j'ai fait tout le reste toute seule. Je voulais que Jade découvre en même temps que vous mon nouveau look. Alors, comment la trouvez-vous ma surprise ?

– Très… surprenante, s'esclaffe Nat en se mordant les lèvres.

– Tu les as trouvés où ces vêtements ? demande maman, tout juste sortie de sa léthargie déclenchée par la métamorphose de Pomme.

Mamy lisse sa jupe avant de répondre. Puis, elle tend la main à Jean qui l'aide à tourner sur elle-même.

– Dans ma garde-robe. Je les portais quand j'étais plus jeune. Tu as remarqué comme ils me vont toujours aussi bien.

– Ils te serraient autant ?

– Évidemment ! Que sous-entends-tu, Prune ? Que j'ai pris du poids ?

Sujet sensible. Mamy fronce les sourcils et je sens que la dispute n'est pas loin. Alors pour détourner l'attention de ma grand-mère, je m'adresse à Clémentine.

– Dis-moi, c'est quoi ces traces que tu as dans ton cou ? On dirait des…

– … Suçons ! s'écrit Mamy en se tortillant (sa gaine lui rentrerait-elle dans la raie des fesses ?) Oh, Jean, tu ne m'en as jamais fait.

Mamy adresse un sourire coquin à son amoureux. J'imagine Jean sans dentier en train d'aspirer la peau du cou de mamy. Top comme ventouse. À l'éclat de rire général, je constate que tout le monde a eu la même vision que moi.

– Pomme, ne changez pas.

– Pourquoi voudriez-vous que je change, mon petit Maxime ? Le sexe, il n'y a rien de mieux pour se sentir vivant. Les gars, tant que ça fonctionne, profitez-en. Les filles, n'inventez pas l'excuse de la migraine. Jetez-vous sur vos amoureux.

– Grand-mamy, elle a dit « sexe », glousse Prunelle.

Jade manque de s'étrangler. Gabriel fonce vers sa belle-sœur, histoire je m'en doute, de détourner l'attention.

– Oh mes nièces préférées, s'écrie Gabriel en les enlevant des bras de leur maman.

– En même temps, ce sont les seules, répliqué-je.

– Certes. Cependant, je ne désespère pas, et c'est la raison pour laquelle je veille jour et nuit sur les enfants à venir de mon jumeau. Je prends très soin de ses petits bijoux, si vous voyez ce que je veux dire ?

D'un coup d'œil discret, je montre ma belle-fille qui est hermétique à l'humour quelque peu coquin.

– C'est bon Gab, on a compris où tu voulais en venir.

– Quoi ? Tu veux dire que Nat va être papa ? s'écrie Jade en fonçant vers son beau-frère. Félicitations ! Comment se fait-il que nous ne connaissions toujours pas la future maman ?

C'est acté : elle est vraiment stupide.

Pendant que Gabriel essaie d'expliquer à Jade sans trop la choquer que Nathanaël n'est pas près de devenir papa, les autres s'installent à table et commencent à se servir. Soudain, on entend un craquement.

– Oups, fait Mamy. Je crois que j'ai déchiré ma jupe.

– Ah, tu vois ! s'exclame ma mère.

– Je te répète que je n'ai pas grossi, gronde ma grand-mère, de mauvaise foi. C'est le lavage qui l'a rétrécie.

Se tournant vers son amoureux, elle l'interroge.

– Tu trouves que j'ai pris du poids ?

Celui-ci tord la bouche et finit par dire.

– Moi je t'aime comme tu es.

Bien répondu. C'est ce qui s'appelle s'en sortir avec une pirouette. Je lève discrètement un pouce vers lui. Mamy tape dans ses mains.

– Oh, merci mon chéri. Cela me fait plaisir que tu aimes mon nouveau look. Attends de voir mon pantalon *patte d'éph.* Il me fait de ces fesses…

Tout le monde éclate de rire devant l'air incommodé de Jean.

– Pourquoi restes-tu debout, Cerise ? s'enquiert subitement Clémentine. Tu n'as pas faim ?

Si, je crève la dalle mais je ne l'avouerai pas. La seule place qui reste est celle à côté de Maxime. Je refuse de l'avoir comme voisin. C'est au-dessus de mes forces. Je m'éclipse de la cuisine prétextant un vague reste de migraine et de nausée et monte dans ma chambre.

Papillon est allongé de tout son long sur mon lit. Alors que je m'assois en soupirant, il lève la tête à mon arrivée et vient se coller contre moi en ronronnant.

Pollux est couché sur la méridienne. Il agite ses pattes dans tous les sens et pousse de petits aboiements. Je le regarde avec envie. Je suis prête à parier qu'il court dans la forêt avec papa sur ses traces.

Je me sens triste. J'entends leurs rires et les conversations animées. Pourquoi m'en suis-je privée ? Pourquoi fuir face à l'adversaire ? Pourquoi n'ai-je pas fait front ? Pourquoi n'ai-je pas tout simplement foutu le blogueur à la porte ?

– Dis-moi, Papillon, que dois-je faire ?

Pour toute réponse, il saute sur mon bureau et gratte mon carnet de notes.

– Tu veux que j'écrive ?

Il a raison. C'est en couchant des mots sur le papier que je trouverai des réponses.

J'allume la lampe de chevet et m'installe à la table. Mes souvenirs doivent revenir. Je saurai ainsi ce que j'ai fait dans la nuit d'avant-hier : qui j'ai rencontré, qui m'a fait ces suçons et écrit sur les fesses, qui a fait ce film et comment les clés de ma voiture sont arrivées entre les mains de Dutourd.

Je me tape le front. Pourquoi n'y ai-je pas pensé plus tôt ? Il faut que je lui parle et que je récupère toutes mes affaires. Si ça se trouve, il a aussi mon sac à main, mon téléphone et mon ordinateur !

Je pourrais presque l'embrasser tant je suis en joie et soulagée. Je dis bien presque, hein ? Je n'ai pas oublié son attitude et ne lui pardonne pas. D'autant plus qu'il en a rajouté une bonne couche avec son article sur son blog. Au fait, je ne l'ai pas lu cet article. Je dois y remédier tout de suite.

Je sors de ma chambre, pousse la porte du bureau et me fige, incapable de savoir quel comportement adopter. Vladimir est là, sur le canapé déplié, la tête entre les mains. Il a l'air si malheureux.

Il lève son visage et m'aperçoit. Son sourire est si triste que ma gorge se noue.

– Cerise, tu es là.

Je me dandine.

– Tu as défait le canapé ?

– Oui, j'ai laissé mon appartement à Clémentine. Elle était trop pompette pour rentrer chez elle et trop effrayée aussi par l'orage.

– Il est resté lui aussi ?

Il acquiesce, sachant de qui je voulais parler.

– Et Raphaël ?

– Comme l'orage est encore très fort, ils ont préféré se replier dans l'appartement de ta mère. De toute façon, les petites étaient crevées.

– Je ne la supporte pas.

Il fronce les sourcils, montrant ainsi son désaccord.

– Tu venais chercher quelque chose ? me demande-t-il.

Pourquoi ce malaise persiste-t-il ? Une gêne, comme il n'en a jamais existé entre nous (même quand je l'ai surpris au lit avec une nana et qu'il était en train d'enfiler un préservatif) s'est installée. Rien ne semble naturel, tout est emprunté. On en viendrait presque à se faire des civilités.

– Oui, je voulais prendre ton ordinateur afin de lire la rubrique de Maxime (tiens, je l'appelle par son petit nom maintenant. Je suis en train de ramollir).

– Il l'a effacée.

– Autant savoir ce qu'il a écrit sur moi et...

Agacé, il me coupe la parole.

– Tu écoutes quand je te parle ? Je viens de te dire qu'il a effacé son article sur toi.

Je suis sonnée par le ton qu'il vient d'employer. On s'est souvent disputé lui et moi, mais jamais avec une vraie colère, de celle qui résonne dans ton corps et fait exploser en mille morceaux la moindre de tes particules. De celle qui peut remettre en question une amitié même quinquagénaire. J'ai tort sur toute la ligne et au-delà. Je dois faire le premier pas si je ne veux pas que nous atteignions le point de non-retour.

Je viens m'asseoir à côté de lui. Pas tout à fait contre lui. Je laisse une petite distance, celle qui existe entre nous depuis que je me suis réveillée ce matin et qui me déchire.

– Pardonne-moi.

Il frotte sa barbe naissante et soupire.

– C'est bon, je ne t'en veux pas. Je voudrais simplement que tu entendes sans m'interrompre ce que j'ai à te dire. C'est dans tes cordes ?

Avec le pouce et l'index, je mime une fermeture Éclair, scellant ainsi mes lèvres. Je parviens à lui arracher un sourire.

Quand je les ai surpris Maxime et lui dans la cuisine en train de boire un verre, il venait de convaincre ce dernier d'effacer son article. Il lui avait expliqué les raisons de mon emportement irraisonné : ce livre, qu'il s'était permis de descendre en flèche devant tout le monde, est important pour moi, peut-être plus que tous les autres, car il m'a servi de défouloir pour exprimer mes peines et ma révolte, et a été un moyen de surmonter et de partager mon deuil. Dutourd était navré de ne pas avoir su capter le sens psychologique et spirituel, étant persuadé que je voulais en fait attirer la pitié des gens et ainsi faire grimper les ventes. Il était conscient de m'avoir prêté des intentions pécuniaires qui ne me ressemblaient pas. Il voulait me présenter ses excuses mais je ne lui en avais pas laissé le temps.

– C'est un mec bien, tu sais.

Je tords la bouche, encore sceptique quant aux qualités humaines de cet homme. Pourquoi tombent-ils tous sous le charme de mon ennemi ?

– Tu dois me faire confiance sur ce coup-là. Il est sensible et sincère.

– Je te fais toujours confiance, tu le sais bien, mais c'est mon côté rancunier qui persiste et signe. S'il n'avait pas été aussi virulent sur mon roman, je ne me serais pas défoncé la tête au point d'avoir tout oublié de la soirée et de la nuit et il n'y aurait pas eu de sextape.

– Tu ne peux pas l'incriminer pour tout ça, Cerise. Il n'y est pour rien. Ce n'est pas lui qui a mis l'alcool dans ton verre et porté le verre à tes lèvres. Il n'y a que toi qui sois responsable des dégâts collatéraux sur certains de tes attributs physiques.

Il me pousse avec son coude et nous tombons de tout notre long sur le canapé-lit.

– Ouille, le matelas est plus dur qu'une planche de contreplaqué. Tu vas te bousiller le dos.

Il croise les bras sous sa nuque.

– À bien y réfléchir, c'est toi qui vas dormir ici. Moi, je vais me vautrer dans ton lit. Ce n'est pas trop cher payé comme punition ?

– Jamais de la vie. Je préfère dormir en boule dans le panier de Pollux.

– Chiche ! De toute façon, il ne voudra pas de toi, car tu ronfles trop et tu pètes quand tu dors.

Je lui mets un coup dans le ventre.

– Aïe, tu m'as fait mal !

– C'est tant mieux. Tu n'avais qu'à pas dire que je ronfle.

– Tu n'avais qu'à pas, nananère, fait-il en m'imitant.

Je lève la main mimant une tape sur le haut de son crâne.

– N'essaie même pas sinon je dis à tout le monde que tu as reconnu péter en dormant.

– Mais ce n'est pas vrai !

– Si, tu as juste démenti le fait que tu ronfles.

Je me jette sur lui et nous nous bagarrons, retrouvant cette complicité que je croyais perdue. Essoufflés très rapidement – nous n'avons plus quinze ans depuis fort fort longtemps – nous nous effondrons côte à côte.

– Dis-moi, comment Mamy s'en est-elle sortie avec sa jupe en cuir déchirée ?

– Tu as raté un grand moment ! En fait, elle avait complètement oublié qu'elle avait un trou. Elle s'est donc levée après le dîner, nous a souhaité bonne nuit et, appuyée sur l'avant-bras de Jean, elle nous a tourné le dos pour rejoindre sa chambre. Et c'est là que nous avons tous failli mourir de rire. Le tissu était craqué au niveau de ses fesses, dévoilant deux petites pommes flétries qui avalaient la ficelle d'un… string.

– Nooon ? Ma grand-mère porte des strings !

– Je confirme. Et… bon je t'avoue que je n'en suis pas fier mais j'ai pris une photo.

– Vas-y montre !

Waouh, quel spectacle ! The Mamy Pomme Show !

Hilare, je lui rends son téléphone.

– Elle est géniale ta grand-mère. Avec elle, on ne s'ennuie jamais.

– En effet. Tu crois qu'elle va porter quoi demain ?

– Le fameux jean patte d'éph.

– Avec des tresses et une couronne de fleurs ?

Nous imaginons pendant quelques minutes encore les différentes tenues que notre nonagénaire pourrait enfiler. Puis, je pose ma tête sur le torse de Vlad. Il me caresse doucement l'épaule avec son pouce. Je retiens mon souffle, n'osant plus bouger. S'est-il rendu compte de son geste ?

– Je sais à présent de qui tu tiens ton caractère indomptable, chuchote-t-il.

– Tu veux parler des tatouages sur mes fesses ?

– De ça et de tout le reste. Parfois, tu es incontrôlable et…

– … Inconséquente ?

– Je n'aurais pas osé employer un tel terme mais c'est assez bien résumé.

– Je suis une idiote, c'est tout.

– Tu étais malheureuse, constate-t-il.

– Toute cette histoire me terrifie, Vladimir.

Il se lève du canapé et se met à faire les cent pas.

– Je suis terrifié moi aussi, Cerise. J'ai peur que tout ce que nous avons construit s'effondre. Tout ça à cause de…

– … de moi. J'ai merdé et j'en suis consciente.

Il secoue la tête.

– Non, je n'allais pas dire ça. Le seul responsable, c'est ce connard qui a divulgué la vidéo en taguant ton nom. On a assez perdu de temps. Dès que l'orage cesse, on va porter plainte à la gendarmerie.

Pour une fois, j'approuve. Vlad a raison, je dois passer à l'offensive.

– Tant que nous n'avons pas de réseau, nous ne pouvons agir. Quand tout sera rétabli, tu feras un live dans lequel tu expliqueras avoir été la victime d'une personne malhonnête. En attendant, réfléchis. Qui pourrait t'en vouloir à ce point, Cerise ?

En nous levant, nous nous retrouvons face à face, les yeux dans les yeux. Le temps semble suspendu et des pensées contradictoires se bousculent dans mon cerveau.

Vladimir soulève mon menton, se penche et dépose un baiser sur mes lèvres. Tout mon corps se détend comme si ce baiser était ce qu'il avait attendu depuis toujours.

La sonnerie du portail retentit, mettant un terme à la magie du moment.

– Maman ! Les pompiers sont là. On file avec eux aux chais. La foudre est tombée et il y a le feu.

CHAPITRE 8

AVOIR UNE POMME DANS SA POCHE ET UNE CLÉMENTINE DANS SON LIT

Vladimir et moi dévalons les escaliers, espérant arriver à temps pour dissuader les garçons de rejoindre les chais en feu. C'est peine perdue. En nous apercevant sur le perron de la maison, ils nous adressent un signe de victoire de la main, trop heureux de monter dans le camion de pompiers. Un rêve d'enfant qui, je l'espère, ne s'achèvera pas en cauchemar. Vlad glisse sa main dans la mienne.

– Ne t'en fais pas, nos fils sont en sécurité. Les pompiers ne les laisseront pas approcher.

Je suis sur le point de lui faire remarquer l'adjectif possessif qu'il a placé avant le mot « fils » quand toute la famille débarque dans l'entrée.

– Que se passe-t-il ? demande Maxime, en bas de pyjama et torse nu (ah, oui, quand même !).

– Pourquoi les pompiers sont dans le jardin ? s'inquiète Clémentine, portant le haut du pyjama du blogueur (que dois-je en déduire ?).

– Eh bien, mes enfants, il me semble que vous n'avez pas perdu de temps ! Apparemment, il y a le feu ici aussi, remarque Jean d'une voix taquine en montrant du doigt les deux nouveaux tourtereaux.

Prise sur le fait, Clémentine bredouille une excuse bidon.

– J'étais sous la douche quand j'ai entendu crier qu'il y avait le feu et le seul vêtement que j'ai trouvé pour me couvrir c'est celui-ci. Il était accroché à la patère de la porte de la salle de bains.

– Hum, hum, fais-je.

– Tu ne me crois pas, Cerise ?

– Tu es une très mauvaise menteuse, Clem. Et...

– Comme nous n'avons pas mangé le dessert au dîner, je propose que nous nous installions au salon pour le déguster en attendant des nouvelles de Nat et Gab, propose Vlad en m'adressant un regard noir.

– Super idée ! Je vais préparer un plateau et je le rapporte, annonce maman.

Pavlova me tire par le bras.

– Fous leur la paix, Cerise. Arrête d'essayer de leur gâcher la vie. Pour une fois que ta meilleure amie semble heureuse.

– Tu déconnes là, Vladimir ? Cela fait même pas 24 h qu'ils se sont rencontrés !

– Leur histoire ne te regarde pas !

– De quelle histoire tu parles ? D'une histoire de cul, oui.

– Tu es vulgaire et aveuglée par ta rancune. Je ne te supporte pas quand tu es ainsi.

– Bon sang, elle couche avec l'ennemi !

– Tu es ridicule. Allez, viens, on va retrouver les autres. Surtout, ne fais plus une seule réflexion.

Il me tend la main. Après un moment d'hésitation, je la prends dans la mienne, promettant ainsi de me taire. Nous rejoignons ma famille et partageons un thé à la bergamote et la tarte au citron meringuée, le crumble aux pommes et un millas (délicieux gâteau du Sud-Ouest) cuisiné par Clémentine d'après une recette de Maxime. En espérant qu'il n'ait pas glissé une ou deux gouttes de cyanure. Je renifle ma part avant de la porter à ma bouche. Elle sent l'amande. Je lui jette un regard suspicieux. Il éclate de rire.

– *Keep cool*, Cerise. J'ai mis de l'amande amère. Je ne nourris pas le projet de vous empoisonner. Enfin, pas tout de suite.

À mon air renfrogné, il ajoute :

– Je plaisante, bien sûr.

Quel humour ! Je m'en tape les fesses par terre tant je ris. Pfff, et dire que je vais devoir le supporter. Déjà que, visiblement, il partage le même lit que mon amie, il se peut aussi qu'il envahisse très souvent ma baraque. Qu'ai-je donc fait au Bon Dieu ?

Comme s'il lisait dans mes pensées, il ajoute :

– Maintenant que j'ai presque passé une nuit dans cette maison et (il se tourne vers Clémentine) que nous partageons l'affection de certaines personnes, nous pourrions nous appeler par nos prénoms et nous tutoyer. Qu'en penses-tu ?

Qu'est-ce que je disais ! Cela va devenir agaçant d'avoir toujours raison. Euh, presque toujours. Bon, d'accord, pas trop en ce moment. Mon instinct a dû s'envoler en même temps que mes convictions quand papa est mort. Avant même que je ne réponde, Vladimir s'empresse de le faire à ma place.

– Super idée !

Traître !

– N'est-ce pas, *my Cherry on the cake* ?

Quand il m'appelle comme ça, je pourrais lui lécher les orteils. Il m'a toujours fait craquer, jusqu'ici de manière amicale. Cependant, je dois avouer que le niveau est monté au cran supérieur depuis que j'ai goûté à la douceur de ses lèvres. Je ne pense qu'à une chose : recommencer.

Toutefois, ce n'est pas parce que son regard provoque désormais des chatouillis dans mon ventre, que je vais baisser la garde et me faire avoir. Je lui réponds de façon laconique.

– On verra.

Mon regard tombe sur Maxime en train de déshabiller des yeux Clémentine. Attends, mais il va lui sauter dessus devant tout le monde !

– Il y a des chambres pour ça.

Ah merci, maman !

– Laisse-les, Prune, ils sont jeunes et ils ont bien raison d'en profiter.

Mamy Pomme, qui a toujours aimé la grivoiserie, adresse un sourire complice aux nouveaux amoureux. Elle a abandonné sa jupe en cuir trouée au profit d'un nuisette rouge ultra-sexy et des chaussons à fourrure. D'un regard en coin, elle s'adresse à son « jeunot » :

– On va se coucher, chéri ? Je suis fatiguée. Il est tard, non ?

Il regarde l'horloge.

– Il est presque une heure du matin.

– Ouh là là, il y a bien longtemps que je n'ai autant veillé. Quelle journée, les enfants !

Pomme prend la main de son chéri et l'embrasse affectueusement. À peine perceptible, une ombre passe sur son visage.

Je m'approche d'elle, inquiète.

– Qu'as-tu, Mamy ?

– Ne t'inquiète pas ma chérie. Un peu de nostalgie. J'ai beaucoup de chance d'avoir une si grande famille. J'espère tenir jusqu'à Noël pour voir mes petits-fils…

C'était ça l'ombre sur son visage : la peur de mourir avant de revoir mes frères. Je la prends dans mes bras. Mon Dieu, elle est devenue si frêle.

– On va tout faire pour que tu tiennes le coup pendant plusieurs années.

Elle me sourit tristement.

– On ne choisit pas de naître, on ne choisit pas de mourir, ma chérie. Notre destin est tracé. Tu sais, ajoute-t-elle en me tapotant la main, j'ai eu – et j'ai encore – une belle vie.

Puis, s'approchant de mon oreille, elle me murmure.

– Ne fais pas comme moi. N'attends pas quatre-vingt-dix ans pour oser aimer de nouveau.

Mon cœur se serre à l'évocation de mon premier et unique amour qui n'a pas hésité à me trahir quand il a eu ce qu'il voulait. J'ai été tellement naïve, comme la plupart des adolescentes qui ont une âme « fleur bleue ». Seule mamy est au courant. Je n'en ai même pas parlé à Vladimir. C'est notre secret à ma grand-mère et à moi. Je l'ai mis dans un coin de mon cerveau, je l'ai recouvert de plein d'autres souvenirs, enseveli sous des tonnes d'images positives. Tout pour oublier.

Mon cœur, lui, s'est fermé. Ne laissant même pas une chance aux pères de mes fils. Quand à dix-huit ans, mon horloge biologique s'est agitée (ou plutôt le gène familial je-fais-des-gosses-très-jeune), les ovules au taquet, j'ai chassé la gent masculine jusqu'à ce que je trouve les bons candidats. Il fallait qu'ils soient beaux, spirituels, intelligents, et un brin épicuriens. Le prince charmant quoi, sans le « ils vécurent heureux et eurent plusieurs enfants ».

Une partie de jambes en l'air dans la voiture, coincée entre l'appui-tête et le levier de vitesse (n'essayez pas d'imaginer la position, vous n'y arriverez pas), mon dos en garde encore de légères cicatrices, et je me retrouve enceinte. Deux fois.

Ne voulant pas être confrontée plus tard aux questions de mes fils – c'est qui mon papa ? Pourquoi moi je n'ai pas de vrai papa ? Je peux appeler Vlad « Papa » ? –, j'ai informé les géniteurs de leur passage de « je me tape tout ce qui passe et j'en profite » à « mince, mes spermatozoïdes sont aussi performants ? » Je leur ai bien expliqué que je n'attendais rien d'eux, surtout pas d'être aimée, mais qu'ils pouvaient choisir d'être présents ou non dans la vie de leurs gamins. Ils ont géré à leur façon, rendant visite, apportant des cadeaux aux anniversaires et à Noël, se rendant aux matchs de foot, quelques vacances de temps en temps... Pavlova assurait pour tout le reste. Pour l'essentiel. Pour le vital. À l'adolescence, mes trois garçons ont rompu les relations avec leurs pères naturels, décrétant que Vladimir était leur papa d'amour.

Je sens une pression sur mon épaule. Mamy me ramène à la réalité, non sans humour.

– C'est si bon de vivre avec vous. C'est grâce à vous que j'ai la pêche. Pas mal pour une Pomme, non ?

Elle nous embrasse tous à tour de rôle. En arrivant devant Maxime, elle lui pince la joue tout en montrant Clémentine du doigt.

– Je suis certainement une très vieille personne un peu fofolle mais j'ai encore mon instinct, jeune homme. Ce n'est pas parce que vous êtes mon kiné et que, grâce à vos mains expertes, je souffre moins, que je ne me tiens pas sur mes gardes. Écoutez bien ce que je vais vous dire : ne vous avisez pas de la blesser sinon vous aurez à faire à ma canne et peu importe l'âge que vous avez, le mien me donne l'autorisation de vous botter le cul si vous vous comportez mal avec cette femme merveilleuse que je considère comme ma petite-fille et...

Il tente de lui dire quelque chose mais elle ne lui en laisse pas la possibilité.

– Deux secondes, mon ami. Je viens de faire une tirade sans reprendre mon souffle et du souffle, à quatre-vingt-dix ans, on n'en a presque plus. Il s'amenuise jusqu'à ce qu'on rende le dernier. Laissez-moi donc respirer, car je n'ai pas fini de vous parler. Bref, gare à vos fesses. Je veille.

Clémentine vient à la rescousse de son prétendant abattu ou prétendu amant.

– Granny, enfin. (C'est ainsi que ma meilleure amie nomme ma grand-mère depuis qu'elle la connaît : double petit clin d'œil à la fois à la variété verte du fruit dont elle porte le nom et à la traduction anglaise de « mamy », c'est trop chou, non ?). Ne lui donne pas l'envie de prendre ses jambes à son cou.

– Vu comme elles tremblent, cela m'étonnerait qu'il y arrive.

Le kiné réplique avec malice.

– Pomme, vous êtes à croquer.

Elle sourit. Voilà, on est foutu, il a mis mamy dans sa poche.

– Les petits, tant que j'y pense, et surtout tant que je n'oublie pas, ajoute ma grand-mère en nous adressant un clin d'œil, vous avez résolu cette histoire de virus ?

Maxime ouvre des yeux aussi gros que des ballons de baudruche.

– Cligne un peu mon gars sinon tes pupilles vont exploser, recommande Vlad au bord de l'asphyxie tant il se retient de rire devant la tête de poisson-clown du blogueur. On t'expliquera.

Puis en s'adressant à Pomme :

– Comme on n'a toujours pas de téléphone ni d'internet, on ne peut rien faire. On ne sait même pas si la vidéo circule encore. On s'en occupe dès qu'on peut.

Mamy lève un pouce et, bras dessus bras dessous avec Jean, tels deux jeunes tourtereaux, ils se dirigent vers leur appartement. Maman nous envoie des baisers de la main et part se coucher également.

– C'est quoi cette histoire de virus ? Vous êtes malades ?

Je pose une main sur l'épaule de Pavlova.

– Je te laisse lui raconter toute l'histoire. Moi, je vais me coucher.

Puis, m'adressant à Maxime.

– J'aimerais que nous parlions, toi et moi. Vladimir m'a raconté que tu avais effacé ton article sur mon dernier roman.

– En effet.

– Je t'en remercie. Cependant, j'ai besoin de clarifier des choses afin de savoir si je peux t'accorder ma confiance.

– Je suis d'accord.

– Bien… Dis-moi, Maxime, cours-tu ?

– Pourquoi ? Toi aussi tu veux me botter les fesses ?

Je secoue la tête.

– Je laisse ce plaisir à ma grand-mère. Comme vous êtes « frères de fringues » avec Vladimir, il va te prêter sa tenue du parfait jogger. Rendez-vous tout à l'heure à 7 h sur le perron. Si tu tiens aussi longtemps que moi, tu auras gagné mon estime.

– OK, je serai là.

Étonnée, je l'interroge.

– Cela n'a pas l'air de t'effrayer ?

– De quoi ? De courir ? J'adore ! J'ai fait plusieurs fois le marathon de New York.

Ah, merde, moi qui pensais le planter en plein milieu des vignes, c'est raté… Tel est pris qui croyait prendre. Maxime nous salue et part rejoindre Clémentine.

On aperçoit des phares dans l'allée. Les jumeaux, noirs de suie, débarquent avec fracas.

– C'est nous, hurlent-ils.

– Chut, certains dorment déjà.

– Mince, pardon, maman, chuchote Nathanaël. On est claqués.

– Alors, il y a des dégâts ? interroge Pavlova

Rapidement, ils nous expliquent que la salle de dégustation a entièrement brûlé. Tout le reste des bâtiments est intact grâce au professionnalisme des pompiers.

– Les cuves ont été préservées, sinon cela aurait fait du vin chaud pour Noël prochain, s'esclaffe Gabriel.

– Tu es incorrigible, Gab. Comment peux-tu rire de cette situation ?

– Parce que cela aurait pu être plus grave, maman. Les écuries et nos chevaux de trait ont été épargnés tout comme La Grange, les chais et le matériel agricole. Rien de grave donc.

– La bonne nouvelle, ajoute-t-il, c'est que la réfection de la salle de dégustation, qu'ils avaient prévue de faire à la fin des vendanges, va leur coûter zéro euro, car l'assurance prend tout à sa charge. À toute chose malheur est bon.

– Bref, tout va bien, quoi !

– Oui, ma belle maman, tout va bien. Ah non, il y a un truc qui ne va pas aller… pour toi.

Je m'attends au pire avec les jumeaux.

– Quoi ?

– Tu n'as plus de lits d'amis dispo ? Donc… on va dormir dans ta chambre.

Ils n'attendent pas ma réaction et montent en courant les escaliers en criant « le premier arrivé prend le côté droit ».

Sonnée, je regarde Vladimir.

– On va devoir se partager le canapé.

– Moi qui pensais squatter ton lit… Nous sommes bons tous les deux pour avoir le dos en vrac demain.

– Entre le matelas dur comme de la pierre et ma chute dans l'allée, je ne vais pas être super en forme pour le footing avec Maxime.

Il étouffe un rire.

– Quoi ?

– Tu as un kiné sous la main pour te soulager.

Avant que j'aie eu le temps de lui mettre une tape sur l'épaule, il se rue vers l'étage.

– Pavlova, tu ne perds rien pour attendre. Je me vengerai.

Quand j'arrive dans le bureau, Vladimir est en train de se déshabiller. Comme si mon regard le brûlait, il se retourne brusquement.

– Excuse-moi. Je...

Je montre le couloir.

– Je vais attendre dehors que tu aies terminé de te mettre en pyjama.

– Non, rentre. Tu ne me déranges pas.

J'hésite.

– Allons, Cerise, ce n'est pas la première fois que tu me vois en caleçon.

Certainement. Cependant, c'est la première fois que mes jambes flanchent et que mon cœur s'affole. Enfin, si on ne compte pas aujourd'hui. Je me mets de dos et attends qu'il se soit couché. Puis, je me précipite sous la couette, la remontant jusqu'au menton. C'est alors que ma copine la ménopause a décidé de débarquer avec ses bouffées de chaleur. Je commence à suer à grosses gouttes.

– Dis, ma *Cherry on the cake*, ce lit va devenir un sauna si tu n'enlèves pas ton pantalon et ta chemise. Tu es bouillante et... dégoulinante de sueur. Quant à moi, je suis en train de cuire.

Je suis mal à l'aise.

– Excuse-moi. Mes affaires de nuit sont dans ma salle de bains et les garçons doivent dormir. Je ne veux pas les réveiller. Ils ont besoin de se reposer avec toutes ces frayeurs. Tu comprends ? Moi, je respecte le sommeil des autres, si toi tu t'en fous. De toute façon, dans cette maison, il n'y a que moi qui pense à tout. Je dois…

– Calme-moi, m'interrompt-il. Ce sont tes hormones qui délirent ?

– On t'emmerde, mes hormones et moi.

– Tu montes dans les tours à une vitesse, c'est dingue. Ça va être comme ça combien de temps encore ?

Il se tourne sur le côté, face à moi, la joue contre la paume de sa main.

– Eh, il n'y a rien de grave. À tout problème, une solution. Tu peux juste garder ton soutien-gorge et ta culotte. Enfin, si tu en as mis une… continue-t-il sur le ton de la plaisanterie.

– Toujours avec un pantalon sinon ça…

– Je vois bien l'image. Pas la peine de détailler.

– Je suis sensée en rire ? ronchonné-je.

Je me retourne, dos à lui.

– Qu'est-ce qu'il se passe, Cerise ? D'habitude tu aurais rétorqué un truc du genre « tu sais ce qu'il te dit le p'tit abricot de Cerise ? »

Une boule énorme se bloque dans ma gorge. Depuis quelques heures, « d'habitude » il n'y en a plus. Quelque chose a changé en moi et en lui aussi, j'en suis certaine.

Il pose sa main sur ma hanche.

– Cerise, parle-moi.

Je ne bouge pas. Si je bougeais, je me retournerais et me blottirais dans ses bras. Qu'arriverait-il si j'osais ? Pourquoi lui ne fait-il pas un geste de plus ?

La peur de tout perdre est plus forte que l'envie de recevoir. Je reste ainsi, à laisser les larmes couler en silence, des larmes de frustration et d'interrogation.

J'ose à peine respirer de crainte qu'il n'enlève sa main. Il ne l'enlève pas…

CHAPITRE 9

CONFIDENCES ET PACTES AU MILIEU DES VIGNES

– Alors, Cerise, tu arrives ?

Maxime fait de petites foulées sur place en attendant que je le rejoigne. Je décèle sur son visage un air moqueur. Il me nargue et j'ai envie de le gifler. Seulement pour se faire, il faudrait que je fonde sur lui telle une panthère, avec agilité et souplesse. Le problème, c'est qu'en ce moment même, j'ai plutôt la démarche d'un pachyderme et suis à deux doigts de m'écrouler. J'ai laissé mon souffle en même temps que ma dignité, juste après le premier kilomètre.

En temps ordinaire, j'ai un bon rythme et assez d'endurance. Pour cela, il faudrait que je sois reposée et la proximité de Vlad m'a empêchée de dormir. Quant à lui, il est resté blotti contre moi, son bras enroulé autour de ma taille. J'ai fini par m'endormir d'épuisement et, à mon réveil, Vladimir n'était plus là. J'ai attrapé son oreiller et me suis surprise à en respirer la taie à la recherche de son odeur.

Mon insomnie est la cause de la raideur de mes articulations et de mon incapacité à reprendre ma respiration, si tant est qu'il m'en reste une. Inutile de préciser que je n'ai pu prononcer un mot. Donc, pour l'instant, la discussion que je devais avoir avec le blogueur est encore à l'état de projet.

Si je continue ainsi, elle n'aura jamais lieu, car je suis sur le point de mourir d'asphyxie.

– Ton prénom te va comme un gant. Tu es si rouge que je me demande si ta tête ne va pas exploser. Dois-je me mettre à l'abri ? Je te préviens, je déteste la marmelade de cerises.

Il est plié en deux de rire. Si j'en avais la force, je l'insulterais.

Je finis à quatre pattes, haletante, langue pendante comme un chien enragé. Il me rejoint et me tend une bouteille d'eau. Comment a-t-il pu tenir cette bouteille dans ses mains quand je n'arrive même pas à tenir ma tête ? En plus, il a l'air frais comme un gardon. S'il continue à frétiller ainsi, je lui fais un croche-patte.

– Bois au lieu de ruminer.

J'avale en deux secondes le divin breuvage qui en descendant le long de ma gorge me fait l'effet d'un nectar.

Encore une fois, si j'en avais la force, je le prendrais dans mes bras.

– Tu peux m'expliquer pourquoi tu m'as défié à la course à pied si tu ne tiens pas cent mètres ?

– Tu exagères, j'ai réussi à courir…

– À marcher, pas à courir, rectifie-t-il. Alors ?

Je capitule.

– Je n'ai pas la forme pour plusieurs raisons. D'abord, ma nuit a été très courte, sur un matelas dur comme la pierre. Si je n'ai pas mes huit heures de sommeil, je suis crevée. Ensuite, j'ai mal partout à cause de ma chute d'hier soir que TU as provoquée. J'en ai encore les stigmates.

Et de lui montrer les égratignures sur mes mains et mes coudes.

– Je nie totalement être responsable de ta pathétique gamelle, se défend-il. Tu t'es énervée toute seule, tu t'agitais en tous sens et tu as glissé.

– J'avais de quoi !

Il balaie d'un geste ma dernière phrase.

– Tout n'est qu'une question d'interprétation. Me reprocherais-tu mon honnêteté ? Mon impartialité ? Mes lecteurs attendent de moi une chronique juste et objective.

Je contiens difficilement ma colère.

– Étais-tu obligé de me défier ainsi après ma lecture ?

– Ah, c'est donc ça ! Tu es vexée.

Je plisse les yeux. Le pachyderme a disparu, la panthère se tapit, prête à bondir.

– On le serait à moins.

Il s'emporte subitement.

– Je vais finir par croire que tu attends des gens qu'ils t'encensent et te vénèrent. Tu veux que tout le monde t'applaudisse et chante tes louanges. Sinon gare à ton courroux ! Je vais t'apprendre un truc incroyable : on ne peut pas plaire à tout le monde. Donc, si tu n'es pas capable d'accepter la critique, change de métier.

Il achève sa phrase en tapant avec le pied dans un caillou et enfonce les mains dans les poches de la veste de survêtement prêtée par Vladimir. Ils se sont donné le mot ou quoi ces deux-là ? Pavlova m'a fait la même réflexion.

– Je ne suis pas d'accord avec toi. Je ne suis pas du tout comme tu me décris. Tu te trompes sur toute la ligne, ce qui est normal puisque tu ne t'es pas donné la peine de discuter avec moi. Tu es parti avec des préjugés sur moi, j'en ignore la raison. Peu importe… Tu peux penser et écrire ce que tu veux. Je n'ai aucun droit de te demander de te censurer. Cependant, il faut rester respectueux, Maxime. L'écriture est un acte à la fois difficile et douloureux, parfois salvateur. L'écrivain a besoin de poser ses mots pour survivre. Il se met à nu. Si tu es vraiment le blogueur que tu prétends être, si tu as lu tous ces livres que tu as chroniqués, l'âme et le cœur des auteurs n'ont alors pas de secrets pour toi. Tu dois savoir à quel point leur sensibilité est exacerbée. C'est pour cette raison qu'il est difficile d'accepter et d'accueillir des remarques négatives. Tu penserais quoi si tes patients remettaient en question ton professionnalisme sur internet en écrivant que tu es un mauvais kiné qui…

– … qui se fait les ongles ?

– Tout ça t'amuse, n'est-ce pas ?

Il souffle.

– Es-tu en guerre avec toutes les personnes qui ne partagent pas ton avis ?

– Non, pas toutes. En ce qui nous concerne, ce n'est pas une divergence d'opinions. Tu as été grossier au Café Litt'. Tu as jugé le lieu et ses propriétaires sans jamais être venu t'asseoir à une table pour t'imprégner de l'ambiance, sans même avoir goûté à nos gâteaux ou à nos thés. Cet endroit, c'est toute ma vie. Sais-tu pourquoi il s'appelle « Cherry and Pavlova » ?

Je ne lui laisse même pas le temps de répondre à ma question. Qui n'en était pas une en fait. J'ai besoin de le convertir à mon café, qu'il comprenne ce qui le rend si particulier.

– Mes parents ont tenu ce café pendant des années et ils l'avaient baptisé « *Cherry on the cake* and other Little Biscuits ».

Il m'écoute attentivement, sans m'interrompre et je lui en sais gré.

– Oui, je dois avouer que c'est long comme nom mais c'était en hommage à ma venue au monde : une fille enfin après quatre garçons.

Il hoche la tête.

– D'où les « little biscuits » ?

– C'est ça. Mon père a… avait beaucoup d'humour.

– Et pourquoi aujourd'hui s'appelle-t-il « Cherry and Pavlova » ?

– Sais-tu ce qu'est une Pavlova ?

Il me répond que non. Je lui explique qu'une Pavlova est un dessert à base de meringue, croustillante à l'extérieur et moelleuse à l'intérieur, généralement nappée de crème fouettée et recouverte de fruits. Ce dessert est ainsi nommé en l'honneur de la ballerine russe Anna Pavlova. Cherry, c'est moi. Pavlova, c'est Vladimir. Il s'appelle Vladimir Pavlov. C'est notre dessert vedette.

– Il faudra que j'en déguste une part.

– Tu devras la mériter.

– Je sens que je vais ramer...

J'acquiesce tout en poursuivant.

– Tu n'as pas fait que me blesser ce jour-là. Tu as abîmé mes souvenirs. Ensuite, tu as descendu mon travail sans même prendre le temps de me connaître, de comprendre les raisons qui m'ont poussée à écrire ce livre. J'ai eu besoin de partager ma douleur, mon sentiment d'injustice, ma révolte contre cette putain de maladie, mon incapacité à faire mon deuil, l'impression que mon père est encore là. Ce livre m'a empêchée de sombrer, tu comprends ?

Il s'assoit à côté de moi, les bras enroulant ses jambes.

– Vladimir m'a raconté les conditions dans lesquelles ton papa est décédé il y a un an et demi.

– Il me l'a dit.

– Toutes mes condoléances.

– Merci.

Je me lève d'un coup et je montre du doigt le chemin par lequel nous sommes arrivés.

– C'est à cause de lui que je ne cours plus.

Il prend un air étonné.

– À cause de ce chemin ? Je ne comprends pas...

– Non, à cause de mon père. La course à pied, c'était notre truc entre lui et moi. On se levait à l'aube, peu importe le temps, qu'il fasse beau ou froid, qu'il pleuve ou qu'il vente, nous chaussions nos baskets, heureux de nous accorder cette pause entre père et fille. Il parlait plantes et tisanes, je parlais mots et romans. Un jour, il a eu un malaise, une forte douleur au côté droit. Il a pensé que c'était un point de côté. La douleur est passée et le temps avec. Une nuit, elle est revenue si forte qu'il ne parvenait plus à respirer. Le diagnostic est tombé : cancer du pancréas. Il s'est battu puis il a fini par renoncer. Même notre amour ne lui donnait plus l'envie de vivre.

– Tu lui en veux d'avoir renoncé ?

Je serre les dents.

– Je n'ai plus envie de parler de lui. C'est encore trop difficile. Je suis encore dans la colère. L'acceptation n'est pas prête d'arriver.

– Je comprends. Il faut du temps, parfois des années, et parfois encore, on n'y arrive jamais.

L'intonation dans sa voix révèle une blessure.

– Tu as perdu un être cher, toi aussi ? Tu parles du deuil comme si tu l'avais vécu.

Il m'explique que son métier de kiné l'amène à rencontrer des personnes très handicapées physiquement à la suite d'un accident de la circulation. Ces personnes-là ont quelquefois perdu un proche dans le drame. Tout en les massant ou en les aidant lors des exercices, il les écoute lui raconter leur deuil.

Le silence s'installe entre nous deux, amplifiant les bruits provenant des ouvriers dans les vignes. Des gens s'activent dans le champ en face de nous. Ils installent des guirlandes, et des tracteurs ne cessent d'aller et venir.

– Ils préparent une fête ?

– Oui, ce sont les apéros dorés du Château de la Tour Blanche. C'est super sympa et décontracté. On est assis sur des bottes de paille, un groupe de musique met l'ambiance et des *Food trucks* proposent différents plats et desserts. On a prévu d'y aller ce soir. Tu veux venir ?

Il me regarde étonné.

– Tu viens de m'inviter ou je rêve ?

– Dépêche-toi de répondre avant que je ne change d'avis.

Pour toute réponse, il m'adresse un sourire et me fait une révérence.

– Je viendrai avec plaisir, gente dame. Je servirai de galant à Clémentine.

Il se met debout et époussette la terre sur son short. Je le retiens par le bras.

– Tu lui veux quoi à Clem ?

Il lève les bras en l'air.

– Ne tirez pas, Monsieur l'agent. Je suis innocent. Dis donc, tu attaques direct, toi !

– Je veille sur elle, c'est tout.

– Je pense qu'elle est assez grande pour savoir ce qu'elle fait.

Je tords du nez.

– Pas en matière d'hommes.

– Vous n'êtes donc pas amies pour rien, car si j'en crois Vladimir, toi aussi en matière d'hommes…

La mouche me pique.

– Comment ça ? De quel droit avez-vous parlé de ma vie sexuelle ?

– Ne t'énerve pas. On abordait le sujet de la vidéo et puis, on a parlé de lui, de toi et…

– Quoi lui et moi ? Il n'y a rien entre lui et moi.

Il croise les bras et me regarde avec malice.

– Alors pourquoi tu t'emportes ?

– Je ne m'emporte pas. C'est juste que je déteste qu'on parle de moi dans mon dos.

– C'est ce que font souvent les gens qui s'inquiètent.

Vladimir s'inquiète pour moi. Pour quelles raisons ne m'en parle-t-il pas ? Je ne supporte plus cette distance entre lui et moi. Il faut vraiment que nous ayons une discussion.

– OK, n'en parlons plus et revenons à Clémentine. Tu as intérêt à être correct avec elle.

– Sache que je suis toujours élégant avec les femmes. Je ne les collectionne pas, si c'est ce que tu penses. Pour l'instant, je veux juste passer du bon temps. On verra où cela nous mènera. Ne t'en fais pas, j'ai retenu la leçon de ta grand-mère et je me doute que tu penses comme elle.

– En effet, je n'ai pas de canne mais je trouverai toujours un bâton pour te battre.

Je le toise pendant quelques minutes. Il ne baisse pas les yeux. Je me remets en marche.

– Viens, on va monter au belvédère.

– On a le droit, s'enquiert-il ?

– Oui, le directeur technique est un ami.

Nous montons les quelques marches qui nous séparent d'une vue à couper le souffle.

– Waouh ! ne cesse de répéter Maxime en tournant sur lui-même.

– C'est magique, n'est-ce pas ?

– Complètement. C'est féérique. Ce brouillard donne un petit air de légende. On aperçoit à peine le soleil à travers la lumière diaphane. On imagine Lancelot débarquer avec tous les autres chevaliers de la Table ronde et Merlin jouer de sa baguette magique.

– C'est un peu ça en effet.

– Merci, Cerise, merci. Ce paysage, cette lumière, cette atmosphère provoquent beaucoup d'émotions en moi. Pardon si tu me trouves trop romantique.

Il essuie une larme au coin de l'œil.

– Il y a de la poussière dans l'air.

Je souris.

– Probablement.

Je le laisse admirer la vue en silence pendant encore quelques minutes. Alors que nous descendons les marches, je l'interroge, perplexe.

– Dis-moi, tu sembles découvrir ce terroir. Tu n'es jamais venu à Sauternes ? Tu n'as visité aucun château ?

Il secoue la tête.

– Comment est-ce possible ?

Il soupire puis m'explique qu'il n'est installé en Gironde que depuis dix-huit mois. Il a choisi cette région au hasard en jetant une fléchette sur une carte de France épinglée sur un mur.

– Drôle de façon de choisir un lieu de vie. À part si tu fuyais quelque chose ou… quelqu'un ?

Il ne me répond pas. À son visage fermé, je comprends que j'ai touché un point sensible.

– Pardon, je suis indiscrète.

Il pose une main sur mon bras.

– Je ne suis pas prêt à me confier, c'est tout.

– Pourtant, moi, je me suis confiée. Je me suis même répandue en confidences.

Il se mord les lèvres.

– Cela n'a rien à voir avec toi. Si je suis parti de chez moi, c'est pour tirer un trait sur le passé et oublier.

– Alors, oublions. Donc, tu as débarqué ici. Pourquoi Podensac ?

– Le cabinet de kinésithérapeutes cherchait un associé. Il s'est considérablement développé ces derniers temps et ils ne parvenaient plus à assurer les soins de leurs patients ni à en prendre de nouveau. Je bosse comme un dingue et je suis très souvent récompensé pour mon engagement par des rencontres comme celle avec ta grand-mère. Elle est mon rayon de soleil.

Il me dit se plaire dans le village et s'être déjà fait un petit groupe d'amis sympa. Ce qu'il apprécie surtout, c'est de pouvoir faire ses courses à pied et d'aller à Bordeaux en train quand il en a envie. Il a pris une licence au club de tennis et fait partie de l'équipe. Guillaume, leur coach, est vraiment sympa.

Nous échangeons encore sur les banalités de la vie rurale. Je suis surprise par la facilité avec laquelle nous communiquons alors que, quelques minutes plus tôt, il était mon ennemi juré.

– Maxime, si on faisait la paix ?

Pour toute réponse, il me tend la main. Après avoir scellé notre pacte de non-agression, nous poursuivons notre balade dans les vignes, côte à côte, perdus dans nos pensées.

– Eh, Cerise, content de te voir !

Miguel, le directeur technique du château la Tour Blanche s'avance vers nous.

– Salut, nous sommes montés au belvédère et on en a pris plein les yeux.

– Je m'en doute, surtout avec ce magnifique lever de soleil.

Maxime tend la main.

– Maxime Dutourd, je suis charmé par votre propriété et votre région. Je suis arrivé il y a quelques mois et je découvre les environs.

– Merci, vous m'en voyez honoré. Ah, Cerise, je t'ai réservé la table habituelle pour ce soir et n'oublie pas d'apporter quelques plaids. Les soirées se rafraîchissent.

– Merci, Miguel. Tout est déjà prévu.

– Tu es une championne. Dis-moi, j'ai appris pour les chais des jumeaux. Ils vont venir quand même ?

– Bien sûr qu'ils vont venir ! Les dégâts ne sont pas trop graves. Tout est sous contrôle.

– Tant mieux. Et... bravo pour tes prouesses physiques, ajoute-t-il avec un clin d'œil.

– Ah, tu as vu la vidéo ? C'est la cata... Je t'assure que ce n'est pas moi.

– Je te taquine, ajoute-t-il en me poussant de l'épaule. Vladimir a posté un démenti en divulguant une photo qui montre le tatouage que tu as sur le poignet, ce qui prouve ainsi que la sextape est un « fake ».

Je saute de joie et me sens tout à coup délestée d'un énorme poids. Un souci en moins, bien qu'il reste encore beaucoup de points à régler.

– Génial, s'il a pu poster, cela veut dire que le réseau est revenu et que nous allons pouvoir contre-attaquer.

– Vu ce qui circule sur les réseaux sociaux, ton équipe est à fond depuis ce matin. Tu n'es pas au courant ?

Je lui explique que je suis partie courir avec Maxime depuis sept heures et que je n'ai pas pris mon téléphone avec moi parce que je l'ai perdu. C'est alors que le blogueur-kiné se tape le front.

– Quel idiot je suis ! J'ai toutes tes affaires dans la voiture. Nous devons rentrer pour que je te les rende. Et...

– Cerise ! Enfin ! J'essaie de te joindre depuis hier, en vain.

Jean-Jacques Dubourdieu, copropriétaire du château Doisy-Daëne, nous rejoint et m'informe qu'il ne pourra être parmi nous qu'à partir de 21 h.

– Sinon, vous faites quoi maintenant ? Ça vous tenterait une dégustation ?

– Je passe mon tour mais toi, Max, vas-y. Tu m'as dit ne pas avoir encore eu le temps de visiter une seule propriété viticole depuis que tu as débarqué dans notre région.

– OK, je viens avec plaisir.

– Parfait, répond Jean-Jacques. Je dois juste discuter avec Miguel. On se retrouve au parking dans dix minutes.

Nous flânons encore un peu avant de rejoindre Jean-Jacques.

– Au fait, Cerise, si tu veux récupérer tes affaires, mes clés de voiture sont sur la table de nuit.

– Super. Merci. Bon, je te laisse.

Juste avant de partir, j'ajoute :

– Quand tu dégusteras, n'avale pas et recrache si tu ne veux pas terminer la tête dans le fossé à vomir. Le Sauternes est un vin incroyable et merveilleux. Il glisse bien dans la gorge et tu ne sens pas l'alcool à cause du sucre. Donc, fais gaffe.

– Je m'en souviendrai. À tout à l'heure.

– Attends, Max !

Je le retiens par la manche.

– J'ai une question à te poser. Tu peux m'expliquer pourquoi tu avais ma voiture ?

Il hoche la tête.

– C'est moi qui t'ai ramenée chez toi le soir de ta cuite. C'est la raison pour laquelle j'avais ta voiture. Il fallait bien que je revienne à Podensac.

– Si tu m'as ramenée, ça veut dire qu'on a picolé ensemble ?

Il penche la tête sur le côté et m'adresse un regard franc.

– Tu crois que tu aurais accepté de partager une bouteille avec moi ?

– Même pas un verre, je reconnais. OK, tu m'as donc ramenée bourrée et nue.

Il fait les gros yeux.

– Nue ?

Je balaie d'un geste de la main.

– Laisse tomber, c'est anecdotique.

Comme il insiste et n'a pas l'air de vouloir lâcher le morceau, je lui raconte comment je me suis présentée entièrement dénudée à la porte de ma maison, les fesses affichant un message qui… lui était destiné.

– Oh, tu m'en vois flatté. Sur ton postérieur en plus, ajoute-t-il taquin. Il disait quoi ce message ?

Je grimace.

– Il vaut mieux que tu continues de l'ignorer. C'est préférable pour notre relation…

Il me pousse de l'épaule.

– Parce qu'on a une relation ?

Je me dandine.

– Arrête de me chambrer. Tu vois très bien ce que je veux te dire.

Il croise les bras.

– Je suis tout ouïe.

Je capitule et lui murmure à l'oreille la phrase écrite sur mes fesses. Les larmes lui montent aux yeux tant il se tord de rire. Une fois calmé, il me raconte que ce soir-là, il était avec des potes en train de boire un dernier verre avant de rentrer. Il m'avait aperçue en plein « pelotage » et roulage de pelles avec un gars assez jeune et baraqué. Le genre de mec qui passe plus de temps à soulever de la fonte qu'à faire travailler ses méninges.

– T'étais super saoule. Quand tu l'as suivi aux toilettes, tu ne marchais pas en ligne droite. Ou alors, tu es très mauvaise en géométrie.

Je cache mon visage entre les mains tant la honte me submerge. Il ne faut plus que je boive, plus jamais.

– Au bout de quinze minutes, tu es revenue sans tes collants et la jupe à l'envers. On a tous compris que tu avais soulagé une envie aux WC mais pas celle de ta vessie, si tu vois ce que je veux dire.

Mon Dieu, faites que la terre s'ouvre sous mes pieds et m'engloutisse.

– Vous êtes revenus à votre table et avez repris l'art de l'emmêlage de langue. Franchement, je ne savais pas qu'on pouvait faire tout ça juste avec cet organe.

Du rouge, je passe au cramoisi. La prochaine étape, c'est la crise cardiaque.

– Tout à coup, tu t'es mise à lui hurler dessus. Tu as bousculé la table, fais tomber ta chaise et tu lui as jeté le contenu de ton verre au visage. Puis, tu es sortie. Je t'avoue avoir pensé « bon débarras », car notre engueulade de l'après-midi m'avait suffi et je n'avais aucune envie que tu me remarques et que tu me fonces dessus. Bourrée comme tu l'étais, tu aurais été capable de me vomir dessus autre chose que des mots.

Je viens de faire une crise cardiaque. Je n'aurai pas assez du reste de ma vie pour laver mon honneur.

– Tu as vraiment eu du bol que personne ne te reconnaisse et prenne une photo. Sinon, c'est certain, tu aurais fait la Une des magazines people, et là, il n'y aurait pas eu de trucage, contrairement à la vidéo.

Il a raison, la situation aurait pu être pire. J'ai échappé au lynchage médiatique.

– Bref, j'ai poursuivi ma soirée. En sortant du bar, je t'ai trouvée au volant de ta voiture, incapable de la démarrer, fort heureusement. J'ai décidé de te ramener chez toi mais j'ai dû fouiller dans ton sac pour trouver un document qui m'indique ton adresse, car tu étais incapable de me la donner.

Arrivé à la maison, il m'a déposé devant l'entrée et il est reparti avec ma voiture.

– Tu n'as pas attendu que je rentre ?

– Tu hurlais sur moi, tu me disais de foutre le camp. Maintenant que j'y pense, j'en suis certain, tu me prenais pour l'autre, celui qui est plus rapide que l'ombre de Lucky Luke vu qu'il tire…

Je lève la main.

– C'est bon, j'ai compris. On pourrait oublier ce moment de… disgrâce ?

Il réfléchit un instant puis me tend la main.

– Tape-la.

Je tape. Toutefois, j'ai encore une question à lui poser. Je veux savoir pourquoi il pense que je le prenais pour le gars du bar ?

– À cause du petit nom que tu me donnais. Tu m'appelais « Tom » tout en tenant des propos décousus. Tu ne cessais de répéter : « non je ne signerai pas ».

– Tu crois que je parlais d'une dédicace ?

– Peut-être… Je n'en sais rien. Allez, bisous, j'y vais.

Bisous ?

CHAPITRE 10

QUAND UNE CERISE ET UNE CLÉMENTINE BULLENT…

Je décline la proposition de Miguel de me ramener à la maison. J'ai besoin de faire le point dans ma tête et dans mon cœur avant de me retrouver face à Vladimir.

Marcher m'a toujours aidée dans les décisions que j'avais à prendre, que ce soit dans ma vie ou dans celles des personnages de mes romans. J'aime laisser mes pensées voleter autour de moi et, au détour d'un buisson, d'un arbre ou d'un cours d'eau, les faire revenir vers moi et les accueillir.

La nature est mon élément central. Elle m'est tout aussi vitale que l'oxygène. J'y puise ma force et mon inspiration. J'y trouve les réponses à mes questions. Elle me parle et je l'écoute. Je perçois le bruissement des feuilles comme des chuchotements et la lumière comme un éclaircissement. Je suis une fille de la terre, je suis une fille de la forêt et je suis une fille du ciel. Ici, je vis, je grandis et j'évolue. Je n'aurais jamais pu vivre en ville, je m'y serais éteinte.

Une biche et son faon sont en train de brouter dans les vignes. En entendant mes pas, ils lèvent la tête dans ma direction mais ne bougent pas. Nous restons immobiles, à nous observer. J'ose à peine respirer. Je me sens privilégiée de cet échange de regards. Ce moment suspendu est un miracle de la nature et je remercie l'univers de me l'offrir. L'univers ou toi, papa ? Probablement un peu des deux. À moins que – te connaissant fort bien je t'en sais capable – tu n'aies réussi par une de tes pirouettes (ni une ni deux, je t'embrouille) à prendre le contrôle de l'au-delà. Si tel est le cas, papa, je veux bien un coup de main pour Vlad et un coup de pied dans le postérieur du type qui a posté la vidéo. Comme ça en passant, tu pourrais m'aiguiller sur son identité ? Cela me ferait gagner du temps et de l'énergie et je pourrais me consacrer à ce truc qui grandit en moi, fait exploser toutes les atomes de mon être, me déstabilise complètement, tu vois ? Ce même truc que tu as ressenti quand tu as vu maman pour la première fois. Oui, je sens que tu as compris de quoi je parle. Je suis perdue, papa. J'ai peur aussi. Peur que ce truc ne soit pas partagé par Vladimir. Alors, aide-moi.

Le brouillard s'est complètement dissipé, laissant la place à un soleil lumineux et déjà très chaud. La journée promet d'être agréable. Cependant, je me sens triste et cette tristesse augmente à chacun de mes pas.

Je pense tout le temps à mon père. À ce jour maudit où l'oncologue lui a appris que son cancer était incurable. À sa force de caractère quand il a demandé d'une voix impassible combien de temps il lui restait.

– Un an, tout au plus deux, lui a-t-il répondu.

Il a alors rédigé une liste de tout ce qu'il voulait accomplir avant de mourir et il a pu tout réaliser. Il me manque tellement que j'en étouffe. Comment puis-je continuer d'avancer, de croire en moi, d'avoir confiance ? Comment ne plus avoir peur ? Comment avoir encore envie ?

Quand je passe une bonne soirée, que je danse, ris, mange et déguste un bon vin et puis que, tout à coup, je réalise qu'il n'est pas là, que j'ai dansé, ri, mangé et dégusté sans lui à mes côtés. Et là, c'est violent. Ça me prend la tête, ça me prend le ventre, ça me prend le cœur et ça explose partout, dans tous les recoins de la pièce. Je suis éparpillée en des milliers de particules. Je sais alors que la seule chose qui pourrait réunir toutes ces particules, qui pourrait de nouveau me « faire corps », ce serait que je le voie lui, mon père. En même temps, je sais que toutes ces particules éparpillées dans tous les recoins de la pièce ne seront plus jamais réunies comme il faut, parce qu'il manque l'élément central, l'élément réunificateur : « toi, papa ».

Quand il est mort, j'ai compris que tout finissait. J'en ai pris conscience quand je l'ai vu, allongé au funérarium. Je n'oublierai jamais l'odeur du lieu, le froid de ses mains qui pourtant avaient toujours été si chaudes. Il reposait là, un sourire sur ses lèvres comme si finalement la vie de l'autre côté n'était pas si mal. Je suis restée de longues minutes à embrasser son beau visage et à lui dire encore et encore combien je l'aimais. J'ai glissé sous son pull, contre son cœur silencieux, une lettre et une photo de nous deux.

Ce fut un choc d'une violence inouïe, qui a chamboulé toutes mes convictions et bouleversé mes codes. À quoi sert-il d'avoir des projets, des ambitions, des rêves puisqu'au bout, tout au bout, nous attend le néant ?

Ce sont toutes ces questions qui m'ont poussée à écrire le livre sur mon père. J'espérais, et j'espère toujours, que d'autres personnes pourront m'apporter des réponses. C'est tellement injuste. Être privée de lui est invivable, cruel. Révoltant. Inhumain.

Je sais qu'il ne sera plus jamais à mes côtés, que je ne pourrai plus jamais courir avec lui et échanger sur nos passions. C'est ma réalité. Parfois, cette réalité devient insupportable parce qu'elle est irrévocable. Quoi que je fasse, allumer un cierge, fermer les yeux, compter jusqu'à trois tout en priant pour qu'en ouvrant les yeux il soit là, crier « ce n'est pas possible », hurler « il me manque », rien n'y fait : il n'est plus là, il ne sera plus jamais là. Alors, cette situation irréversible provoque une angoisse qui m'étreint le cœur et le presse jusqu'à le fendre en deux. Je me sens désarçonnée, impuissante et tellement malheureuse.

J'ai tout cet amour pour lui encore en moi, si présent, si fort. Que puis-je en faire ? Il me consume…

Et puis, je pense à maman. À toutes ces années passées avec lui qui ont filé à la vitesse d'un éclair et pourtant si riches de souvenirs. Je l'imagine le soir, quand elle se couche, à côté de cette place qu'il a tellement remplie et qui est vide et froide aujourd'hui. J'admire son courage et son abnégation. Je vois ce voile de douleur qui passe dans son regard et sur son visage quand nous vivons des moments que mon père ne vivra pas. Pourtant, elle sourit afin de ne pas nous assombrir davantage. Elle est forte, ma mère.

Les larmes me surprennent. Elles sont lourdes et puissantes. Telles des déferlantes, elles broient tout sur leur passage. Elles me coupent les jambes et me prennent toute mon énergie. Je tombe au sol et laisse mon chagrin s'infiltrer dans la terre de nos vignes.

Je ne sais pas combien de temps je reste là, à genoux, secouée de spasmes déchirants.

– Papa, j'ai besoin de savoir si tu vas bien. Si tu nous vois.

C'est alors que j'aperçois Papillon remonter le chemin. Il ne vient pas jusqu'à moi. Il se couche en travers et m'attend. Il semble me dire « lève-toi et suis-moi ».

J'essuie mes larmes avec mon t-shirt, me lève et le rejoins. Il m'adresse un miaulement et marche vers la maison. Il jette de temps en temps un regard vers moi. On dirait qu'il s'assure que je le suis bien. J'inspire profondément puis j'expire en imaginant mes idées noires partir en même temps que l'air expulsé.

Juste avant d'arriver sous le porche, je m'accroupis et Papillon vient se blottir contre moi tout en ronronnant. Je ferme les yeux et me laisse bercer par ce son réconfortant. Tous mes muscles se détendent enfin et la boule coincée dans ma gorge s'estompe.

Mon chat saute de mes genoux et se faufile à travers la chatière pour probablement aller se coucher sur le fauteuil de mon père.

La porte s'ouvre en grand et Clémentine apparaît.

– Bon sang mais vous faisiez quoi ? On vous attend depuis des plombes et… Tu t'es débarrassée de Maxime ? Tu en as fait quoi ? Tu l'as jeté sous un tracteur ? Je te préviens, t'as intérêt à avoir une bonne explication.

Voilà, c'est justement ce qu'il me fallait. Une Clémentine remontée à bloc.

Elle s'approche de moi, un doigt menaçant levé.

– Je te préviens si… Mince, tu as pleuré ? Il n'a pas essayé de te violer au moins ? Il t'a sauté dessus et tu l'as assommé avec une pierre ?

Je lui souris et pose mon index sur ses lèvres.

– Tu sais que je t'aime ?

– Merde, c'est lui qui t'a mis un coup sur la tête puis il a abusé de toi.

– Pourquoi tu dis ça ?

– Parce que la dernière fois que tu m'as dit que tu m'aimais, c'était à la mort de mes parents et de mon petit frère.

L'expression verbale des sentiments et moi-même, il est vrai, nous ne sommes pas en symbiose. Il va falloir que j'y remédie.

– Tout va bien. Ne t'inquiète pas. Max est allé visiter les chais de Doisy-Daëne avec Jean-Jacques. Viens me faire un câlin, Clem.

Elle continue sur sa lancée.

– OK, Maxime ne t'a rien fait. En même temps, j'étais étonnée, car il m'a semblé être un gars bien et…

– Veux-tu te taire ? J'ai besoin que tu me serres dans tes bras. En silence…

Au bout de quelques minutes, elle rompt notre étreinte et s'inquiète de nouveau des traces de larmes sur mon visage. Je lui en explique la raison et lui avoue être restée un bon moment dans les vignes à sangloter.

– Si la prochaine récolte a un petit goût salé, ce sera à cause de mes pleurs.

– Ma pauvre chérie, je comprends ton chagrin. Le seul réconfort que je puisse te donner, c'est de t'assurer que ta peine va s'atténuer avec le temps. Je le sais pour l'avoir vécu. Tu peux donc me faire confiance. Cerise, tu as eu la chance d'accompagner ton papa jusqu'à la fin, de pouvoir lui dire tout ce que tu avais à lui dire et d'entendre de sa part tout ce que tu devais entendre. Sa mort n'a pas été brutale comme…

– Pour toi. Excuse-moi d'être aussi égoïste, de me perdre dans ma peine et d'en oublier la tienne.

Elle balaie d'un geste de la main.

– Je ne suis pas en train de comparer nos deuils et nos souffrances. Chacun appréhende la mort d'un proche en fonction de qui il est, de ce qu'il a vécu et de sa capacité à encaisser. Ma famille est partie brutalement. Deux minutes avant j'avais encore des parents et un frère. Deux minutes plus tard, j'étais orpheline. Totalement orpheline. Comme tu le sais, papa et maman étaient des enfants uniques et mes grands-parents étaient déjà décédés. Pour autant, je ne me suis pas apitoyée sur mon sort. J'ai pris le temps de réfléchir à ce qui pourrait les rendre fiers de moi et je me suis donné les moyens d'y parvenir. J'étais la survivante et je ne devais pas gâcher ma vie alors qu'eux, qui l'aimaient tant, l'avaient perdue. Je devais honorer leur mémoire mais avec positivité. Tu m'y as aidée, Cerise, en réalisant leur rêve le plus fou.

– Mon postérieur s'en souvient encore.

Elle me regarde avec tendresse.

– Enfin bref, c'est si loin tout cela maintenant. Si je te dis tout ça, c'est que je voudrais que tu comprennes que ton papa a eu le temps d'apprécier sa vie et d'imaginer ce que sera la vôtre sans lui. Il ne voudrait pas que tu renonces, que tu baisses les bras, que tu perdes ton élan et cette merveilleuse étincelle dans ton regard. Tu es un être lumineux, ne t'éteins pas. Tu dois passer à l'étape suivante et progresser dans cette existence sans lui physiquement à tes côtés. Il est là de toute façon, il te protège et viendra te chercher quand le moment sera venu.

Je ne suis pas certaine de comprendre ce qu'elle essaie de me dire.

– Quoi, quand je mourrai ?

Elle acquiesce.

– J'ai le temps, non ?

Elle hausse les épaules.

– On ne sait pas, Cerise. C'est pourquoi tu dois profiter de chaque seconde et accepter le bonheur qui s'offre à toi. Ta mère est en train de le comprendre.

– Euh… ma mère ? Comment ça ?

Elle me répond que je devrais avoir une discussion avec maman, une vraie, l'écouter sans juger.

– Elle a rencontré quelqu'un ? C'est un peu tôt, je trouve.

– Voilà, c'est à cause de ce genre de réaction qu'elle n'ose pas venir te parler. Qu'est-ce qui est trop tôt ? Tu penses qu'en ouvrant son cœur à un autre, elle en oubliera ton père ?

Je me défends d'avoir eu une telle pensée quoique… un peu quand même. Imaginer maman dans les bras d'un homme qui ne serait pas mon père est déchirant.

– Elle ne peut pas déjà tomber amoureuse.

– Qui te parle d'amour ?

– Mais toi !

– Tu as interprété mes propos. Va parler avec Prune, je t'en supplie. Elle en éprouvera du soulagement, et reste bienveillante.

Je grimace. Elle fronce les sourcils. Je cède et promets d'écouter ma mère sans briser tous les vases de la maison.

– Bien, maintenant, occupons-nous de toi.

Elle me prend par la main.

– Viens, on va s'installer à la piscine. Les pieds dans l'eau, ça aide à se détendre. Tu veux que je demande à Mélodie de nous préparer un petit apéro ?

– À cette heure-ci ?

– Il est midi, ma jolie.

Devant mon regard étonné, elle ajoute.

– Oui, tu es partie bien longtemps. D'où mon inquiétude.

Nous avons fini par enfiler nos maillots de bain et après avoir fait plusieurs longueurs de crawl, nous nous détendons dans le spa, bercées à la fois par les bulles du jacuzzi et celles du Champagne. Le jacuzzi est à une température parfaite, juste 25 degrés. Heureusement, car s'il était à 38 degrés en plein mois d'août, je rosirais comme une crevette.

Je ne fais qu'une gorgée du Champagne dans mon verre et chasse de mon esprit cette petite phrase prononcée dans la matinée : « je ne boirai plus jamais ».

– Que se passe-t-il entre Pavlova et toi ?

Celle-là, je ne l'ai pas vu venir.

– Rien de plus, rien de moins. Pourquoi ?

Elle soupire. Puis, elle me demande quelle est, pour moi, la définition d'une meilleure amie ? Je vois très bien où elle veut en venir mais je ne suis pas prête à partager le magma sentimental qui règne dans ma tête, dans mon cœur et surtout dans mon corps.

– Tu rougis, Cerise. J'ai mis dans le mille.

Sacrée ménopause, toujours là où on ne l'attend pas.

– Je rougis parce que j'ai chaud, c'est tout.

– À moi tu ne me la fais pas. Il y a un truc entre vous deux. Enfin entre Vladimir et toi. Pas avec le jacuzzi. Tu avais compris ?

Elle pose sa main sur mon avant-bras. Ce geste débloque en moi ce qui me reste de retenue et les mots franchissent mes lèvres avant même que je ne m'en aperçoive. Je lui avoue être complètement perdue depuis deux jours et ne pas comprendre ce qui a changé en moi. Je ne regarde plus Vladimir comme mon ami, mais comme un homme. Je le trouve beau et sacrément bien foutu.

– Non, mais il a des fesses de dingue, renchérit-elle.

– Clem, Maxime ne te suffit pas ? Parce que lui aussi en matière de postérieur, il est sacrément bien doté.

– Il n'y a pas que le postérieur dont il est sacrément doté.

Je me bouche les oreilles, criant que je ne veux rien entendre et surtout rien savoir de l'anatomie de celui qui est le kiné de mamy Pomme.

– Parfois, il vaut mieux laisser travailler l'imagination, ajouté-je.

– Certes, certes, ma Cerise. Comme j'en suis dépourvue, contrairement à toi, tu pourrais me briefer ?

– Te briefer sur quoi ? Plutôt que de dire des bêtises, ressers-nous à boire.

J'adore le bruit que fait le Champagne quand il est versé dans les coupes. Cela a un pouvoir sur moi plus fort que n'importe quel anxiolytique et c'est plus naturel. Mais, très mauvais pour le foie, j'en conviens. On ne peut pas tout avoir.

Je profite de ce moment avec ma meilleure amie. J'ai beaucoup de chance de l'avoir si près de moi. Elle veille sur moi et moi, sur elle. C'est la seule personne pour qui je n'ai aucun secret – à part celui de la trahison de mon premier amour. Je lui parle de tout, même de mes troubles intestinaux, ce dont, je pense, elle se passerait volontiers.

– Salut maman, salut Clem. On ne s'en fait pas d'après ce qu'on voit.

– Elles vont finir par flotter si elles boivent autant de bulles gazeuses.

Les jumeaux se tordent de rire, fidèles à eux-mêmes.

– Eh, enfin réveillés les garçons ?

Ils nous embrassent et nous les arrosons un peu.

– On est debout depuis un moment. Nous avons aidé Vlad et Raphaël à rétablir ta réputation, mam. Tout est OK à présent.

– Ils sont où ? demandé-je

– Pavlova est parti à Langon faire du shopping.

– Du shopping ? Qu'est-ce qui lui prend ? Il déteste aller dans les magasins.

Clémentine me jette un regard en coin.

– Une façon de t'éviter probablement.

Je la fusille du regard.

– Pourquoi Vladimir voudrait-il t'éviter, maman ?

– Parce que ta mère le fuit.

Je vois dans les yeux de mes fils un léger affolement. Il n'y a qu'une mère pour ressentir l'angoisse de ses enfants quand celle-ci est imperceptible aux yeux des autres. Ils ont beau être adultes, je sais qu'ils ne supporteraient pas qu'il y ait une embrouille entre leur « papa de cœur » et moi-même. Alors, je mens à Gabriel en lui disant que Pavlova a probablement honte d'avoir ronflé plus fort qu'un cochon.

– Cela n'explique pas pourquoi tu le fuis ? m'interroge Nat.

– Je ne le fuis pas, c'est Clémentine qui délire. Et votre frère, il est où ?

– Il est allé promener les filles avec Jade. Il m'a demandé de t'informer qu'ils ne viendront pas ce soir. La nounou leur a fait faux bond et Mélodie n'est pas dispo.

– Dommage. Vous partez ?

Ils m'annoncent qu'ils vont faire un tour aux écuries afin d'évaluer les dégâts à la lumière du jour puis ils prendront rendez-vous avec l'expert de l'assurance. Ils confirment qu'ils nous rejoindront aux apéros dorés vers 20 h.

– Ah au fait, maman, nous dormons encore là ce soir. On a trop apprécié les pancakes de Mélo ce matin. Chez nous, nous avalons de la brioche industrielle. Tu veux bien, dis ?

Je n'ai pas le temps de répondre, qu'ils ont déjà filé. Il va falloir que je partage une seconde nuit le canapé avec Vladimir. Qu'est ce qui me dérange le plus : le matelas pourri ou de devoir lutter contre l'attraction que je ressens pour Pavlova ?

Clémentine passe sa main devant mon regard.

– Tu étais partie où ?

Comme je ne réponds pas, elle contre-attaque.

– Va-t-il falloir une deuxième bouteille pour que tu daignes me parler ? À moins que je ne doive en passer par la torture ?

– Oublie la deuxième bouteille sinon nous ne serons pas en forme ce soir.

– Donc la torture ?

Elle se jette sur moi et me chatouille. S'il y a une chose dans la vie qui me rend hystérique – en dehors de Maxime Dutourd, enfin avant que j'apprenne à le connaître – ce sont bien les chatouilles. Je ne les supporte pas. En l'espace d'une seconde, je suis prise de spasmes rieurs et ne me contrôle plus. Je la supplie d'arrêter, elle me fait promettre de tout lui raconter. Je promets. Elle arrête.

– Donc, Vlad et toi, vous…

– Rien, je te répète qu'il ne s'est rien passé.

– S'il ne s'est rien passé, pourquoi a-t-il fallu que je lui répète dix mille fois la même chose ce matin quand on a partagé notre petit déjeuner ?

– Tu l'as vu ?

– Oui mais pas sûre que lui m'ait vue. Il avait le regard perdu dans le vide et un petit sourire quelque peu stupide sur le visage. Quand je lui ai demandé de me passer le café, il m'a tendu le sopalin. Puis, il a trempé sa tartine dans le jus d'orange. Ensuite, il a jeté sa tasse dans la poubelle et mis ses déchets dans l'évier. À part ça, il ne s'est rien passé entre vous.

– On a dormi ensemble dans le canapé du bureau.

Elle me jette un regard un coin.

– Ce n'est pas la première fois que vous dormez ensemble et jamais Vlad n'en a été autant distrait.

Je finis par avouer qu'il s'est endormi le bras autour de ma taille, collé à moi.

– Qu'attendez-vous, Cerise ? On dirait deux jeunes puceaux, sans déconner.

– Je ne veux pas perdre son amitié.

Elle retient sa colère. Je le vois bien, car ses narines sont gonflées. La foudre ne devrait pas tarder à me tomber dessus.

– De quelle amitié parles-tu ? Je ne vois aucune amitié entre Vladimir et toi.

– Tu te fous de moi, Clem ? Pavlova et moi sommes amis depuis…

– Amoureux, pas amis.

Je ris jaune. C'est du grand n'importe quoi. Je le saurais si j'étais amoureuse de lui. Je n'aurais pas pu supporter les petites amies qu'il a eues par exemple.

– Des petites amies ? Plutôt des coups d'un soir ! Tout comme toi. Tes mecs, tu les chopais en boîtes de nuit ou au comptoir d'un bar. Une petite partie de jambes en l'air dans la voiture et l'affaire était faite. Vous n'avez jamais laissé dormir quelqu'un dans votre lit.

– Cela aurait pu choquer les garçons.

– Ce qui les choque, c'est que vous ne vous soyez jamais roulé une pelle. Il n'y a que vous qui ayez du caca – et je reste polie – dans les yeux. Tout le monde sent l'amour qu'il y a entre Pavlova et toi. Mais, non, tu continues à me parler d'amitié alors que tu as des tonnes de papillons dans le ventre. Tu attends quoi, qu'ils crèvent d'ennui, ces papillons ?

– Dit comme ça, c'est assez pathétique.

– Et ça l'est, je t'assure. J'ai envie de vous foutre des baffes quand je vois comment vous avez gâché vos plus belles années.

Je rétorque que je ne suis pas d'accord avec elle. Ces années ont été magiques. Je me suis sentie protégée et entourée.

Elle éclate de rire.

– Franchement, je te décerne la palme de la meilleure comique de la décennie. Tu t'entends, Cerise ?

Je lui dis qu'elle devrait stopper, car elle va trop loin. Même si je vois bien qu'elle est pompette et que l'alcool lui dénoue la parole, je commence à me sentir insultée. Je n'accepte pas qu'elle se permette de critiquer ma façon de vivre.

Elle ne m'écoute pas et m'interrompt.

– Je n'ai pas fini, tu vas voir comme le pathétique devient pitoyable.

– Arrête, tu deviens dure.

Elle secoue la tête.

– Je suis réaliste, c'est tout. Et attristée aussi que vous passiez à côté d'une belle histoire. Te rends-tu compte que vous n'avez jamais accepté qu'une seule personne prenne la place entre vous deux ? Tu connais beaucoup de « meilleurs amis », ajoute-t-elle en mimant les guillemets, qui ne se sont pas quittés depuis plus de trente ans, 24 h/24, sept jours sur sept, travaillant et vivant ensemble, dont les enfants de l'une considèrent l'autre comme leur papa ?

Jeu, set et match.

CHAPITRE 11

MÉNAGE À TROIS ET PLONGEON DANS LES CALANQUES

Nous sommes en train de grignoter des sandwichs club préparés par Mélodie quand Maxime revient de sa dégustation. Il se penche vers Clémentine et dépose un doux baiser sur ses lèvres. Puis, avec le pouce, enlève délicatement la trace de mayonnaise qu'elle a sur le menton. À la façon dont elle pose sa main sur la nuque du kiné, je sais qu'elle éprouve déjà des sentiments pour lui. À la manière qu'il a de lui sourire, je vois que c'est réciproque.

Même s'ils ne se connaissent que depuis vingt-quatre heures, je parierais que ces deux-là étaient faits pour se rencontrer et qu'ils vont faire un bon bout de chemin ensemble. Tout ce qui compte, c'est que ma meilleure amie semble heureuse pour la première fois depuis longtemps. On dirait bien que je vais finir pas l'apprécier, ce bonhomme.

Avant que je ne me précipite pour les embrasser et que je ne me mette à déverser des torrents de larmes – depuis le décès de papa, un rien m'émeut, à moins que ce ne soit la ménopause comme me l'a soufflé Vlad – je préfère détourner mon émotion et l'interroger sur sa découverte vinicole.

– Alors, c'était bon ?

– Bon ? Non ! Délicieux et troublant.

– Tu as tout bu ou tu as recraché ?

– J'ai recraché, sinon je serais complètement ivre. Jean-Jacques a été super. Je me suis régalé et ne regrette pas de m'être installé dans cette région. Il y a de la magie ici.

– C'est vrai. Sans le choc thermique entre la Garonne et le Ciron, il n'y aurait pas de brouillard et, sans brouillard, pas de pourriture noble.

– La nature récompense l'homme en lui offrant de l'or liquide.

– Joli. Tu as tout compris.

– Le problème, c'est que je suis frustré d'avoir tout recraché.

Je lui tape sur l'épaule.

– Tu auras l'occasion de boire de bonnes bouteilles ce soir.

Il m'adresse un franc sourire.

– J'en serai ravi. Dis-moi, Cerise, je suis affamé. Cela ne t'embête pas que je me joigne à vous ?

J'apprécie qu'il me demande la permission de partager notre déjeuner.

– Il doit rester quelques épluchures de carottes dans le réfrigérateur et de pelures d'oignon également. Un vrai festin.

– As-tu un ou deux os qui traînent quelque part ?

– Certainement dans la gamelle du chien.

Il tape des mains, la mine réjouie.

– Génial, je vais pouvoir me cuisiner un excellent bouillon.

Prise à mon propre piège, j'éclate de rire.

– C'est ta grand-mère qui t'a appris à ne rien jeter ?

– Je viens de la DASS, j'ai plutôt très vite appris à me débrouiller seul.

Miss gaffe est de retour.

– Excuse-moi, je…

Il balaie d'un geste mon malaise grandissant.

– C'est vieux tout ça.

Clémentine se blottit contre lui. Elle aussi a dû se débrouiller seule très jeune et je suis certaine que ce point commun entre eux va les souder encore plus. J'ai l'impression que ces deux âmes se sont cherchées toute leur vie et viennent enfin de se trouver. Je suis heureuse pour mon amie qui a toujours eu peur d'aimer un homme et de fonder avec lui une famille.

Bon, pour ce qui est de fonder une famille, c'est hélas trop tard. Quant à tomber amoureuse, il n'y a pas de limite d'âge pour ça.

– Bon, allez, vu comme Clémentine semble beaucoup t'apprécier, je veux bien que tu te serves dans le réfrigérateur. Mélodie a, en fait, préparé des en-cas pour tout le monde.

– C'est top, merci. Je vous en rapporte ?

Nous déclinons sa proposition, notre estomac étant déjà bien rempli.

Je ressens un énorme coup de fatigue et leur annonce que je vais aller faire une sieste afin d'être en forme pour ce soir. En me rhabillant, je fais tomber les clés de ma voiture. Tiens, c'est vrai, j'ai complètement oublié d'aller récupérer mes affaires.

Je réalise que cela fait plus de quarante-huit heures que je n'ai consulté ni mes mails ni mon portable, que je n'ai rien posté sur les réseaux sociaux et que mes lecteurs sont donc sans nouvelles de moi (mise à part la sextape). Le monde ne s'est pas écroulé pour autant.

Hésitante, je fais sauter les clés dans ma main. Ira ? Ira pas ?

Sans réfléchir plus longtemps, je les replace dans la poche de mon pantalon.

– Coucou chérie. Comment vas-tu ?

Ma mère est en train de ranger la vaisselle du déjeuner.

– Bien, et toi ?

– Ça va. Mamy et Jean sont allés se reposer. Mélodie s'est surpassée. C'était délicieux.

– Vous auriez pu nous rejoindre.

– On n'a pas voulu vous déranger à la piscine et puis, il fait trop chaud pour manger dehors.

– Maman, tu ne me déranges jamais.

– Je sais bien, Cerise. Cependant, tu as aussi besoin de discuter avec Clémentine sans que les vieux ne soient avec vous, ajoute-t-elle amusée.

– Tu n'es pas vieille enfin !

– Je ne suis plus de première jeunesse. Mais je ne me plains pas. Je me sens en forme et j'ai envie de me laisser porter par la vie.

Elle se mord les lèvres comme si elle avait trop parlé. Pour moi, elle n'en a pas assez dit. Je me souviens de ce que ma meilleure amie a laissé échapper quelques heures plus tôt : « C'est pourquoi tu dois profiter de chaque seconde et accepter le bonheur qui s'offre à toi. Ta mère est en train de le comprendre. »

Je regarde maman comme si je la découvrais pour la première fois.

– Tu as changé de coiffure et de couleur de cheveux.

Elle passe sa main dans son carré plongeant.

– Tu aimes ?

– Tu es rajeunie. À moins que cela ne soit autre chose qui a fait disparaître ces rides de ton front et fait apparaître celles du rire au coin des yeux ?

Elle rougit. Bingo, j'ai fait mouche.

– Tu as rencontré quelqu'un ?

Elle prend un air étonné.

– Mais non, où vas-tu chercher ça ? Il n'y a eu que ton père et il n'y aura que ton père. C'est le seul homme que j'aimerai. J'ai passé plus de cinquante ans avec lui et je n'en ai pas eu assez. Cinquante ans, tu te rends compte ? Les années sont si vite passées.

Un voile de tristesse se dépose sur son regard. Je lui prends la main et y dépose un baiser. Elle est surprise par mon geste. Il est vrai que, depuis le décès de papa, j'évite le contact physique de peur de ressentir sa douleur à travers nos corps et de m'effondrer au point de ne plus pouvoir me relever. Je mets ainsi de la distance entre mon chagrin et le sien. Je me dois de tenir le coup pour mes fils et mes petites-filles. Il ne faut pas que ma douleur devienne mon seul moyen d'expression. Il est essentiel de laisser encore le bonheur et la joie pénétrer dans ma vie, en laissant une petite place, dans un recoin, à la tristesse.

– Je ne te parle pas d'amour, maman, mais de partage. Tu as probablement encore de belles années devant toi et tu ne vas pas t'enfermer dans la solitude.

Elle se défend d'être seule, arguant qu'elle nous a, nous, et qu'on occupe suffisamment son temps et son cerveau. Elle a été heureuse auprès de nous et cette vie lui convenait parfaitement. Jusqu'à maintenant.

– Alors qu'est-ce qui t'a changée ? Qu'est-ce qui a changé ?

Elle m'avoue, en effet, qu'une personne est à l'origine de tous ces changements. Elle a retrouvé quelqu'un en fait grâce aux réseaux sociaux. J'ouvre la bouche si grande que je pourrais avaler un bus entier avec passagers et bagages.

– Tu es sur Facebook ?

Elle hoche la tête.

– Nathanaël et Gabriel m'ont montré comment faire. Un jour, ils sont venus me voir et m'ont dit « mamy, c'est pas en restant perchée en haut de nos vignes, que tu vas trouver un amoureux. Il y a longtemps que tu ne crois plus aux contes de fées et donc tu ne peux plus te prendre pour la Princesse Raiponce qui, perchée sur sa tour, attend son Prince Charmant. Aujourd'hui, les moyens sont plus simples qu'une cascade de cheveux pour attirer quelqu'un à soi. »

Ah, les jumeaux, j'aurais dû m'en douter !

– Et voilà, en deux temps trois mouvements, ils ont créé mon profil Sainte-Marthe.

– Sainte-Marthe ?

– Oui, parce qu' « à la Sainte Marthe, prunes mûres, bonnes tartes ».

J'explose de rire, et ce rire me fait un bien fou. Mes fils sont fantastiques.

– Ce sont tes « futurs amis » les bonnes tartes ?

Le rire de maman se joint à moi. Une fois que nous sommes calmées, elle reprend.

– Grâce à mon profil, j'ai pu entrer en contact avec une très vieille copine, Évelyne. On s'est connues quand on avait douze ans et puis la vie nous a séparées, ses parents ayant décidé de déménager à Marseille où elle est toujours installée. On a beaucoup discuté au téléphone. On a parlé de nos vies, de nos enfants, de nos petits-enfants. Elle n'est pas encore arrière-grand-mère. Elle est veuve, comme moi. Puis, on s'est revues en juillet quand elle est venue à Bordeaux passer quelques jours. C'est fou comme on a repris notre amitié là où on l'avait laissée il y a soixante ans. Bien sûr, l'insouciance a disparu et les coups de la vie nous ont meurtries mais au fond de nous, il subsiste encore cette étincelle. C'est de cette étincelle que je voudrais te parler.

Pourvu qu'elle ne m'annonce pas qu'elle va faire ménage à trois, Évelyne, elle et un jeune poulain rencontré aussi sur Facebook. Déjà que je fais la une des journaux avec la fausse sextape, alors là, ce serait le pompon. Je vois déjà les gros titres : « après la fille qui s'envoie en l'air, la mère qui convole à trois ».

Génial ! Cette famille part en sucette, je vous le dis ma p'tite dame. Je vais prendre un forfait chez le psy. On va tous avoir besoin d'aller y faire un tour si on ne veut pas terminer neurasthéniques. J'avoue qu'il y aurait de quoi.

– Alors, qu'en penses-tu ?

Zut, j'ai raté un truc. Faire comme si j'avais écouté afin qu'elle ne se vexe pas.

– Eh bien, tu fais comme tu veux. Qui serais-je pour te juger ?

Pas mal, non ?

– Tu n'as rien entendu.

Raté. Je fais la moue, la même que pour Pavlova, celle qui la faisait craquer elle aussi quand...

– Tu n'as plus dix ans, Cerise. Cela a cessé de fonctionner sur moi.

Bien, je suis bonne pour un remontage de bretelles. Toutefois, j'essaie de m'en sortir avec une pirouette.

– Pardon, maman. J'ai mal dormi cette nuit. J'allais faire la sieste. Tu veux bien qu'on en reparle quand je me serai reposée.

Elle me caresse tendrement la joue.

– Je t'aime, ma chérie. Tu le sais ?

Mais ?

– Je vais partir m'installer à Marseille. Ici, je vois ton père partout. Si je veux continuer de vivre et profiter comme ton papa l'aurait voulu, je dois changer de lieu.

Ouf, pas de ménage à trois. Je suis soulagée.

– Tu partirais quand ?

– Dans deux semaines. Je veux participer à la fête qu'organisent Nathanaël et Gabriel sur leur propriété et les aider à ranger ensuite.

Pourquoi ai-je l'impression de recevoir un coup de poignard ?

– Si vite ? Tu es pressée de m'abandonner ?

Elle fronce les sourcils puis secoue la tête.

– Si je reste ici, c'est moi que j'abandonne. Ton père me manque tellement. C'est une souffrance au quotidien. Je n'en peux plus, ma chérie.

Elle pose une main sur ma joue et de l'index essuie les larmes qui perlent au coin de mes yeux.

– Nous ne te suffisons pas à combler ce manque ?

Elle m'adresse un sourire si triste.

– Tu connais la réponse…

Je renifle comme une gosse de cinq ans.

– Qui me consolera, maman ?

– Tes enfants, Clémentine, Mamy et… Vladimir. Tu as ta famille, mon amour.

– C'est ta famille aussi ! m'écrié-je plus fort que je ne l'aurais voulu.

Elle ne s'en offense pas.

– Je sais. C'est la raison pour laquelle je reviendrai souvent vous voir et que j'aurai tout plein de chambres dans ma nouvelle maison pour vous accueillir.

Je sens une grosse boule dans ma gorge.

– Ce n'est pas à mes enfants de prendre en charge mon chagrin et de l'apaiser. C'est le rôle d'une maman. Ton rôle. Tu vois, quand ils sont là avec moi, je refoule ma peine et ne leur montre que de la joie. Je veux qu'ils comprennent que ma souffrance n'est pas le centre de mon univers, que c'est leur bonheur qui est le centre de mon univers. Avec qui je vais partager mes souvenirs si tu n'es plus là ?

– Mon cœur, je ne disparais pas de la surface de la terre. Et sache que pour moi aussi ton bonheur est le centre de mon univers. Je t'aime, ma Cerise tout comme j'aime tes frères. D'ailleurs, j'ai prévu aussi d'aller les voir. Voyager me fera le plus grand bien. Si tu veux venir avec moi, j'en serais heureuse. Dis-moi que tu me comprends.

Il y a tant de tremblements dans sa voix et de suppliques dans son regard que je la prends dans mes bras et la serre très fort. Je murmure que, même si l'effluve de son parfum laissé dans chacune des pièces qu'elle traverse me manquera, j'approuve totalement son choix et que c'est une chouette décision. Que je réalise qu'elle nous a tellement donné à tous, qu'il est temps qu'elle s'occupe d'elle.

– Pense à moi quand tu plongeras dans les Calanques. Je rêve d'y aller.

– Tu viendras me voir et nous y plongerons ensemble.

Je lui en fais la promesse, l'embrasse avec douceur et rejoins ma chambre. Je me plonge dans les draps tout propres, changés par Mélodie. Il faut que je pense à la remercier plus souvent de ses gentilles attentions. Mes paupières sont lourdes et je m'endors très vite.

Je fais un rêve bizarre dans lequel Clémentine patauge avec ma mère et Maxime dans un jacuzzi rempli de champagne, des crevettes grises sautent autour d'eux et, une fois roses, ils les trempent dans la mayonnaise, pendant que Vladimir qui porte des moustaches, me lèche le nez, me soufflant ainsi son haleine de chacal.

– Vlad, arrête, c'est dégoûtant.

J'entends un rire franc et ouvre subitement les yeux sur une scène qui ne me réjouit pas particulièrement. Papillon a entrepris le nettoyage minutieux de ses parties intimes et j'en déduis que c'est lui qui passait sa langue sur mon nez la seconde d'avant. La question est : avait-il débuté son nettoyage préalablement ou commence-t-il à l'instant ?

Pris d'un haut-le-cœur, je grimace. Quand tout à coup, je me souviens avoir entendu un rire. Je me lève et découvre Pavlova enveloppé d'une serviette de bain, sortant de ma douche. Cela devient une habitude (qui ne me dérange nullement, je reprendrais même du rab) de le voir à moitié nu.

– Alors, je te faisais quelque chose de dégoûtant ?

Ce n'est pas comme ça que j'avais imaginé nos retrouvailles de la journée.

– C'était Papillon.

– À présent, tu donnes mon prénom au chat ? se moque-t-il. Tu peux te retourner, je voudrais m'habiller ?

Depuis quand est-il pudique avec moi ? Je décide de ne pas me retourner et assiste, les mains sacrément moites, à la serviette qui tombe, dévoilant son corps, sous son regard amusé. Je déglutis et prends mon courage à deux mains.

– Vladimir, il faut qu'on parle.

Il termine d'enfiler un t-shirt noir et plonge ses yeux dans les miens. Tout mon corps se met à vibrer.

– Maintenant ?

– Tu vois un meilleur moment ?

Il s'assoit dans le fauteuil en face de moi.

– Je t'écoute.

Discuter avec Vlad a toujours été aisé et naturel, plus facile et naturel que le simple fait de respirer. Pourtant, en cet instant précis, les mots restent bloqués dans ma gorge. J'ai peur que ce que j'ai à lui dire bouleverse toute notre vie.

– Cerise ?

Je lève vers lui des yeux pleins de larmes.

– Aide-moi, Vladimir. Je suis perdue. Aide-moi à trouver le chemin vers… vers toi.

Alors il se redresse, s'approche de moi et me tend la main. J'y glisse timidement la mienne et me lève. Je fais deux pas et me retrouve à quelques centimètres de lui. Son parfum, le même depuis nos seize ans – je m'en souviens, car c'est moi qui le lui ai offert – m'envoûte encore une fois. Il chuchote mon prénom et ce chuchotement suffit à électriser mon corps entier. Il effleure ma joue de son index puis ses doigts enserrent ma nuque et glissent dans mes cheveux. Nos regards sont accrochés.

Son visage se penche vers moi et ses lèvres se déposent sur les miennes. Mes jambes se mettent à trembler et je manque de défaillir. Son bras enlace ma taille et me presse contre son corps.

Il me bascule sur le lit et déboutonne lentement mon chemisier. Mes mains passent sous son t-shirt et partent timidement à la découverte de sa peau et de son corps.

Ses doigts se referment sur l'élastique de ma culotte et s'apprêtent à la faire glisser le long de mes jambes.

– Cerise ! Tu vas pas y croire, on…

La porte s'ouvre en grand sur Clémentine qui, à l'instant précis, vient de perdre sa mâchoire inférieure. J'ai l'impression d'avoir quinze ans et d'être surprise par ma mère en train de coucher avec mon petit ami dans ma chambre. Elle met la main devant sa bouche.

– Merde, merde, merde, merde ! J'ai pas fait ça. Non mais, j'y crois pas.

Elle recule et ferme doucement la porte. On l'entend marmonner.

– Faites comme si j'étais pas venue. Reprenez là où vous en étiez.

Le corps de Vladimir se détache du mien et s'effondre à côté de moi dans un énorme soupir. Il laisse sa main reposer sur mon ventre.

– Qu'est-ce qu'on va leur raconter ?

Il enlève précipitamment sa main, comme s'il avait reçu une décharge électrique, et je comprends que je n'ai pas posé la bonne question.

– Ça va être ça notre vie ? Passer l'un à côté de l'autre tout le temps ? Par peur de ce qu'en pensent les autres.

– Vlad, ce n'est pas ce que j'ai voulu dire.

Il me fixe de longues secondes.

– Ne crois-tu pas qu'on pourrait enfin se laisser aller ? Écouter nos cœurs ? Nos corps ? Oublier notre entourage ?

– C'est compliqué et…

Il se lève précipitamment et s'habille.

– Qu'est-ce qui est compliqué ? Explique-moi, car je ne vois pas.

Il me sonde du regard, en attente d'une réponse de ma part. Ses yeux sont emprunts d'une profonde tristesse et d'un brin de résignation.

– Toi, moi. Nous… Après tant d'années d'amitié. C'est bouleversant.

Je n'ai pas dû dire ce qu'il attendait de moi, car il balaie tout d'un geste de la main.

– Tant d'années d'amitié ? Bouleversant ?

Il fronce les sourcils tout en hochant la tête. Son visage se ferme.

– Tu sais quoi, Cerise ? Laisse tomber ! Tu as raison, restons-en là.

Il sort en claquant la porte. Il dévale les escaliers. De nouveau, une porte qui claque, celle de l'entrée probablement. J'entends ses pas sur le gravier puis sa moto démarrer.

Je demeure allongée sur le lit, encore sonnée par ce qui vient de se passer : Vladimir et moi, moi sans Vladimir.

Qu'a-t-il voulu dire par « restons-en là » ?

J'ai l'impression d'avoir raté un virage, de m'être plantée dans le décor et d'avoir fait voler en éclats tous les fondements et toutes les fondations de mon existence.

Et à qui la faute ? À eux ! Merci, hein, merci à vous tous avec vos bons conseils à la noix. À commencer par toi, Papa.

« Laisse tes sentiments s'exprimer mon petit Burlat et pense aussi à en faire un compagnon de ton Pavlova », c'est bien ce que tu m'as écrit, n'est-ce pas ? Et ne dis pas le contraire, j'ai encore ta lettre comme preuve.

Sans compter Clémentine qui me pousse aussi dans ses bras. « Tout le monde sent l'amour qu'il y a entre vous », a-t-elle claironné.

Bravo à tous, vous venez de remporter le César du plan amoureux le plus foireux du siècle !

Des petits coups sont frappés à la porte qui s'ouvre légèrement. À travers l'entrebâillement, une main agite un bout de chiffon blanc.

– Je peux entrer ?

Je ne réponds pas, car si j'ouvre la bouche, je ne pense pas pouvoir retenir le flot d'insultes que je rumine depuis le départ brusque de Vladimir. Clémentine s'allonge à côté de moi.

– Tu m'en veux ?

– Je te hais, Clem.

Elle soupire.

– Je ne pensais pas que vous étiez en train de… Je suis désolée de vous avoir interrompus. Je ne m'en remettrai jamais de vous avoir vu copuler.

– On ne copulait pas, hurlé-je. Et ce n'est pas pour ça que je te hais. Enfin, si un peu aussi. Mais pas que…

Elle se redresse.

– Quoi ? Vous n'avez pas fait « gouzi-gouzi » ? Mince, je pensais qu'il était plus rapide que ça, Vlad.

La moutarde commence à me monter au nez.

– Qu'est-ce que tu es venue foutre ? Constater le désastre dont tu es à l'origine ? Tu kiffes, j'espère ?

Elle prend un air étonné.

– De quoi tu parles ? Je suis venue voir comment tu allais et pourquoi Vladimir a quitté la maison si précipitamment. J'ai pensé que tu aurais besoin de parler.

Je lève un doigt menaçant.

– Tu le fais exprès, n'est-ce pas ?

– Je t'assure, Cerise, que je ne comprends pas pourquoi tu es en colère contre moi. Certes, j'ai interrompu un moment très intime mais c'était involontaire de ma part et il va me falloir des années avant que j'oublie l'image de Vlad te chevauchant. Explique-moi parce que là, je capte pas.

Je me lève et fais les cent pas. Je lui réponds avec sarcasme.

– Tu captes pas ? Attends, je cherche tes mots. Tu m'as bien dit « Vous avez du caca dans les yeux, ça se voit comme le nez au milieu du visage. » ? Tu as parlé aussi de « pathétique devenant pitoyable » si je me souviens bien. Eh bien, je te confirme, Clémentine, tout est bien devenu pitoyable. Grâce à toi, bravo. Je n'aurais pas dû me laisser convaincre. Je savais que j'avais davantage à perdre qu'à gagner. J'ai tout perdu.

– Tu n'as rien perdu, Cerise. J'en suis certaine.

Je m'effondre sur le lit. Elle me prend dans ses bras et je la laisse me cajoler. Elle me caresse les cheveux et parle d'une voix calme et basse.

– Je suis la seule personne qui vous connaît aussi bien et je t'assure que ce n'est pas de l'amitié entre vous deux. Ose me dire que tu n'as pas ressenti de la tension amoureuse et sexuelle.

Je me tais.

– Qui ne dit mot consent.

Les larmes – encore ! – coulent sur mes joues.

– Oh, ma chérie, non ne pleure pas. Tout va s'arranger tu verras.

– Il était triste et furieux. Jamais il n'est parti sans m'embrasser pour me dire au revoir.

Elle saute du lit et se met à danser.

– C'est qui la plus forte ? C'est moi !

Devant mon air perdu, elle me force à sortir du lit et pose ses deux mains de chaque côté de mon visage.

– S'il est parti furieux, c'est parce que lui aussi est confronté à des sentiments ultra-forts. Il t'aime.

Je murmure doucement.

– Il m'aime !

CHAPITRE 12

QUELQUES GUIMAUVES POUR UN CŒUR CHAMALLOW ET CONFIDENCES SUR UNE BOTTE DE FOIN

– Clem, j'ai peur. Et s'il ne revenait jamais ?

Elle hausse les épaules et me regarde comme si j'avais sorti la plus mauvaise blague de l'année. De toute façon, je n'ai jamais été douée question humour. Je suis du genre à être la seule à rire de mes canulars. Ce qui m'avait valu quelques situations désastreuses. Je suis devenue championne du monde de la catégorie « je rame pour expliquer ce qu'il y a de comique dans la barre que je viens de sortir ».

– Vladimir a toujours fait face à ses responsabilités. Ce n'est pas son genre de fuir devant l'adversité.

Sceptique, je tords la bouche.

– C'est ce qu'il vient de faire pourtant.

Elle secoue la tête.

– Il est allé réfléchir. Lui aussi est perturbé. Je te parie qu'il est parti à la cabane.

– Sans moi…

Elle inspire fortement.

– Oui, sans toi mais chez vous. Là où vous aimez être tous les deux, seuls ou avec nous tous, pour souffler et revenir à l'essentiel. Méditer, cogiter… Il est au bon endroit pour être en totale communion avec toi. Et en parlant de communion, continue-t-elle en m'adressant un clin d'œil, c'était comment ?

Je me mords la lèvre inférieure, toute chamboulée au souvenir de ces quelques minutes d'intimité avec Vlad.

– Tu rougis, Cerise. Cela devient récurrent chez toi.

Je pose mes mains sur mes joues bouillonnantes.

– Ce sont les hormones qui sont chamboulées à cause de la ménopause.

Elle étouffe un rire.

– La ménopause, non. Mais les hormones, oui. L'endorphine, la sérotonine… Ta libido devait être au taquet.

Elle s'approche de mon visage pour le scruter.

– Waouh, tu as rajeuni, c'est dingue ! Et ce petit teint rosé te va à ravir.

– Fous-toi de moi !

– Je savoure, je savoure. J'ai tellement prié, si je t'assure, pour que toi et Vlad fassiez autre chose dans un lit que dormir ensemble en toute chasteté. Je te jure que j'ai fini par me demander s'il n'était pas devenu impuissant. Sans déconner, avoir une nana gaulée comme toi à ses côtés et ne pas y toucher. C'est juste impossible.

J'hésite entre la remercier pour le compliment ou lui mettre une baffe pour l'impuissance supposée de Vladimir.

– Ou alors, je me suis dit qu'il préférait les hommes.

– T'es trop bête, Clémentine. Tu sais très bien qu'il a plein de nanas.

Elle semble réfléchir.

– Jamais vues. Il en parle certes, mais il ne nous en a jamais présenté aucune.

Je dois reconnaître qu'elle a raison. Euh, pas sur le fait qu'il aime les hommes.

– Parce qu'il n'a pas encore trouvé la bonne.

Elle applaudit.

– On y est. Évidemment qu'il n'a pas trouvé la bonne dans les autres nanas puisque c'est TOI. Mais tu vas la cracher ta « Valda » et me dire enfin comment c'était ?

Je reste muette, incapable, moi l'auteure, de trouver les mots pour décrire ce que je ressens. Clémentine, infatigable, renchérit.

– Cela devait être sacrément bien pour que tu sois à ce point secrète avec moi.

Oh, toi ma petite, je ne vais pas te laisser remporter la partie.

– Pour que cela fût sacrément bien, encore eût-il fallu que nous en ayons eu le temps, si tu vois à quoi je fais allusion.

Et pan ! Elle met une main sur son cœur.

– Je ne pourrai jamais me le pardonner.

Je la pousse avec l'épaule.

– Menteuse, tu n'as jamais su jouer la comédie. Je suis certaine que tu as adoré te rincer l'œil.

Elle lève les mains au ciel.

– Je dois avouer qu'il a des fesses incroyables, s'esclaffe-t-elle. Je n'avais jamais remarqué à quel point il était baraqué. Putain, à cinquante piges, il n'a rien à envier aux petits jeunes !

Elle est irrécupérable.

– C'est vrai que question « petits jeunes », tu t'y connais. C'était comment avec Maxime ? questionné-je afin de faire dévier la conversation.

– Stratosphérique.

Elle éclate de rire.

– C'est marrant comme adjectif quand on veut résumer une partie de jambes en l'air.

– Mouais.

Clémentine me regarde, étonnée par le peu de conviction qu'elle entend dans ma voix…

– Ça va pas, ma chérie ?

– Non… J'ai mal au cœur.

Elle se lève précipitamment.

– Tu veux dire que tu fais une crise cardiaque ? Tu as une douleur au bras aussi ?

Je soupire.

– Clem, c'était une métaphore.

Elle se rassoit.

– Je sais bien, je voulais juste te faire rire. Mais apparemment, je ne suis pas douée. Je peux remettre au placard mon ambition de faire un « One woman show ».

D'habitude, j'aurais rétorqué un truc du genre : « tu seras la seule "woman in the show" vu ton talent. Tu as des économies, j'espère. Car tu vas devoir acheter les spectateurs. Et les acheter très très cher ». Mais, là, je ne ris pas, je ne souris même pas. Parce que je me sens malheureuse. Vladimir me manque terriblement et je panique à l'idée qu'il ne veuille plus faire partie de ma vie.

Alors, je parle à mon amie, je me confie. Je lui raconte que je sens encore sur moi son parfum et la brûlure de son regard. Ce moment entre nous a ouvert les vannes de sentiments que j'ai refoulés durant toutes ces années passées auprès de lui. Je ne pourrai plus les refermer. Rien ne pourra redevenir comme avant. Je l'ai toujours aimé mais aujourd'hui je l'aime d'une autre façon. Certes, je souhaite qu'il demeure mon ami mais j'en veux plus, beaucoup plus.

– Il faudra lui avouer tout ça, ma Cerise.

Je tremble à cette idée. Et si mes sentiments pour lui n'étaient pas partagés. Que devient une amitié quand elle reste une amitié pour l'un et qu'elle s'est transformée en amour pour l'autre ?

– J'espère qu'il sera réceptif.

– Il le sera.

– Comment peux-tu en être aussi convaincue ?

– Écoute, au risque de radoter et donc de me répéter, je te redis que s'il y a deux personnes au monde faites l'une pour l'autre, c'est bien vous deux. Toi, tu as besoin d'un câlin.

Elle ouvre la fenêtre en grand, laissant la douceur de la fin de journée pénétrer dans ma chambre, une brise légère soulève les voilages. Elle saute ensuite sur le lit et nous passons sous la couette (même en été, je dors au chaud) en pouffant.

– Promets-moi que nous aurons toujours quinze ans, la supplié-je.

– Je te le promets.

J'attrape sa main et la porte devant mes yeux.

– Tu as croisé les doigts, chipie.

– Parce que je préfère avoir cinquante ans, être libre, indépendante, faire toutes les galipettes dont j'ai envie et fumer toutes les clopes que je veux sans que mes parents ne me tombent dessus en me faisant la morale. Même si j'adorerais pouvoir encore vivre ce dernier point.

– Je suis tellement triste pour toi.

Elle m'assure que je ne dois pas, que grâce à ma famille et à moi, elle a trouvé la paix.

– Je peux entrer, les filles ?

Maman tient un plateau sur lequel deux tasses sont posées. Clémentine me sourit en la pointant du doigt.

– C'est exactement ce que je te disais : ta famille m'apporte tant d'amour et de réconfort. Pomme, tu es une « mère-veilleuse ».

Le regard de ma mère s'éclaire de joie, ravie de tomber toujours au bon moment.

– J'ai pensé que vous en auriez besoin. Comme quand vous aviez quinze ans et des peines de cœur.

Nous gloussons en chœur.

– J'ai dit quelque chose de marrant ?

Nous lui expliquons que nous venons justement de nous rappeler notre adolescence et que nous étions tombées d'accord sur le fait que les plus belles années sont celles d'aujourd'hui.

– Comme vous avez raison, mes puces. Tenez, en attendant, je vous ai préparé un chocolat chaud mais pas trop, comme nous sommes en été…

– Pour un chocolat chaud, il n'y a pas de saison. Tu as mis des guimauves ? l'interrogé-je.

– Évidemment. Tu me prends pour une débutante ou quoi ?

Je me délecte à l'avance de la dégustation. Gourmande de chocolat je suis, gourmande de chocolat je mourrai. Je jette un rapide coup d'œil au breuvage onctueux et fumant. Pas ce cœur dessiné cette fois-ci. Je trempe mes lèvres. Comme c'est délicieux !

Les chamallows me collant aux dents et dégoulinant sur le menton, je déclare solennellement :

– Je ne connais rien de plus réconfortant que des guimauves sur le chocolat chaud.

– Les bras d'une maman, peut-être ? Je peux ?

Ma mère montre la place entre Clémentine et moi. Nous nous poussons afin de lui permettre de se glisser sous la couette avec nous. Elle s'installe confortablement et écarte ses bras afin que chacune de nous puisse poser sa tête sur une épaule. Puis elle nous enlace.

– Je vous aime, mes petits fruits confits. Je suis tellement fière des femmes que vous êtes devenues.

Elle soupire.

– Ça ne va pas, maman ? m'inquiété-je

Elle me tapote le bras.

– Je vais bien, mon ange. Juste un peu de nostalgie. Ton père adorait cette campagne, et moi, j'ai toujours aimé la vue depuis ta chambre, Cerise. Les vignes à n'en plus finir et le coucher de soleil en prime. C'est si romantique. Souvent, avec ton papa, on se disait que l'on comprenait, avec une telle source d'inspiration, que tu écrives de si beaux romans. Tu réussis toujours à poser les mots parfaits pour exprimer l'émotion et la beauté.

– Oh, c'est gentil, maman.

Elle dépose un baiser sur nos fronts et nous nous collons davantage contre elle. Je ferme les yeux, laissant son parfum dénouer toutes mes tensions. C'est fou l'effet que cette fragrance peut avoir sur moi, le même effet que celle du cou de mes fils quand ils étaient bébés. Et encore maintenant, je dois l'avouer. Au détour d'un baiser, je me paie un petit sniff.

Je reconnaîtrais ma famille rien qu'à l'odeur de leur peau. Parfois, j'ai l'impression d'être une louve avec son clan. Je les surprotège, je sors les griffes quand on leur fait ou veut du mal, je les couve quand ils sont malades ou déprimés. Mais, je redeviens une fille, une petite fille quand c'est à mon tour de souffrir et je fonce dans les jupes de maman. Elle a ce don de me montrer le coin de soleil dans une perspective sombre.

Ma mère a toujours été près de moi, m'offrant une écoute attentive et des conseils avisés. Elle a accueilli chacune de mes grossesses avec bonheur, sans discours moralisateur.

Elle n'a jamais jugé mon mode de vie ni ma relation avec Vladimir. comment vais-je avancer sans elle à mes côtés quand elle aura déménagé ?

– Je pourrais presque entendre tes pensées tellement ça mouline dans ton cerveau, remarque Clémentine. Profite de ce moment. Il sera toujours temps de répondre à tes questions.

– Quelles questions ? demande maman.

– Ils ont presque fait « gouzi-gouzi » avec Vlad, cafte mon amie.

Je l'interromps, un brin agacée.

– Clem, pas maintenant.

Mais c'est trop tard. Maman se relève manquant de renverser le contenu de nos tasses.

– Comment ça « presque » ? Tu veux dire que… ?

– Elle ne va rien te dire. D'ailleurs, elle va se taire sinon, de fruit confit, elle va terminer en fruit écrasé.

– Même pas cap, me défie Clémentine.

– Tu paries ?

Maman lève les bras au-dessus de sa tête.

– De vraies gamines, soupire-t-elle. Quant à Vladimir, j'aurais dû me douter qu'il y avait un problème. Il est parti sans m'embrasser ni même m'adresser un regard. Cela ne lui ressemble pas. Tu l'as repoussé ?

Je porte une main à mon front.

– Je refuse d'avoir ce genre de conversation avec toi. Je n'ai pas envie de parler de ma vie sexuelle avec ma mère et…

Zut, un adjectif que je n'aurais jamais dû prononcer vient de m'échapper. La bouche de maman forme un rond. Je la montre d'un doigt menaçant.

– Pas un mot de plus. Scelle tes lèvres et ne rebondis surtout pas sur ce que je viens de dire. Fais comme si tu n'avais rien entendu.

Elle hoche la tête, demeurant muette. Je vois bien qu'elle se retient difficilement de me poser des questions.

– Plus tard, maman, s'il te plaît. Je ne veux pas en parler maintenant. D'accord ?

– OK. Sache seulement que Vlad et toi…

– Stop !

Je me détache de son regard et me tourne vers l'extérieur. Dans ces moments-là, seule la nature m'apaise. J'y soigne mes maux que les mots des humains ne peuvent soulager. Je respire l'odeur de la terre, je caresse les écorces des arbres, je m'assois dans un champ de fleurs sauvages et laisse leurs pétales me chatouiller la voute plantaire. Je permets à la forêt de guider mon âme au rythme de ses bruits ou de ses silences. C'est ainsi que je remets de l'ordre dans mes pensées et mes sentiments.

À l'instant même, je ressens cette harmonie avec les éléments extérieurs. En effet, ce qui est en train de se jouer à l'intérieur de ma tête me remplit de contradiction ; alors que ce qui est en train de se jouer dehors, me remplit d'émotion – comme si je n'en avais pas assez. Grâce aux larmes que j'ai versées depuis ce matin, je pourrais résoudre le problème de la sécheresse au Sahel. Sans pour autant résoudre les miens… de problèmes tout court pas de problèmes de sécheresse. Quoique, avec la ménopause, cela ne devrait pas tarder à arriver.

– Regardons plutôt le spectacle. Quand la nature déploie tous ses charmes, nous nous devons de l'admirer, remarqué-je.

– Tu as raison, approuve ma mère. Ce serait dommage de ne pas apprécier de tels efforts généreux. En plus c'est gratuit ! Alors, pourquoi s'en priver ? ajoute-t-elle pour détendre l'atmosphère.

Nous nous blottissons de nouveau les unes contre les autres et regardons alors vers la porte-fenêtre. Nous assistons avec beaucoup d'émoi à l'embrasement du ciel. De couleur légèrement rosée, il se décline peu à peu en dégradé de mauve. Puis, nous prenant par surprise, comme autant de projections exécutées par un peintre, des petites touches orangées explosent et rougeoient.

– C'est tellement agréable.

– N'est-ce pas, maman ? Toute cette beauté nous est offerte et rien ne nous est demandé en échange, si ce n'est du respect et des soins.

– Je ne parlais pas du coucher de soleil, même si effectivement, c'est sublime. Je parlais de nous trois. Nous n'avions pas pris de temps ensemble depuis si longtemps.

Elle nous remercie avec douceur. J'aimerais que les heures, les minutes et les secondes s'arrêtent à cet instant précis. Rester avec ma mère et Clémentine, sous la couette et nous endormir, bercées par nos respirations réciproques. Mes paupières se ferment, je suis épuisée par tous les derniers événements. Je suis sur le point de partir dans les bras de Morphée à défaut des bras de celui qui ne quitte plus mes pensées.

– Cerise, Clémentine. Où êtes-vous, Mesdames ?

Je sursaute.

– Au lit, répond mon amie.

– Sans moi ?

– Maxime, enfin. Je ne suis pas seule.

– Dommage. Toc, toc, toc. Je peux entrer ?

– Oui entre, mais je te préviens, il n'y a plus de place dans le lit. Nous sommes au complet, lui répondis-je.

En pénétrant dans la chambre, il pousse une exclamation. Ironiquement, je le remercie tout en lui faisant remarquer que je suis sans fard, complètement au naturel.

– En fait, non, j'étais en admiration devant le coucher de soleil mais tu es… enfin, toi aussi Clem… euh, vous aussi,

Prune. Vous êtes éblouissantes mais ces couleurs sont... Je n'ai pas voulu vous manquer de respect, j'étais sous le choc à la vue du ciel. Bref, je vais stopper mes explications, car je crois que je m'enfonce là, non ?

– Si, gloussons-nous.

Clémentine se lève et se blottit dans ses bras.

– Tu es trop mignon quand tu rougis.

– Je ne rougis pas, c'est...

– ... la ménopause, pouffons-nous, Clem et moi.

Devant son regard médusé, on lui dit qu'on lui racontera un autre jour. Devant son regard toujours interrogateur, nous capitulons et nous lançons dans une explication alambiquée qui n'amuse que nous.

Pourquoi ? Parce que, sans faire de misandrie, un homme ne peut pas comprendre l'humour des femmes. Surtout quand il est face à trois hystériques, aux lèvres pleines de chocolat, qui se plient de rire tous les deux mots.

– OK, les filles et Madame, je capitule. Je vais rejoindre au salon l'unique représentant de testostérones dans cette maison, à savoir Jean, et lui demander conseil sur son andropause.

Juste avant de quitter ma chambre, il ajoute.

– Au fait, j'étais monté vous dire que les jumeaux sont déjà aux apéros dorés. Ils nous attendent.

Affolée, je saute du lit.

– Il est quelle heure ?

– Dix-neuf heures, me répond-il. L'heure de la douche et du brushing, si vous voulez rendre hommage à votre chevalier ici présent. Apparemment, je serai le seul ce soir.

Mon cœur rate un battement.

– Vladimir devrait nous rejoindre, je pense.

Il secoue la tête.

– Non, Cerise, il a appelé Nathanaël et lui a dit qu'il était parti dans une cabane, d'après ce que j'ai compris. Il compte y rester quelques jours. Tu dois savoir de quoi il s'agit, je suppose. Allez, on se dépêche, départ dans trente minutes. On y va à pied ?

Mon cœur vient de cesser de battre. Clémentine le pousse hors de ma chambre tout en chuchotant à son oreille. Super, tout le monde va être au courant. Après ma cuite légendaire, la vidéo, le message sur mes fesses, les suçons, voici le coït interrompu. Ma vie est pathétique, je suis pathétique.

Il me manque, il me manque tant.

– Maman, qu'est-ce que je vais devenir s'il ne revient pas ?

– Chérie, je ne sais pas ce qu'il s'est passé entre vous deux mais ce que je sais, c'est que Vladimir ne pourra vivre sans toi à ses côtés.

Je m'assois sur le lit, étreignant un coussin.

– Nous nous sommes rapprochés, tu vois comme des…

– Des amoureux ? Enfin !

J'éclate en sanglots, hoquetant que je ne veux pas le perdre. Qu'il est à la fois mon ami, mon confident mais aussi l'homme que j'aime. Oui, voilà c'est dit, je l'aime.

Maman me relève le menton de son index m'obligeant à la regarder dans les yeux.

– C'est à lui que tu dois le dire.

– Encore faudrait-il qu'il accepte de me parler.

– Il acceptera. Va le retrouver. File à la cabane.

Je secoue la tête, essuyant mes larmes du revers de la main.

– Non, maman. Je vais le laisser réfléchir, car c'est ce qu'il est allé faire. Je l'appellerai demain et je lui proposerai alors que nous nous voyions.

Maman me caresse la joue.

– Comme tu veux, mon cœur. Bien, si on se faisait belles ?

Une heure plus tard, nous sommes installés sur des troncs d'arbres et des bottes de foin recouverts de plaids que nous avons apportés. Le temps est idéal, avec une légère brise qui caresse nos visages.

Mes fils sont d'excellente humeur, comme toujours, et réussissent à me la communiquer. Je décide alors de profiter de cette soirée et de caser dans un coin de ma tête Vladimir et le chagrin de son absence.

Miguel nous apporte nos verres de SweetZ et je suis ravie de faire découvrir ce cocktail à base de Sauternes à Maxime. Jean-Jacques nous rejoint et, la troupe presque au grand complet, nous pouvons commander des plats à dévorer.

Tout à coup, je sens des bras se poser sur mes épaules et je reçois un baiser sur le haut de mon crâne.

– Comment va ma jolie écrivaine ?

– Eh Fred ! Je suis tellement contente de te voir. Il y a trop longtemps. Comment vas-tu ?

Frédéric Batista, un ami de très longue date, est le chanteur du groupe FreD Batista TriO KonZert. Leurs compositions assez décalées et parfois très déjantées passent des messages pertinents et satiriques.

– Vous jouez ce soir ?

– Oui, nous avons le rôle d'animer la soirée. Avec vous tous, ça devrait bien se passer. Nat, Gab, vous pourrez nous rejoindre sur scène si vous voulez.

– Compte sur nous, répondent-ils en chœur.

Fred nous salue et rejoint l'esplanade sur laquelle les musiciens sont en train d'accorder leurs instruments.

– Vous poussez la chansonnette ? s'enquiert Maxime.

– De temps en temps, on fait des « bœufs » dans les bars du coin. C'est notre plaisir et notre soupape. On y va, Gabriel ?

– Yes !

Les garçons se lèvent et se dirigent vers le groupe de musique. Maman nous annonce qu'elle a trop froid et qu'elle va rentrer à la maison. Jean-Jacques propose de la raccompagner. Ils s'éclipsent après nous avoir embrassés.

– Décidément, cette famille a tous les talents, ajoute Max en m'adressant un clin d'œil.

– Serais-tu en train de me dire que tu aimes mes romans ?

– Absolument pas, me répond-il taquin.

Je le pousse du coude et nous éclatons de rire. Clémentine se lève et saute de joie.

– Enfin, un moment de complicité entre vous deux ! Je suis trop contente.

Elle m'embrasse et roule une pelle monumentale à son amoureux de quelques jours. De quelques jours ? Un doute s'immisce en moi.

– Vous vous êtes un peu moqués de moi, non ?

À la mimique « genre je suis démasquée » de Clémentine, je comprends que je viens de faire mouche. Je les montre du doigt à tour de rôle.

– Depuis quand vous êtes ensemble ?

– Depuis quelques semaines.

– Quoi ? Et tu ne m'as rien dit ?

Clémentine m'avoue qu'elle avait préféré garder pour elle cette histoire d'amour naissante. Elle savait que je l'aurais chambrée et elle ne voulait pas subir mes moqueries. Cette fois, elle avait senti que c'était différent.

– Tu savais que c'était lui le blogueur qui avait défoncé mon livre ?

Elle agite ses mains.

– Je te promets que non. J'ai tout compris quand Max a débarqué à la maison pendant l'orage.

Je me retourne vers le principal intéressé.

– Et toi, tu savais que Clem était ma meilleure amie ?

Il secoue la tête.

– Non, j'ai été surpris de la voir chez toi et quand j'ai compris, j'ai fait comme si je ne la connaissais pas. Ensuite, quand nous nous sommes éclipsés dans la véranda, nous avons discuté et décidé de faire semblant de nous rencontrer pour la première fois.

Puis, m'adressant à Clémentine.

– J'espère que tu l'as engueulé d'avoir été aussi odieux avec moi.

– Il en a pris pour son grade.

Maxime m'avoue qu'il regrette d'avoir écrit cet article.

– J'ai été virulent et je m'en excuse, Cerise. Je n'ai pas non plus été très honnête avec toi…

Je balaie d'un geste cette dernière remarque.

– C'est oublié.

– Je ne parle pas de ma relation avec Clem, avoue-t-il.

Nous fronçons toutes les deux les sourcils.

– Je n'ai pas été honnête avec vous tous en fait.

Il se tait comme si les mots lui obstruaient la gorge. Une larme coule doucement le long de sa joue. Il l'efface rapidement, dans un geste de pudeur. Puis, il prend ma main avec douceur et plonge son beau regard tourmenté dans le mien, inquiet.

– Ton roman est magnifique. Il est juste et tu as trouvé les mots pour exprimer ce que je n'ai jamais réussi à formuler. Je t'en ai voulu, terriblement. Au point de ressentir de la haine pour toi.

– Je ne comprends pas, Maxime.

Il essaie d'inspirer profondément mais sa respiration est bloquée. Il est extrêmement tendu et je sens que je ne dois plus l'interrompre. D'un hochement de tête, je lui fais comprendre que je l'écoute avec attention. Alors, il poursuit.

– Ton livre a réveillé chez moi des sentiments douloureux que j'avais enfouis depuis quelques années. Cela a été d'une violence inouïe, comme un boomerang en pleine figure. Mon comportement au Café Litt', puis mon article ont été la seule réponse que j'ai trouvée. J'ai répondu à la violence par un châtiment, en utilisant la loi du Talion : œil pour œil, dent pour dent. Aveuglé par ma peine, je me suis trompé de coupable. Tu n'es pas responsable du drame que j'ai vécu ni de la façon dont je l'ai vécu…

Il marque une pause. Nous n'osons lui demander de quoi il parle. Nous le laissons prendre son temps. Après une profonde inspiration, il nous confie, les larmes aux yeux.

– Tu te souviens, Cerise, ce matin, nous avons parlé du deuil et je t'ai dit que je savais ce qu'on ressentait à cause des confidences de mes patients.

Je hoche la tête, silencieuse.

– Je t'ai menti encore une fois. J'ai moi-même vécu un drame.

Il déglutit.

– J'ai perdu un fils.

CHAPITRE 13

DEUX ENNEMIS FONT LA TRÊVE ET DEUX AMOUREUX VALSENT AU CLAIR DE LUNE

Clémentine porte une main à sa bouche, étouffant un cri. Puis, elle prend Max dans ses bras et lui parle à voix basse.

Je reste immobile, incapable de réagir. Cette nouvelle m'assomme en même temps qu'elle me met mal à l'aise. Je me revois ce matin lui confier ma douleur depuis le décès de mon père. Si j'avais su… Je me sens tellement stupide et honteuse.

Je ressens le besoin de fuir, de le fuir, lui et sa vraie souffrance, lui le père qui a perdu un fils alors que moi je ne suis qu'une fille qui a perdu un père. Je me lève et me dirige vers les jumeaux qui sont encore sur scène. Je leur fais signe et leur fais comprendre que je rentre. Nat me rejoint.

– Tu es très pâle, maman. Tu ne te sens pas bien ? Tu veux que je te ramène ?

Je me force à lui sourire.

– Je suis juste fatiguée, mon chéri. Tu sais, je n'ai plus vingt ans. Je vais aller me coucher afin d'être en forme pour pouvoir vous filer un coup de main à la propriété demain.

Il caresse ma joue.

– Tu n'es pas obligée, on a déjà pas mal de copains qui seront là. Tout est sous contrôle.

– OK, c'est bien. Appelle-moi alors si tu as besoin. Embrasse ton frère pour moi.

Alors que je m'apprête à partir, il attrape mon poignet.

– Qu'est-ce qu'il y a, maman ? Pourquoi Vladimir n'est pas là, ce soir ?

– C'est compliqué. Je t'expliquerai plus tard… quand j'aurai moi-même des réponses.

Il me serre longuement dans ses bras. Je ferme les yeux et hume son odeur. Mon Dieu, ne me les enlevez pas.

– Je t'aime, mamounette d'amour.

– Moi aussi, mon grand, tellement. Allez, retourne chanter. Profite de cette soirée. Demain est un autre jour.

Il détale en courant vers la scène puis, juste avant de monter dessus, forme un cœur avec ses doigts.

Un hoquet arrive, à la fois imprévisible et violent. J'accélère le pas afin de me retrouver seule avant que ne se déverse le flot de larmes que je peine à contenir. Tout juste arrivée au bout du rang de vignes, je suis pliée en deux de douleur. Je chancelle, je dérive, ne sachant à quoi me retenir afin de ne pas tomber.

Une voiture s'arrête à ma hauteur et quelqu'un en sort précipitamment, juste à temps pour me rattraper.

– Viens, rentrons.

Je m'agrippe à sa chemise, hurlant que j'ai honte d'avoir déballé mon chagrin devant lui alors que je n'ai perdu qu'un père. C'est dans la nature des choses que les parents meurent avant les enfants. Pas l'inverse, bon sang, non, pas l'inverse.

– Je suis tellement désolée. Pardonne-moi. Si j'avais su, Maxime, si seulement j'avais su…

– Ne restons pas dehors, Cerise. Allons à la maison.

Je me laisse guider jusqu'à la voiture et me blottis dans les bras de Clémentine qui m'attendait assise à l'arrière. Je croise le regard de son amoureux dans le rétroviseur. Je n'avais jamais remarqué à quel point il était triste.

Nous sommes installés dans le salon. Mon amie a allumé un feu dans la cheminée, car nous sommes frigorifiés. Chacun une tasse de thé dans la main, nous regardons en silence les bûches se consumer. Au bout de plusieurs minutes, Maxime rompt le silence.

– Il s'appelait Valentin. Il mesurait un mètre quatre-vingt-trois et il était brun avec de grands yeux noirs. Il jouait au foot, au tennis et pratiquait la course à pied. Il étudiait beaucoup également et se couchait très tard. Il excellait en tout. Il avait quatorze ans et la vie devant lui. Enfin, il aurait dû avoir la vie devant lui.

Il secoue la tête comme pour chasser les pensées noires.

– Il était très fatigué depuis plusieurs semaines. Sa mère et moi avons mis cette fatigue sur le dos de son trop-plein d'activités physiques. Puis, son teint d'ordinaire hâlé est devenu bien pâle. Après plusieurs examens, le diagnostic est tombé : leucémie foudroyante.

Je ferme les yeux sous l'impulsion du déchirement qui se produit en moi. Clémentine a les joues baignées de larmes.

– Trois mois plus tard, il nous quittait. Ma femme et moi n'avons pas su partager notre douleur. Elle nous a séparés de façon irrévocable. Mes autres fils…

Clém lève la tête vers lui.

– Tu as d'autres enfants ?

– Oui, trois autres.

À leur évocation, son visage s'éclaire.

– Il y a Léon, 25 ans, qui termine des études d'ostéopathie et devrait ensuite s'installer avec moi. Sultan, 22 ans, qui est en CAPES d'Histoire. Et enfin Gabin, 16 ans, en apprentissage menuiserie. Ils sont tous les trois restés à Lille avec leur maman. Je les vois essentiellement aux vacances scolaires. Après le divorce, il y a dix-huit mois, j'ai tout laissé à ma femme, à part la somme dont j'avais besoin pour acheter mes parts dans le cabinet. Je voulais repartir de zéro.

Tout à coup, je me souviens de sa réponse quand je lui ai demandé ce matin s'il fuyait quelque chose ou quelqu'un : « si je suis parti de chez moi, c'est pour tirer un trait sur le passé et oublier ».

– J'aurais dû comprendre. Au lieu de ça, j'ai pleurniché sur moi-même.

Maxime vient s'asseoir près de moi.

– Cerise, cesse de ruminer. Tu ne pouvais pas savoir. D'ailleurs, je ne voulais pas que vous sachiez. Chez moi, je ne cessais de recevoir des condoléances, je devais faire face au malaise des gens, à leur maladresse, à leur sollicitude et compassion. Souvent même à leur pitié. Je n'en pouvais plus.

– Alors tu es parti.

– J'étouffais. Depuis que mon fils est mort, je n'ai pas réussi à verser une larme. Pleurer m'était impossible. Cela aurait signifié que j'acceptais le décès de Valentin. Je ne pouvais accepter l'inacceptable. Admettre que je ne le serrerai plus jamais dans mes bras, que son magnifique sourire n'éclairera plus mes journées, que je ne verrai plus ses chaussettes traîner sous son lit et ses chaussures en plein milieu du couloir. Que son rire ne circulera plus dans la maison. Qu'il ne laissera plus une bouteille de jus d'orange presque vide au réfrigérateur et son assiette sale dans l'évier. Qu'il ne me racontera plus ses matchs de foot ou de tennis ni son score à la course. Que je n'aurai plus la fierté de lire son bulletin de classe. Je devais aussi consoler ma femme et mes autres fils et je n'y arrivais pas. Je ne supportais pas leurs larmes. Je m'étais endurci pour tenir le coup et ne pas m'effondrer. Pour survivre, j'ai fui ma famille, ma maison, mes amis. Et cela a marché, j'ai survécu. Mais voilà, ton livre est tombé entre mes mains et a fait céder les digues. J'ai pleuré pendant des jours, j'ai hurlé, tapé les murs, fracassé des chaises. Toute la souffrance contenue se libérait avec une violence inouïe. Je t'en ai alors voulu. À cause de toi, je faisais face à mon deuil et donc à la disparition de mon fils. Je reconnaissais qu'il n'était plus là, qu'il ne serait plus jamais là. Mon intervention au Café Litt', ma critique sur mon blog, n'étaient que la volonté de me venger, de te faire souffrir comme tu venais de me faire souffrir avec tes mots.

Je l'interromps.

– Maxime, la perte de mon père n'a rien à voir avec celle que tu vis.

Il secoue la tête.

– Peu importe qui on perd, Cerise, la douleur est la même. C'est insoutenable. On comprend alors l'irréversibilité de la vie et surtout notre impuissance. Combien de fois me suis-je répété « si j'avais su » ? En vain…

J'acquiesce silencieusement.

– Me venger sur toi n'a pas atténué ma peine. Ce soir-là, après notre altercation au Café Litt', j'ai accepté de boire un verre avec des amis, pensant que l'alcool me ferait oublier pour un temps.

Il se retourne vers Clémentine.

– J'aurais pu venir te voir mais cela aurait signifié tout te dire et voir alors dans ton regard ce que je voyais chez mes proches et que j'ai fui. Je ne voulais pas de ta pitié.

Mon amie se blottit tout contre lui.

– Je ne te regarderai jamais avec pitié. Je sais ce que tu vis, ce que tu ressens. J'ai perdu toute ma famille quand j'étais jeune, mais je te raconterai tout ça plus tard. Sache seulement que c'est la raison pour laquelle je n'ai jamais voulu avoir d'enfant. Je ne voulais pas qu'un jour, il puisse se retrouver aussi seul que j'ai pu l'être. S'il n'y avait pas eu Cerise et sa famille, je pense que je me serais suicidée.

Il la regarde avec émotion.

– Nous ne nous sommes pas rencontrés par hasard. Nous sommes la main tendue de l'autre.

Il l'embrasse doucement avant de poursuivre.

– Quand je t'ai vue dans ce bar, Cerise, très ivre et énervée contre ce type, j'ai su que je n'étais pas dans ce lieu par hasard. Je t'ai ramenée chez toi et j'ai gardé ta voiture pour pouvoir rentrer chez moi. Vous connaissez la suite : Cerise, plus en furie que l'orage qui grondait, se jetant sur moi ; toute la famille m'accueillant gentiment, ta grand-mère qui est ma patiente, et toi, Clem… Ce n'était pas une coïncidence que je vous retrouve tous ici. C'était un coup du destin.

Des larmes coulent sur ses joues.

– Grâce à tous ces moments passés avec vous, j'ai compris la richesse des souvenirs, que c'est avec eux que nous progressons et tenons le coup malgré la dureté de la vie. J'ai compris que la mort de Valentin ne m'enlèvera jamais ce que j'ai vécu avec lui : son premier cri, ses premiers pas, son premier « papa » et son premier « je t'aime », sa première « petite souris », le parfum de sa peau et celui puant de son doudou, ajoute-t-il avec un rire léger. Toutes ses premières fois et toutes nos dernières. Aujourd'hui, j'ai compris qu'il valait mieux avoir vécu ces années avec lui, l'avoir connu que de ne rien avoir du tout.

Il prend nos mains dans les siennes.

– Sans vous, je serais toujours ce père mort en même temps que son fils. Aujourd'hui, je suis différent et j'apprends peu à peu à vivre avec son absence et renoue les liens avec mes trois autres garçons. Je suis également parvenu à partager mon deuil avec mon ex-femme. Bizarrement, je me sens en paix.

Je me lève à la recherche d'une boîte de mouchoirs. Nous essuyons nos larmes et nous nous étreignons. Maxime passe une main sur son visage et réprime un bâillement.

– Cette confession aura eu raison de mes forces. Je suis épuisé.

– Allons-nous coucher, suggéré-je. Il est tard et demain est… un autre jour.

Au moment de nous séparer, Maxime me sert encore une fois fort contre lui et me remercie.

– Tu pourras me le dédicacer ton livre ?

– Dans tes rêves.

Nous échangeons un regard complice qui met fin à toute la tension qui a pu exister entre nous.

Il est trois heures du matin et je n'ai toujours pas réussi à trouver le sommeil. Je n'ai cessé de me retourner dans le canapé. Non pas parce qu'il est inconfortable mais parce que Vladimir me manque. J'ai plongé le nez dans son oreiller mais son odeur me blesse plus le cœur qu'il ne le soigne.

À quatre heures, n'y tenant plus, et toujours sans nouvelle de Pavlova, je m'habille à la hâte et à pas de loup, je me dirige vers ma chambre et ouvre doucement la porte. Mes deux garçons sont profondément endormis, l'un sur la couette, la moitié du corps dans le vide, l'autre sous la couette, les bras en étoile. Tendrement, je dépose un baiser sur leur front et caresse leur joue puis ressors en reculant.

Arrivée en bas de l'escalier, j'aperçois de la lumière dans la cuisine et entends Jean siffloter. Il se prépare certainement un thé qu'il va boire allongé sur le canapé avant de se rendormir. Je fouille dans le vide-poche à la recherche des clés du quad. Je file ensuite au garage, enfile une combinaison, des lunettes de protection, des gants et un casque.

Je parcours les dix kilomètres qui séparent la maison de notre cabane avec la peur au ventre. Et si Vladimir refusait de me voir ?

Non, ce n'est pas possible. Comme l'ont dit Clémentine et maman, s'il a choisi de s'isoler ici, dans notre cabane, c'est pour rester connecté à moi, réfléchir sur « nous ». Peut-être même espère-t-il ma venue ?

J'inspire profondément. Il adore autant que moi ce lieu, perdu dans la forêt mais avec tout le confort nécessaire. Je me souviens du bonheur éprouvé quand les anciens propriétaires ont accepté notre offre et de notre immense joie en récupérant les clés.

C'était un rêve qui devenait réalité, un truc de plus à cocher sur la longue liste que nous avions rédigée quand nous n'étions que des gosses. Ignorant alors que cette liste, nous l'accomplirions ensemble.

Oh, ce n'est pas très grand comparé à notre maison mais nous nous y sentons bien. La cabane est constituée de deux chambres et d'un salon avec une cuisine ouverte. Au bout de la terrasse, il y a un ponton qui mène à un étang dans lequel viennent se désaltérer des biches et leurs petits faons. Les garçons y déployaient la tente en été et dormaient presque à la belle étoile, je dis presque, car le coassement des grenouilles pouvait empêcher de tomber dans les bras de Morphée.

J'aime autant cette cabane que ma maison à Sauternes. À la différence qu'ici, je peux vraiment y trouver la solitude.

C'est pourquoi, à la recherche de l'inspiration, quand il m'arrive d'avoir une panne d'écriture, j'y viens seule. Depuis le décès de papa, je prends Papillon dans mes bagages. Mon chat a découvert les araignées d'eau et passe des heures à les regarder et à essayer de les attraper d'une patte. Pour l'instant, il n'est encore jamais tombé. Parfois, il revient vers moi en miaulant, me suppliant probablement de venir l'aider. Alors, je le rejoins et me couche sur les planches de bois, écoutant tous les bruits des alentours.

Arrivée à la cabane, je gare le quad, enlève le casque et la combinaison. Je découvre que la porte n'est pas fermée à clé. En entrant, je comprends que Vladimir n'est pas là. Il y fait assez froid et aucune affaire à lui ne traîne. Il n'est pas ici. Alors où est-il ?

Je me laisse glisser le long du mur et éclate en sanglots.

– Tu vois, papa, c'est pour cette raison que j'ai toujours refusé de tomber amoureuse. Pour ne pas souffrir. Depuis que tu es mort, c'est pire. Je n'aurais pas la force de maman, tu comprends ? Je ne sais pas comment elle fait pour tenir debout sans toi pour la soutenir. Comment elle trouve le courage de se coucher sans toi à ses côtés. Comment elle arrive chaque matin à se lever tout en sachant que plus jamais tu ne seras là pour lui prendre la main, lui sourire, lui caresser le visage. Avec ton départ, papa, j'ai compris que je pouvais perdre à n'importe quel moment l'homme que j'aimerais. Je ne supporterais pas la vie sans lui.

La porte s'ouvre brusquement. Il est là, devant moi.

– Vlad...

J'éclate encore plus fort en sanglots. Il s'approche de moi, s'assoit à côté de moi et me prend dans ses bras.

– Tu étais où ? J'ai cru que tu avais disparu et...

Il dégage une mèche de mes cheveux.

– Je dormais sur le ponton quand j'ai entendu le bruit du moteur du quad.

Il me sourit et c'est comme si je découvrais son visage pour la première fois. Je le trouve si beau.

– Tu es venue me chercher ?

– Je ne supportais plus ton absence. J'avais besoin d'être auprès de toi.

Il m'embrasse sur le haut du crâne.

– Veux-tu danser avec moi, Cerise ?

– Mais il n'y a pas de musique.

– Écoute, ne l'entends-tu pas ? Il y a celle de nos cœurs.

Je souris et pose ma main dans la sienne. Il m'emmène dehors, sur la terrasse. La pleine lune déploie sur l'étang des étincelles magiques. Vladimir me fait tourner sur moi-même puis me plaque contre son corps, tenant fermement ma taille.

– Tu es magnifique.

Il amorce un pas sur le côté et doucement m'entraîne dans une valse. Je pose ma tête sur son torse et me laisse guider. Je frissonne.

– Tu as froid ?

– Non, je n'ai pas froid.

– Mais tu trembles.

Oui, je tremble parce que ma peau vient de reconnaître celui pour qui j'ai été créée. Toi, Vlad.

Il plonge son regard dans le mien et plus rien n'existe autour de nous. Nous continuons à valser... Après avoir valsé, nous nous embrassons avec maladresse. Puis, nous valsons encore et nous embrassons avec délicatesse. Valsons toujours et nous embrassons avec habileté.

Réfrénant l'envie de culbuter Vlad sur le plancher de la terrasse, je romps notre étreinte. Et puis, il y a assez d'une pleine lune dans le ciel, je ne voudrais pas lui voler la vedette.

– Il faut que je reprenne mon souffle.

– Moi aussi, avoue Vladimir.

Il caresse ma bouche de son pouce.

– Pourquoi ai-je encore cette folle envie de goûter à tes lèvres ?

– La frustration depuis 45 années ?

Mon Dieu, ce regard ! Mon ventre se contracte.

– Tu as raison. Comment pourrions-nous combler cette frustration ?

– J'ai bien une idée, mais…

D'un hochement de tête, il m'indique qu'il a compris.

– Nous devons discuter avant. Viens, asseyons-nous sur les marches.

Afin de reprendre nos esprits et le contrôle de nos corps, nous restons un moment à écouter les bruits nous parvenir de l'autre rive de l'étang.

– Tiens, il y a du monde dans l'autre cabane. J'ai l'impression qu'eux aussi n'ont pas envie que la nuit se termine.

Un grand éclat de rire retentit. Puis, une voix s'élève et entonne « Quand on a que l'amour » de Jacques Brel.

– Et cette chanson…

Je souris.

– C'est la nôtre.

Il enveloppe mes épaules de son bras. Nous reprenons le refrain en chœur. Nous éclatons de rire tant nous chantons faux.

– C'est officiel, nous ne ferons pas carrière dans la chanson.

– Je te rejoins sur ce constat, ma p'tite dame. Tu peux être certaine que tes fils, qui eux chantent merveilleusement bien, n'ont pas hérité ce gène de toi. En revanche, ajoute-t-il en levant l'index, as-tu déjà pensé à leur écrire des chansons ?

– Jamais de la vie. D'abord, je ne saurais pas faire et ensuite, je les vois mal en viticulteurs-chanteurs.

Nous repartons dans un grand fou rire, multipliant les images de Nathanaël et Gabriel, sécateur dans une main, guitare ou micro dans l'autre, au milieu des vignes ou sur leur tracteur, foulant le raisin avec leurs pieds. Nous retrouvons notre complicité d'avant avec notre amour révélé.

Tout à coup, j'ai un peu froid et je frotte mes bras. Vladimir enlève son blouson et, malgré mes protestations, me force à l'enfiler.

– Vu tes différences de températures, tes frissons et tes bouffées de chaleur, je n'ai pas acheté de test de grossesse.

Il m'adresse un clin d'œil.

– Je suis vieille.

– Je m'en fous. Tu es encore plus belle, magnifiquement belle et…

Il s'interrompt, étreint par l'émotion. Il m'embrasse la main qu'il garde ensuite dans la sienne.

– Vlad, qu'est-ce qui a provoqué cette évolution entre nous ? Comment, et surtout quand, sommes-nous tombés amoureux ? Je t'assure que je n'y comprends rien. C'est arrivé d'un coup. Samedi, en pénétrant dans la cuisine après ma cuite mémorable, c'est comme si je te voyais pour la première fois. Mon cœur s'est mis à battre si fort que j'étais persuadée que, si j'enlevais mon haut, on verrait ma poitrine bondir.

– Heureusement que tu ne l'as pas fait, car, migraine ou pas, je te sautais dessus. En fait, j'ai découvert, Cerise, que je suis dingue de toi depuis le temps où je prenais mon doudou pour la sieste à l'école. Tu vois, ça fait une « paye ». Le problème, c'est que cet amour a été contenu pour moi…

Il s'arrête en pleine phrase et inspire un grand coup.

– … et pour toi aussi depuis toujours. Maintenant qu'il est libéré, il explose.

Il plisse les yeux tout en pinçant les lèvres.

– Le déclencheur, c'est ta disparition. J'ai cru devenir fou. En début de soirée, je n'étais pas anxieux. J'ai pensé que tu avais besoin d'être seule pour faire le point par rapport à ton accrochage avec Max. Je t'ai envoyé un texto afin de savoir comment tu allais. Tu n'as pas répondu.

– Pourtant, je réponds toujours à tes textos.

En effet, reconnaît-il et c'est la raison pour laquelle, à minuit et sans sms de ma part, il a commencé à s'inquiéter. Cela me ressemblait si peu de ne pas donner de nouvelles. À deux heures du matin, il m'avoue avoir contacté l'hôpital de Langon, se retenant de ne pas téléphoner au CHU de Bordeaux.

Ne voulant pas affoler la famille pour rien, il est resté seul avec Mélodie à faire les cent pas dans la cuisine, à imaginer le pire. L'angoisse montait et il ne supportait pas d'être impuissant. Sur le point de prendre la moto pour partir à ma recherche, il a entendu une portière claquer et des coups frappés à la porte.

– Tu es apparue, pliée de rire. C'était, comment dire… irréel. Tu étais nue devant moi, avec ces inscriptions sur les fesses, ce chapelet de suçons. Tellement belle, incroyablement belle. J'ai senti en moi une jalousie encore jamais éprouvée. J'aurais voulu mettre mon point sur la gueule du mec qui avait eu la chance, oui je dis bien la chance, d'embrasser ton cou et de toucher ton si joli cul.

– Vlad, enfin !

– Je te dis les choses comme je les ai ressenties, ma *Cherry*. Comme je suis un homme bien, je n'ai pas abusé de la situation.

– Surtout parce que nous n'étions pas seuls et que Mélodie était là, ajouté-je taquine.

– Pas faux. Bref, tu bafouillais des mots que je ne comprenais pas, tu as attrapé des bouteilles d'alcool et tu es montée dans ta chambre, refilant Papillon dans les bras de Mélodie. Et là, j'ai compris qu'il venait d'y avoir un glissement de terrain dans ma vie et que tout allait en être bouleversé. J'ai mis quarante-cinq ans à voir ce qui était pourtant si évident. J'étais amoureux de toi.

– Étais ?

– Je suis amoureux de toi.

Il me prend dans ses bras et me serre fort.

– Cerise, j'ai eu si peur de te perdre. J'ai cru t'avoir perdue. J'ai pensé que tu avais fait une mauvaise rencontre. J'ai cru devenir fou. Ne me refais plus jamais ça.

Des larmes apparaissent au coin de ses yeux. Il prend mon visage entre ses mains, et tout en ne cessant de répéter « ne me fais plus jamais ça », il embrasse mes paupières, mes joues, mon nez, mes lèvres.

Il se recule et me sourit faiblement. Il me demande comment, moi, j'ai compris l'amour que j'éprouvais pour lui.

– Mon corps l'a senti avant moi. Tu ne me regardais plus comme avant et tes regards sur moi ont éveillé mes sentiments cachés, provoquant des papillons dans mon ventre. Puis, je me suis dit que, non, rien n'avait évolué de ton côté, que je me faisais des idées. Tout à coup, j'ai eu peur que tout change entre nous, peur que tu me quittes. Peur de voir disparaître notre amitié et ta présence dans ma vie. J'étais prête à refouler ce que je ressentais afin de ne pas te perdre.

Je me réfugie dans ses bras avec un besoin énorme de sentir à travers nos corps notre émotion commune.

– J'ai besoin d'être avec toi, seulement toi.

– Moi aussi, Vladimir.

D'un commun accord, nous décidons de rester juste nous deux et de ne pas rentrer avant le lendemain en fin de matinée. La porte de la cabane à peine fermée, Vladimir me soulève dans ses bras et me porte jusqu'à la chambre.

– Nous reprendrons notre discussion plus tard, murmure-t-il en faisant glisser la fermeture éclair du blouson.

– Complètement d'accord, lui affirmé-je sur le même ton.

Le lendemain soir, assis sur le ponton, nous regardons le soleil se coucher à l'horizon.

– Tu ne regrettes rien, Vlad ? Tout ce temps perdu ?

– Nous n'avons pas perdu de temps, nous en avons gagné. J'ai vécu de merveilleuses années à tes côtés, même si ce n'était qu'en toute amitié.

J'ai envie de le taquiner.

– Si elles étaient si merveilleuses que ça, on peut continuer sur le même modèle.

Il me renverse sur les planches.

– Certainement pas. Maintenant que j'ai goûté ta peau, j'en veux encore pour les quarante prochaines autres années, au minimum, ajoute-t-il.

– Tu es ambitieux !

– Je me fie aux statistiques qui montrent que la longévité est héréditaire.

J'éclate de rire.

– N'importe quoi ! C'est de la loterie.

– Que nenni ! Ta grand-mère a 90 ans, elle est en bonne forme d'après ce que je vois.

– C'est vrai qu'elle a encore de l'énergie à revendre.

– Et du cœur aussi. Tu lui ressembles tant, ma Cerise. L'humour vous permet de relever les pires adversités. Vos yeux pétillent de malice et…

Je le pousse du coude.

– Tu ne serais pas en train de déclarer ta flamme pour ma grand-mère ? Ce n'est pas parce qu'elle est avec un homme plus jeune qu'elle, que tu peux espérer avoir ta chance. D'abord elle est très amoureuse, et puis…

J'attrape son menton et le force à pencher la tête à droite puis à gauche.

– Recule-toi.

Il se prête au jeu en riant.

– Vas-y tourne sur toi-même.

Il se lève et s'exécute. Je hoche la tête.

– C'est bien ce que je pensais. Après inspection de toutes les faces de ta personne, je te confirme que tu n'es pas son genre.

– Je saurai la charmer.

– Charme-moi d'abord et encore…

CHAPITRE 14

UN AUTRE GENOU À TERRE QUI VOLE LA VEDETTE

« Papa, tu serais fier de moi. Tu m'aurais prise dans tes bras et tu m'aurais félicitée. Tu aurais été capable de crier à la terre entière toute ta joie.

Je sais, papa, tu as passé ton temps à me répéter que le bonheur n'était pas dangereux et qu'au contraire, il faisait même pousser des ailes.

“N'attends pas d'être un ange pour ça”, me disais-tu.

C'est toi mon ange aujourd'hui et grâce au papillon qui me tourne souvent autour, tu réussis à voler jusqu'à moi.

Oui, tu serais fier. Enfin, j'ai laissé mes sentiments prendre le dessus. J'ai renoncé à tout contrôler et me suis laissé surprendre par l'imprévu. Tu entends papa ? Moi, Cerise, j'ai accepté de lâcher prise. Waouh, c'est comme sauter à l'élastique par-dessus un pont mais sans élastique. J'espère juste ne pas finir en bouillie pour poissons.

Je dois reconnaître, papa, que c'est très agréable. Pas de finir en bouillie pour poissons, mais de se laisser porter par la vie et par les autres.

Avec Vladimir, on a un truc à te dire. C'est pour cette raison que nous sommes ici tous les deux, devant ta tombe.

On voulait que tu sois le premier à le savoir, car tu as été le premier à comprendre, à ressentir. Oui, le premier, avant nous-mêmes. »

L'émotion me submerge tout à coup. Longtemps, j'ai idéalisé cet instant où je présenterais mon amoureux à mes parents. Comme la plupart des petites filles, j'imaginais mon prince charmant faire sa demande auprès de mon père qui, d'une poigne virile, accepterait non sans avoir prévenu qu'il veillerait à ce que je sois heureuse. Ensuite, mon chéri se serait agenouillé et aurait sorti une sublime bague avec le plus gros diamant du monde et j'aurais dit « oui » noyée dans un torrent de larmes. Puis, noces et banquets auraient réuni tous les gens que j'aime.

Au lieu de ça, mon fantasme du prince charmant s'est envolé à la suite d'une trahison amoureuse et mon père est mort. Non, vraiment, ce n'est pas comme ça que je voyais débuter mon histoire avec l'homme de ma vie.

J'aimerais tant que nous soyons chez mes parents, dans cette maison où j'ai grandi et que maman a vendue au décès de papa. Elle y errait comme une boussole qui aurait perdu le nord, trop de souvenirs douloureux, trop de sa présence qui amplifiait son absence.

Un soir, trois ou quatre semaines après l'enterrement, elle n'a pas répondu à mon coup de fil. J'avais pris l'habitude de lui téléphoner vers 19 h. Je me disais que, si je ne la sentais pas bien, il serait toujours temps d'aller la chercher.

Inquiète, je me suis rendue chez papa et maman, enfin juste chez maman… elle était assise sur une chaise de la cuisine. Elle fixait la place à côté d'elle, celle qu'a toujours occupée mon père. Elle ne cessait de caresser la nappe.

Elle avait mis le couvert pour deux, machinalement, sans s'en rendre compte. C'est au moment où elle allait appeler mon père pour passer à table qu'elle a compris que plus jamais il ne reviendrait.

Elle s'est effondrée quand je l'ai prise dans mes bras. Elle m'a avoué ne pas avoir la force de continuer sans lui. Elle m'a semblé si petite tout à coup face à l'immensité de son chagrin.

C'est ce soir-là que je lui ai proposé de venir s'installer chez moi, dans un des appartements.

– Je ne peux pas abandonner la maison, Cerise. Ce serait abandonner ton père aussi. Il est ici, partout. Je le sens, je le respire. Je veux qu'il revienne.

Je lui ai répondu ces choses banales que l'on sort aux personnes en deuil, qu'il était là où elle irait, qu'il était avant tout dans son cœur, qu'elle l'emportait avec elle.

Je lui ai aussi expliqué combien pour moi c'était douloureux de venir ici et d'être alors viscéralement confrontée à son absence.

– Il faut que tu partes, maman.

Je l'ai aidée à faire ses bagages. À la hâte, en n'emportant que le strict minimum. Arrivée à la maison, elle est allée se coucher sans m'embrasser, en traînant sa douleur et sa solitude d'amoureuse.

Le lendemain, j'avais en face de moi une nouvelle maman. Elle a passé la nuit à engueuler mon père, m'a-t-elle avoué. Elle s'était rendu compte qu'elle lui en voulait d'avoir renoncé, de ne pas s'être battu davantage contre la maladie. De ne pas avoir puisé la force en leur amour pour continuer. Puis, quand elle a fini par s'endormir alors que l'aube pointait le bout de son nez, l'homme de sa vie est venu lui parler. Il lui a avoué avoir capitulé, car il souffrait trop de ne plus avoir la force de la prendre dans ses bras, qu'il avait renoncé à cette vie afin qu'elle ne le voie pas rongé par le mal grandissant. Il lui a soufflé ce qu'il attendait d'elle et les décisions qu'elle avait à prendre…

Elle a vendu la maison et tout ce qu'elle contenait. Elle n'a souhaité récupérer que les albums photos. Rien d'autre. J'ai trouvé ça très dur et super violent, mais j'ai respecté et compris aussi qu'elle était sur la voie d'un nouveau départ.

Alors, on a donné les meubles, le linge, les vêtements, les bibelots, les outils. On a fait le bonheur des gens, on a rendu des services et toute cette énergie positive nous a aidées à nous relever. Nous ne traînions plus notre chagrin, nous nous l'étions approprié et avions compris qu'il ferait désormais partie de nous mais qu'il ne devait pas nous entraver.

Pourtant, en ce qui me concernait, je me fourvoyais. Je n'avais pas saisi que j'étais dans le déni, dans le choc, contrairement à maman qui progressait à son rythme, et je n'avais pas opéré comme il fallait. J'étais allée trop vite dans le processus de deuil, n'anticipant nullement l'effet boomerang. Je l'ai pris en pleine figure et j'en souffre encore aujourd'hui. Je suis restée bloquée au stade de la colère. C'est cette colère qui obstrue ma vision positive de la vie et ferme la porte au bonheur jusqu'à ces derniers jours.

En vendant la maison, j'ai vendu mon enfance. J'ai vendu une partie de mon père. Là, j'y trouvais son odeur, son image, ses habitudes, sa serre où il passait un temps infini, entouré de ses plantations. Je pouvais même parfois entendre sa voix, son rire, imaginer sa silhouette se retournant instinctivement lorsque j'arrivais.

J'ai perdu les repères de son amour. C'est peut-être pour cela qu'il m'a envoyé mon chat, pour me dire qu'il était là où je voudrais bien l'installer, près de moi, toujours, à veiller.

– Ça va, Cerise ?

Je frissonne et me blottis contre Vladimir.

– Je pensais à ces derniers mois… Il me manque tellement. La maison aussi.

Il me caresse tendrement le dos.

– Tu ne supportais plus d'y aller, souviens-toi. Et puis, tu as le salon de thé. On y sent sa présence dans chaque recoin. Il a été heureux que nous acceptions de le reprendre et très fier de ce que nous en avons fait.

Je souris.

– C'est vrai, j'ai toujours le Café Litt', ses plantes pour les tisanes.

– Dans sa dernière lettre, il me recommandait de te laisser une plus grande place dans mon cœur. Il ne l'a pas tout à fait écrit ainsi, mais c'était le sens. Alors aujourd'hui, il aurait sauté de joie et fait péter le bouchon de champagne. Il l'aurait sabré, tu veux dire.

Je me frappe le front.

– Mais oui ! J'avais oublié. Qu'est-ce qu'on a ri !

Vlad faisait allusion à cette fois où mon père avait décidé qu'il pourrait faire sauter le bouchon de la bouteille avec un grand couteau de cuisine. Le bouchon a bien sauté mais le contenu de la bouteille a jailli sur maman qui, avec beaucoup d'humour, avait salué l'exploit réalisant un de ses fantasmes : une douche au champagne.

– Il paraît que ça rend la peau soyeuse, avait-elle ajouté taquine à l'adresse de mon père.

Mon père l'avait alors embrassée en lui disant que son nouveau parfum était très enivrant.

Vladimir change de position. Il vient se placer derrière moi et m'enveloppe de ses bras.

– Il est temps de lui avouer pourquoi nous sommes venus, tu ne crois pas ? Le connaissant, il doit trépigner d'impatience.

– Vas-y, dis-lui toi, lui demandé-je.

Pavlova prend une profonde inspiration.

– Pierre, nous sommes ici pour t'apprendre qu'enfin Cerise et moi avons ouvert nos cœurs l'un à l'autre. Oui, tu as bien entendu : j'aime ta fille et elle m'aime. Je sais que je ne t'apprends rien.

Je lève les yeux vers le ciel et découvre un nuage en forme de visage.

– Regarde, Vlad !

– Oh, c'est étrange, on dirait qu'il fait un clin d'œil.

J'en ai le souffle coupé. Coïncidence, fruit de notre imagination ou signe de l'au-delà, peu m'importe. Papa m'a écrit qu'il me ferait un clin d'œil dans le ciel quand je laisserai s'exprimer mes sentiments pour Pavlova. Il est là, partout, tout autour, je le sens, je le respire.

– Papa, mon papa, je t'aime.

Nous nous taisons quelques minutes observant le nuage peu à peu se déliter. Vladimir reprend la parole.

– C'est vraiment étrange de parler à une tombe mais il paraît que tu nous écoutes. J'espère que c'est vrai, sinon je vais vraiment passer pour un imbécile. Bien, nous sommes à ce moment où je dois parler de ta lettre à Cerise et...

Je l'interromps.

– Quelle lettre ?

Il déglutit avant de me répondre. Je vois bien qu'il tente de refouler ses larmes.

– Ton père m'a également écrit.

– Oh, c'est vrai ?

Il hoche la tête puis il fouille dans la poche de son blouson. Il en sort une enveloppe.

– Dans cette lettre, il me fait une recommandation et me demande de te la faire lire juste avant que... je ne suive cette recommandation. Alors, tiens.

La main tremblante, il me tend une enveloppe. Avant de l'ouvrir, je m'assois sur le banc du jardin des familles. C'est un lieu créé pour les proches des défunts qui ont été incinérés et dont l'urne repose au colombarium. C'est très paisible.

« Mon cher Vladimir,

Ta présence dans ma vie a été un cadeau. Tu es et seras toujours mon quatrième fils. Je me souviens quand ton père vous a abandonnés, ta mère et toi. Tu es venu à moi, mon garçon et tu m'as demandé si je voulais bien prendre soin de vous deux. Quand j'ai accepté, tu t'es jeté dans mes bras et j'ai tout de suite compris que j'allais t'aimer. Tu t'es forgé une place dans mon cœur et tu n'en sortiras jamais. Tu étais un enfant volontaire, tu es devenu un homme courageux, travailleur, fidèle et généreux. Ces qualités-là, peu de personnes les ont. Je suis fier de toi.
Mon Pavlova, j'ai une faveur à te demander. Maintenant que je ne suis plus là, ma Cerise va être déboussolée. Elle a toujours eu besoin de mon avis pour toutes les décisions qu'elle devait prendre. Et elle va devoir en prendre une sacrément importante. Malheureusement, je ne pourrai pas la conseiller.
Alors, voilà, quand tu la demanderas en mariage (ne fais pas tes gros yeux ! Je sais que tu es fou amoureux d'elle et qu'elle ne survivra pas sans toi à ses côtés tant elle t'aime), fais-lui lire cette lettre.
Elle comprendra alors qu'elle fera de moi le père le plus heureux en acceptant ta demande.
Vous êtes faits l'un pour l'autre, mes petits, et je regrette de ne pouvoir être là pour te la mener devant l'autel.
Mon Vlad, si tu veux faire mon bonheur, fais-lui ta demande devant ma tombe. Tu vas me dire "enfin, Pierre, c'est pas du tout romantique !"

Certes, tu as raison mais c'est la seule façon que j'ai trouvée pour être auprès de vous, car je me souviens que le rêve de mon petit fruit rouge était que son prince charmant fasse sa demande à son papa.

Ah, j'oubliais, tu as intérêt de la rendre heureuse.

Je t'aime,

Ton papa Pierre »

Je renifle bruyamment et essuie mes larmes avec la manche de mon t-shirt. Je plie délicatement la lettre et la remets dans l'enveloppe. Je dépose un baiser sur le papier. Puis, je lève les yeux vers Vladimir qui se tient debout devant moi.

– Cerise…

Je sens énormément d'émotion dans sa voix. Il me prend dans ses bras et plonge son nez dans mon cou.

– Qu'est-ce que tu fais, Vlad ?

– Je me donne du courage.

Il souffle puis se tournant vers la tombe de papa, il prononce ces mots d'une traite.

– Je vais donc te poser cette fameuse question. Pierre, accepterais-tu de me donner la main de Cerise ?

Je me retourne vers lui, les larmes aux yeux. Il dégage une mèche de mes cheveux et passe le dos de son index sur ma joue. Puis, il s'agenouille.

– Veux-tu m'épouser ?

Je rougis et bafouille.

– Relève-toi. Les gens nous regardent. Ils vont nous prendre pour des fous.

– Ce serait bien la première fois que tu te préoccuperais de ce que pensent les autres. Tu vas me laisser longtemps ainsi ? Je n'ai plus vingt ans.

Je tords la bouche.

– Pourquoi t'es-tu agenouillé ?

– C'est bien ainsi que tu as toujours rêvé d'être demandée en mariage ?

– Oui, mais j'avais dix ans quand j'en rêvais…

– Alors, je suis heureux de réaliser le rêve de cette magnifique petite fille de dix ans que j'ai l'immense bonheur de connaître depuis qu'elle en a cinq.

Il grimace.

– Je ne suis pas certain de pouvoir me relever. Tu ne voudrais pas abréger mon calvaire ?

Tout à coup, il blêmit.

– Tu ne te sens pas bien, Vlad ?

– À part mon honneur, je ne vais pas si mal. C'est juste que je viens de réaliser que j'ai oublié l'essentiel.

Que va-t-il faire de plus ? J'espère qu'il n'a pas prévu le violoncelliste sinon, c'est certain, je vais disparaître noyée par la honte. Il farfouille dans la poche arrière de son pantalon et me présente un écrin.

– C'est ce que je suis allé chercher quand je suis parti à Langon. Ouvre-le.

Une bague sublime surmontée d'un diamant est délicatement posée sur un tissu de satin rouge.

– J'espère qu'elle est conforme à celle que tu as toujours imaginée.

– Elle est magnifique !

– Juste un mot de ta part et je deviendrai l'homme le plus heureux sur cette Terre.

Un papillon vient se poser sur son épaule. Je tends la main, et il se dépose sur ma paume. Je le regarde un court instant avant qu'il s'envole.

– Je crois que ton père vient d'approuver.

Il se relève. Son doux regard plonge dans le mien avec inquiétude. Je me hausse sur la pointe des pieds et chuchote un « oui » à son oreille.

– Tu as entendu, Pierre ? Elle a dit oui !

Vladimir se retourne vers les gens qui sont venus se recueillir sur les tombes de leurs proches et continue de crier.

– Elle a dit oui !

Je lui demande de se taire, chuchotant que ce n'est pas l'endroit, qu'il devient irrespectueux, mais il ne m'écoute pas et me fait tourner dans ses bras. Quand il me repose au sol, un arc-en-ciel aux couleurs bien marquées est dessiné dans le ciel alors qu'il n'a pas plu depuis l'orage.

Les personnes autour de nous lancent des exclamations devant tant de beauté et de… magie. Je suis soulagée qu'aucun d'entre eux ne nous menace de porter plainte pour effusions amoureuses dans un lieu de recueillement. Certains viennent à nous et nous remercient d'avoir apporté un peu de joie dans leur cœur et dans les esprits des défunts. Je suis extrêmement émue.

L'arc-en-ciel commence à s'effacer alors que le soleil, plus éclatant que jamais, caresse nos visages de ses rayons. Les oiseaux chantent et de petites abeilles butinent çà et là les fleurs sauvages d'été.

Pour chasser mon émotion, je choisis l'humour.

– Sacrément fort le réalisateur de cette scène, tout est parfait !

– Il m'a coûté une blinde mais je dois reconnaître qu'il est talentueux. Réussir à mettre à l'unisson le ciel, les oiseaux et les insectes mérite notre respect, continue Vladimir sur le ton de la plaisanterie.

J'étouffe un rire contre son buste. C'est si bon de laisser mes sentiments pour lui s'exprimer. Mes épaules se détendent enfin et la boule que j'avais au milieu de la gorge se dissout. Toute la tension accumulée depuis la mort de mon père disparaît.

– Tu as remarqué que même la nature approuve notre union ? C'est comme dans un rêve. Tu crois aux coïncidences, Vlad ?

– Oui, j'y crois. Cependant, en l'instant présent, j'ai envie de croire aux miracles. Tu es mon miracle.

Les larmes me montent aux yeux. Subitement, ma famille me manque, j'ai besoin d'être auprès d'eux.

– Pavlova, j'ai envie de les voir tous.

– Viens, je te ramène à la maison. Tu me laisseras leur annoncer ?

– Oui, évidemment.

Comme nous voulions nous rendre ensemble au cimetière, nous avons laissé le quad à la cabane et sommes venus à moto. Nous envoyons un message à Gabriel afin qu'il aille le récupérer. En route pour la maison, Vladimir roule lentement afin de prolonger notre moment à deux. Nous passons à travers les vignes remarquant que le botrytis a bien attaqué les raisins. Si les orages ne sont pas trop violents et les pluies pas trop fortes, nous devrions avoir un bon millésime. Je croise les doigts (je les croise vraiment) en pensant aux jumeaux qui sacrifient leur vie pour leur terre. Je suis fière d'eux, cependant, j'aimerais qu'ils parviennent à lever le pied et à sortir avec leurs amis. Je me souviens de leur avoir proposé de payer un chef d'exploitation, proposition qu'ils ont refusée en chœur. Le jour où ils embaucheront quelqu'un, ils pourront eux-mêmes le rémunérer. C'est tout à leur honneur.

Arrivés chez nous, nous n'avons pas le temps d'enlever nos casques, que toute la maisonnée est déjà dehors, certainement alertée par le vrombissement de la moto.

– Vous voilà enfin, s'écrit Clémentine. On a tant de choses à vous raconter.

Vladimir et moi faisons comme si de rien n'était. Nous préférons choisir le moment où nous leur annoncerons notre rapprochement et nos fiançailles. Discrètement, j'enlève la bague de mes doigts et la glisse dans la poche avant de mon pantalon.

– Le repas est servi, ajoute Max.

Maman me prend dans ses bras et m'embrasse avec douceur. Elle nous propose de rentrer afin de nous mettre à table et de déguster le déjeuner qu'elle a préparé.

Après nous être régalés de délicieuses lasagnes et d'un tiramisu de compétition, nous nous installons sous le gros tilleul pour prendre notre café. Des rires fusent, des voix s'élèvent, des clins d'œil sont échangés. Quelle est belle notre famille, papa !

Un 4x4 se gare dans l'allée. C'est mon grand fils, Raphaël, qui vient se joindre à nous. Il nous embrasse du bout des lèvres à tour de rôle. Tout à coup, la légèreté de l'instant s'efface et laisse la place à une ambiance glaciale.

– Vous êtes partis où ? demande-t-il avec une teinte de reproche dans la voix.

– On avait besoin de faire un break.

Il lève son pouce.

– Cool et en pleine crise, c'est une super idée. Mais c'est pas grave, Raph est là pour gérer, c'est ça ?

– Tu parles de quoi ? On dirait un commandant qui vient remonter les bretelles de ses troupes. Tu te crois en période de crise ou quoi ? Redescends un peu mon gars. On n'est pas en guerre.

La mâchoire de mon fils se crispe.

– Super ton humour, Vlad, tu l'as trouvé dans une pochette-surprise ?

– Raph, je t'interdis de nous parler ainsi !

Il fronce les sourcils.

– Pardon, maman, mais quelle réputation est en jeu à cause d'une vidéo et d'une gueule de bois qui t'a laissé des suçons sur le cou sans parler des inscriptions sur les fesses ?

Je me demandais quand le grain de sable allait s'infiltrer dans l'engrenage. Merci, Raphaël, de nous ramener à la réalité. Ah, que ferais-je sans mon garçon et son côté ultra-pragmatique ?

– Chéri, pourquoi es-tu si sarcastique ? Tout a été démenti.

Il hausse les épaules.

– Ma parole, l'alcool t'a bouffé les neurones on dirait. Vous savez l'énergie que ça m'a demandé de m'occuper de toute cette affaire ? Vous n'en avez rien à foutre en fait !

– Raph, ça suffit. Suis-moi dans le bureau, ordonne Vladimir.

– J'ai passé l'âge des remontrances. D'autant plus quand j'ai raison.

Il marque une pause avant de reprendre froidement.

– Vous savez quoi ? Allez vous faire voir !

Tout à coup, Mamy tape le sol avec sa canne. Tous les regards se tournent vers elle. Son visage affiche une profonde tristesse.

– Ne vous disputez pas, les enfants. On est une famille. On ne doit pas se déchirer. Cela me rend malheureuse.

Des larmes coulent le long de ses joues, emportant le mascara, le fard à paupières et le blush. Le visage de mamy est telle une palette de peintures. Raphaël se précipite vers son arrière-grand-mère et passe les bras autour de son cou.

– Ne t'en fais pas, on ne se fâche pas vraiment. C'est juste que nous ne sommes pas toujours d'accord, tu comprends ?

Elle tapote sa main.

– Non, mon petit, je ne comprends pas. Alors, tu vas vite régler ce problème entre vous et on oublie tout ensuite. Vois-tu, je suis vieille et mon cœur ne supporte plus les conflits. J'en ai trop vécu. Je pourrais tous te les raconter mais ce n'est pas le sujet. À quatre-vingt-dix ans, chaque jour de plus est un jour béni et je ne veux que le meilleur de ce que la vie peut m'apporter. Tu vois ?

– Je t'aime, ma mamy.

Elle tapote la main de son petit-fils

– Entre des arrière-petits-fils musiciens et chanteurs, une petite-fille écrivaine et une mamy Rock and Roll, clame Clémentine, on va pouvoir monter une troupe meilleure que le Big Bazar de Michel Fugain !

Pomme la gratifie d'un clin d'œil qu'elle rate. Mamy n'a jamais su faire, elle ferme les deux yeux en même temps tout en tordant la bouche. Une grimace qui pourrait remporter haut la main un concours et qui a le mérite de détendre l'atmosphère.

Seul Jean reste quelque peu en retrait. Son amoureuse se lève et s'avance vers lui. Visiblement dérangée par le cuir de son pantalon qui lui colle à la peau, elle ne cesse de secouer ses jambes. À chaque pas qu'elle fait, on entend un couinement.

– Qui a -t-il, mon chéri ? Tu n'as pas l'air dans ton assiette.

Jean la regarde avec amour et prend sa main.

– Pourquoi ce déguisement, Pomme ?

– De quoi veux-tu parler ?

– Tout ce maquillage, ce blond, cet accoutrement qui est, pardon pour ma sincérité, ridicule.

Mamy fait la moue.

– Tu n'aimes pas ?

– Je déteste. Ma chérie, veux-tu me faire plaisir ?

Elle hoche la tête.

– Alors, range ces vêtements dans ton armoire. Ou mieux, donne-les. Enlève tes faux ongles et tout ce superflu. Retrouve ta couleur de cheveux et reviens-moi. Ma Pomme me manque...

– Même toute flétrie ?

– Surtout toute flétrie.

Elle pousse un long soupir.

– Ouf, je vais pouvoir enlever tout ce cuir qui pue le vieux bouc et ne cesse de couiner quand je marche.

Jean sourit.

– Enfin, Pomme, pourquoi alors t'être grimée de la sorte ?

– Je pensais que tu aurais apprécié. Que tu m'aurais encore plus aimée. Ou plutôt toujours aimée. J'ai eu peur que tu ne sois plus amoureux de moi.

– Qu'est-ce qu'il y a eu dans mon comportement qui a pu te faire envisager un désamour de ma part ?

– Mes quatre-vingt-dix ans.

Jean se lève de sa chaise et s'adresse à Max.

– Vous m'aiderez ?

Le kiné-blogueur, apparemment complice du chéri de mamy, hoche la tête. Ce dernier, en grimaçant, s'agenouille. Qu'est-ce qu'ils ont tous à mettre un genou à terre ! Mais non...

– Pomme, je suis tombé amoureux de toi, il y a quinze ans. Pas un jour n'est passé sans que je remercie la vie de t'avoir mise sur mon chemin. Avant toi, je ne savais pas ce que le mot « aimer » voulait dire, tu m'as redonné espoir et envie. Le temps qui passe grandit mon amour pour toi, peu importe l'âge que tu prends. Je ne suis pas prêt de partir et de te quitter. Je resterai auprès de toi tant que tu voudras de moi et t'emmenerai valser autant de fois que tu me le demanderas et que ta hanche te le permettra. Je regrette seulement de ne pas t'avoir connue beaucoup, beaucoup plus tôt et de ne pas avoir eu des enfants ensemble. Tout cela n'est pas si grave, car ta magnifique famille m'a adopté et me donne l'impression d'être un grand-père, ajoute-t-il avec un clin d'œil réussi, en ce qui le concerne.

Il grimace encore une fois.

– Tu vois, moi aussi je me fais vieux. Alors, je vais me dépêcher avant que mon genou ne reste bloqué.

Il lui prend la main.

– Pomme, acceptes-tu de m'épouser ?

Zut, ils viennent de nous voler la vedette !

CHAPITRE 15

UN DÉNOUEMENT DIGNE DES MEILLEURS TÉLÉFILMS DE NOËL SAUF QU'ON N'EST PAS À NOËL

Grand-mère Pomme et son futur mari s'éclipsent dans leur appartement, clopin-clopant tous les deux. Mamy parce qu'elle a oublié sa canne sous le tilleul, Jean parce qu'un genou à terre aura eu raison de ses articulations.

Maxime et Clémentine partent se promener dans les vignes en direction du château des jumeaux. Ils vont leur proposer leur aide pour la fête de samedi.

Depuis qu'ils sont devenus viticulteurs, Nathanaël et Gabriel organisent chaque samedi après le 15 août un marché des producteurs avec jeux de structures pour les enfants, chasse au trésor, barbes à papa, churros, sans oublier le chocolat et le vin chauds. Guirlandes et canons à neige. C'est un marché de Noël en plein été. Pour cet événement-ci, ils ont décidé d'organiser un concours du plus beau bonhomme de neige « estival ». Rien que dans l'énoncé, on comprend de quel humour mes garçons sont dotés.

En tous cas, l'idée plaît énormément et ce marché remporte un succès grandissant d'année en année.

Maman vient de partir à Cadillac ouvrir le Café Litt' qui est resté fermé depuis samedi. Tout en servant nos clients, elle pourra préparer les gâteaux pour le fameux marché de mes garçons dont la vente servira à acheter des cadeaux de… Noël pour les enfants des parents démunis de notre village. En été, grâce au soleil, à la chaleur et aux vacances, les gens sont très généreux. C'est la raison pour laquelle mes fils ont créé ce marché en août. Eh oui, car en plus d'être décalés et loufoques, ils sont bienfaisants et bienveillants.

Je me demande bien de qui ils tiennent !

Quant à moi, je suis encore sous le coup de l'émotion de cette magnifique scène à laquelle j'ai assisté. Comme quoi, il n'y a pas d'âge pour tomber amoureux et pour convoler en justes noces.

Quelle jolie leçon de vie !

Toujours garder espoir et laisser son cœur dicter ses choix. Peu importe l'âge que l'on a, il faut suivre son instinct et surtout ne pas regretter. Peu importe l'âge que l'on a, on a toujours un avenir. Tant qu'on n'a pas rendu son dernier souffle, il y a encore des premières fois à expérimenter. Ne pas oublier que l'existence est éphémère et qu'on ne sait pas quand on en traverse les derniers moments.

Maman l'a compris depuis quelques jours. C'est la raison pour laquelle elle a choisi de nous quitter et de partir s'installer dans cette région du sud de la France qui l'attire depuis toujours. L'idée de son départ prochain chemine dans mon esprit et j'en éprouve une grande fierté. Je me dois de rendre hommage à cette force de caractère dont elle fait preuve et dont j'espère être aussi pourvue. Je dois seulement aller encore chercher au fond de moi certaines réponses qui me permettront d'avancer dans ce monde où mon père n'est plus.

Je quitte à regret les bras de mon amoureux et monte dans ma chambre. J'ai une chose à accomplir et pour cela, je dois être seule. Je m'installe à la petite table face à la porte-fenêtre que j'ai préalablement ouverte afin de laisser entrer cet air doux et frais que j'aime tant, aux parfums d'avant, quand il était encore là.

J'efface une larme rapidement afin de l'empêcher de glisser le long de ma joue et de ne pas en goûter la saveur triste et salée. Il est grand temps d'arrêter de pleurer.

J'ouvre le cahier rouge sur lequel j'écris à mon père depuis son décès. Je m'apprête à rédiger ma dernière lettre.

> « Papa, j'ai décidé de ne plus me laisser paralyser par l'idée que tout peut s'arrêter. J'ai compris que les oiseaux continueront un bon bout de temps de piailler, que je ressentirai pendant plusieurs années le soleil sur mon visage et le délicieux goût du vin sur mon palais, le froid mordant de l'hiver et le fumé piquant des feux de cheminée de l'automne. Les bourgeons éclateront au printemps et les animaux tomberont amoureux. Oui, ce n'est pas parce que tu es parti que je dois cesser de respirer. Tant qu'un papillon se posera toujours sur ma main, j'irai de l'avant.
> Papa, mon papa, la vie a été si belle avec toi. Je dois faire en sorte qu'elle soit encore belle, même sans toi. Pour mes enfants et mes petites-filles. Pour maman. Pour Vlad et pour mes amis aussi.
> Tu te rends compte ! Je vais me marier ! Je vais m'appeler Madame Pavlov. Je serai une Pavlova moi aussi, une vraie de vraie à la Cerise.
> Je vais en profiter, me délecter de cette liesse qui m'est offerte. Je ne veux pas gâcher ce nouveau ravissement. Certes, j'aurais préféré que tu sois là et que tu y mettes ta bonne humeur mais cela ne sert à rien de me dire “et si...”.

Merci papa, pour tout ce que tu m'as donné. Grâce à toi, je suis devenue une femme épanouie et heureuse, une mère comblée et je veux être une épouse enchantée et enchanteresse.

C'est ici que s'interrompt ma correspondance avec toi. À présent, je m'adresserai à toi à travers mes actes et je te promets que tu seras encore plus fier de moi.

Tu es mon mentor, mon exemple, ma direction, mon papa.

Je t'aime, maintenant et toujours. »

Je referme le carnet, dépose un baiser sur la couverture, ouvre le tiroir de la petite table et le dépose à l'intérieur. *The show must go on.*

Je rejoins Vladimir dans le salon. Il est en train de siroter un rosé bien frais.

– Tu m'en sers un verre ?

– Avec plaisir.

Nous trinquons et savourons notre moment à deux. Et notre secret amour. Car pour l'instant personne n'est au courant. Vlad et moi sommes convenus de ne rien révéler de notre « rapprochement » et de nos projets matrimoniaux afin de ne pas voler la vedette à mamy et Jean.

– On est bien.

– Trop bien.

Il dépose ses douces lèvres sur les miennes. Comment ai-je pu vivre sans ses baisers ?

Nous trinquons encore.

– Je ne voudrais pas casser l'ambiance mais nous devons parler.

Raphaël ! Je les avais oubliés, lui et sa colère.

– J'ai l'impression d'être convoquée par le proviseur. Pas toi, Pavlova ?

– Fais gaffe, on va avoir droit à une exclusion en bonne et due forme.

Mon fils s'assoit dans le canapé en soufflant.

– Vous n'en avez pas marre de vos enfantillages ? Il n'y a que moi qui sois adulte dans cette baraque ?

– Il n'y a juste que toi qui refuses un peu de légèreté dans ta vie. En même temps, cela ne m'étonne pas. On ne t'aide pas vraiment à lâcher prise.

Merde, j'en ai trop dit. Aux gros yeux de Vladimir, je comprends que j'aurais mieux fait de tourner dix fois ma langue dans ma bouche avant de parler. Raphaël me mitraille du regard.

– Tu fais allusion à quoi ou plutôt à qui, maman ? Tu ne l'as jamais aimée, n'est-ce pas ? Qu'elle me rende heureux, tu t'en fous. Tu l'as cataloguée dès le premier jour parce qu'elle est différente de toi. Tu as décidé de ne pas lui donner sa chance. Tu n'as jamais essayé de la connaître, de comprendre qui elle est vraiment.

J'essaie de me défendre.

– Pas du tout. Je l'ai même accueillie les bras grand ouverts.

Il lève les bras en l'air.

– Parlons-en de ce premier dîner. Tu avais préparé exprès de l'agneau alors que je t'avais dit qu'elle détestait ça.

Je hausse les épaules.

– J'avais oublié.

– C'est ça, fous-toi de moi. Non, tu n'avais pas oublié. Tu l'as volontairement mise mal à l'aise.

– En même temps, c'est quoi cette mère qui interdit le coca et le mac do à ses enfants.

– Une mère qui prend soin d'eux.

Je sens qu'il y a un sous-entendu dans sa remarque.

– Tu veux dire que moi, je n'ai pas pris soin de vous ?

– Absolument pas. Je dis juste qu'elle prend soin de mes filles.

Je ne compte pas m'arrêter là.

– Elle est trop stricte. Elle reprend Prunelle tout le temps. Elle devrait…

Raphaël lève la main.

– Tais-toi. Tu vas aller trop loin, maman, et je n'ai pas envie de poursuivre cette conversation qui, de toute façon, restera stérile. Tu ne changeras jamais d'avis et tu continueras de critiquer sans cesse les décisions de ma femme et son éducation.

– C'est totalement faux, n'est-ce pas Vlad ?

Ce dernier reste muet comme une carpe. Je lance un pouce en l'air en sa direction.

– Merci de me soutenir.

– Écoute, Cerise, c'est vrai que tu n'as jamais facilité et que tu ne facilites toujours pas la vie de Jade. Tu pourrais faire un effort, non ? Une trêve… Il me semble que ce serait le bon moment.

Je dois reconnaître que Vladimir a raison. Ma relation avec ma belle-fille est très tendue et sans raison particulière. Pourquoi n'ai-je jamais réussi à l'apprécier ? Il va falloir que je discute avec elle.

– OK, je vais y réfléchir et…

– Juste y réfléchir ? Non, mais maman, remets-toi en question !

Pavlova vient à mon secours.

– Dis-moi, Raph, tu voulais nous parler, non ?

Mon fils m'observe de longues minutes. Je sens que je vais en prendre pour mon grade.

– Tu ne t'inquiètes jamais des conséquences de tes actes, n'est-ce pas ? Tu te moques des dommages collatéraux. Tu es une juste une putain d'égoïste.

J'hésite entre prendre sa dernière réflexion avec légèreté ou lui rentrer dedans tel un pitbull. Comme c'est mon fils, je préfère la version « dérision ».

– Écoute, au risque de passer pour une radoteuse, je vais te répéter ce que je t'ai dit samedi : tu as peut-être trente ans, tu es un époux, un père mais tu n'en restes pas moins mon fils. Le fait que tu m'aies vomi et fait pipi dessus me donne encore le droit à ton respect.

Vu comme il se raidit, j'ai dû faire le mauvais choix. Apparemment, cela ne l'amuse pas du tout.

– À ce niveau-là, tu fais encore de l'humour ? En plus, tu oses parler de respect ? On en reparle de la vidéo ?

– Ah, voilà, on y est. C'est donc ça qui tourne en boucle dans ta tête ? Je pourrais presque voir un hamster dans sa roue à travers ta rétine. Pas toi, Vlad ?

– Ouh la, répond-il, je préfère rester neutre sur ce coup-là. Je te sers du rosé, Raph ?

Il remplit un verre et le tend à mon fils qui l'ignore totalement. Les traits de son visage se déforment et il me regarde d'un air blessé.

– Oui, cette vidéo tourne en boucle dans ma tête parce qu'elle est monstrueuse et envoie une image de dépravée de MA mère. Comment peux-tu me reprocher de m'inquiéter ?

Je lève les yeux au ciel.

– Tout de suite les grands mots ! Je t'assure tu devrais faire du théâtre. Je ne te reproche rien. C'est seulement que tu pourrais changer de disque. La vidéo, elle a été retirée. On a apporté la preuve que ce n'était pas moi. Il n'y a donc plus de problème.

Il se lève d'un bond, visiblement à bout de nerfs.

– Plus de problème ? C'est bien ce que je disais : tu te fous des conséquences. Tu es au courant qu'on ne peut pas tout faire disparaître d'internet. Il y a peut-être des personnes mal intentionnées qui l'ont enregistrée cette vidéo et qui peuvent la rebalancer quand ils veulent. Qu'arrivera-t-il, maman, si dans quelques années, alors qu'elles font des recherches sur leur grand-mère écrivaine, tes petites-filles tombent dessus ? Ou pire des copains de leur classe ? Je ne parle pas que de TA réputation mais de celle de toute la famille !

« Calomniez, calomniez, il en restera toujours quelque chose ». Il a raison, tout cela pourrait avoir de fâcheuses répercussions sur l'avenir. Il passe une main sur son front et je vois à quel point il est soucieux. Il me faut calmer le jeu et retrouver notre complicité. Si nous poursuivons sur cette lancée, on risque de tellement s'éloigner que nous ne pourrons plus jamais être proches.

Je m'avance vers lui et pose une main sur son épaule en signe d'apaisement.

– On fait la paix ?

Il hausse les épaules.

– Pardonne-moi, Raphaël. Dis-moi ce que tu attends de moi.

Je caresse sa joue.

– Tu as plutôt bien géré, mon chéri et je t'en remercie. Même si, comme tu me l'as fait remarquer, on n'est pas à l'abri d'un enregistrement sauvage, la vidéo n'est plus visible ni téléchargeable. Tu as assuré, mon chéri.

Il pousse un profond soupire.

– C'est à moi de m'excuser, maman. Je crois que j'ai manqué de discernement et j'ai tout mélangé. Je... Je suis fatigué, maman. Myrtille ne fait pas ses nuits et je manque de sommeil.

Comme je compatis. Je me souviens encore des biberons nocturnes des jumeaux. Heureusement que Vladimir était là, car j'avais une furieuse envie d'en prendre un par les pieds pour taper l'autre.

– Tu veux que nous la prenions avec nous ?

Son visage se détend.

– Tu ferais ça ?

– Évidemment, enfin !

Il me sourit, soulagé.

– Je vais demander à Jade mais je pense qu'elle sera d'accord. Elle aussi est crevée et on ne fait que s'engueuler. On est à bout.

– Allez, viens faire un câlin.

Il se blottit contre moi comme quand il était enfant. Il s'abandonne totalement et je caresse son dos avec douceur. Avant, je pouvais l'embrasser sur le haut de son crâne mais depuis qu'il a dépassé le mètre soixante-cinq et atteint le mètre quatre-vingt-dix, même sur la pointe des pieds, j'atteins à peine son menton.

– Tous ces derniers événements m'ont extrêmement tendu : ta cuite monumentale qui m'a fait réaliser que tu étais humaine et non pas juste une « Wonder Mom », la vidéo, qui aurait pu avoir un effet désastreux sur ta carrière dont nous sommes tous tellement fiers et grâce à laquelle nous avons un job, le feu chez les jumeaux qui aurait pu tout détruire, grand-mamy qui nous a fait croire qu'elle perdait la tête. Et mamy qui va s'en aller.

Je grimace.

– Ah, elle t'en a parlé ?

– Oui, pendant que vous étiez à la cabane. Elle va me manquer.

Un hoquet l'interrompt.

– J'ai l'impression de perdre papy une seconde fois.

– Oh, mon ange…

– Il me manque tellement, maman, tellement. Tu te rends compte que c'est moi à présent l'homme de cette famille ? Je me sens trop jeune pour avoir de telles responsabilités.

Je secoue la tête.

– Tu n'as pas à me prendre en charge. Occupe-toi de ta famille, c'est elle ta priorité et…

– Je suis là, moi, me coupe Vladimir.

Raphaël se mord les lèvres.

– Un jour, tu partiras, Pavlova, quand tu rencontreras une femme dont tu tomberas amoureux. Elle ne voudra jamais s'installer ici avec nous tous. Elle voudra une maison à vous deux, et c'est normal.

Nous échangeons un regard complice avec Vlad.

– Et si cette femme vivait déjà dans cette maison ?

Étonné, il fronce les sourcils.

– Comment ça ?

Je fouille dans mon jean et en sort la bague. Pavlova me la passe au doigt sous les yeux ébahis de Raphaël.

– Oui, ta maman m'a fait l'honneur d'accepter ma demande.

Des larmes commencent à couler sur ses joues.

– Vous vous êtes enfin décidés. C'est un rêve d'enfant et de toute une vie qui devient réalité. Les autres sont au courant ?

Mon amoureux l'informe qu'il est le seul à savoir. Ils tombent dans les bras l'un de l'autre et restent ainsi plusieurs longues minutes.

– Dommage que je ne sois plus à l'école en train de remplir cette fameuse fiche de présentation de début d'année. J'aurais pu écrire enfin le nom de celui que je considère comme mon vrai papa. Merci, Vlad, d'avoir ouvert le cœur et les yeux de maman.

Mon fils, cet homme grand et fort, s'effondre contre moi, secoué par un trop plein d'émotion. Vladimir se place derrière lui et nous encercle de ses bras. Nous n'osons pas bouger et laissons Raphaël se vider de toutes ces larmes retenues depuis dix-huit mois.

C'est alors que Jade et mes petites filles arrivent. J'y vois un signe d'apaisement et leur fais signe de ne pas dire un mot et de nous rejoindre dans cet énorme câlin commun.

Quand mon aîné s'en aperçoit, ses sanglots redoublent d'intensité. Sans nous concerter, Vlad et moi nous reculons discrètement et les laissons eux seuls, les uns contre les autres. Nous retournons nous blottir dans le canapé, un énorme sourire un peu niais sur nos visages.

Raphaël finit par se détacher de sa famille et revient s'installer entre nous deux.

– J'ignore comment les choses ont pu dériver de la sorte alors que je venais vous annoncer une bonne nouvelle, en fait.

– C'est normal, le réconforte Vladimir, on t'a laissé tout prendre en charge.

Raphaël, tout sourire, nous raconte que l'expéditeur de la vidéo a été appréhendé. Tout ça grâce à Maxime !

Nous applaudissons.

– Pourquoi ne nous en a-t-il pas parlé au déjeuner ? s'enquière Pavlova.

– Parce que je voulais vous l'annoncer moi-même, lui répond mon fils.

Il nous explique que, pendant que nous faisions l'école buissonnière, Max a récupéré mon sac à main dans la voiture et donc mon portable. Ils y ont trouvé ce qu'ils cherchaient : des photos de l'homme avec qui j'avais passé cette maudite soirée. Ensuite, ils ont fouillé sur mon profil Facebook, à la recherche des commentaires négatifs. Et bingo ! Ils avaient un nom. Et ce nom a matché avec un auteur dont nous avions refusé le manuscrit et qui nous avait par la suite envoyé plusieurs mails menaçants et injurieux.

– Il s'appelle Tom Crépin.

– Bien sûr ! Tom. C'est par ce prénom que j'ai appelé Maxime quand il m'a déposée devant chez moi cette fameuse nuit.

– À une consonne près, il porte bien son nom. Quel crétin !

Raphaël nous apprend également que les ventes de mon dernier livre ont décollé de façon vertigineuse à la suite de la critique négative de Maxime. Et, il doit l'avouer, grâce aussi à la vidéo. Avec le démenti qui a suivi, les gens ont bombardé les réseaux sociaux de petits mots gentils en m'apportant tout leur soutien.

Finalement, Léon Zitrone avec raison : « qu'on parle de moi en bien ou en mal, peu importe. L'essentiel, c'est qu'on parle de moi ».

– Mamy z'es quoi que tu bois ? Une grenadine ? Z'en veux moi !

Je m'attends à ce que ma belle-fille la reprenne et me reproche mon verre de rosé. Au lieu de ça, elle dit :

– Je vais aller nous chercher deux verres. J'ai envie de goûter ce petit rosé qui m'a l'air bien bon. Je ramène des chips et du saucisson ? Du coca pour toi, Prunelle ?

Ai-je bien entendu ? Rosé, chips, saucisson, coca ? Tous ces mots synonymes de malbouffe dans la bouche de la femme de mon fils. J'ai raté une étape moi.

– Attends, Jade, je viens t'aider.

Je la rejoins à la cuisine. Il est temps pour moi de faire mon *mea culpa*.

– On peut discuter toutes les deux ?

Je lui montre une chaise de bar. Je me sens un peu nerveuse et joue avec une mirabelle trouvée au milieu de toutes ses congénères dans une caisse, en attente de passer à la casserole et de devenir confiture.

– Je vous écoute.

Sa voix est un peu tendue. Je ne peux que la comprendre, car, à chaque fois que je lui parle, je l'agresse.

– Si tu me tutoyais, cela me ferait très plaisir.

Elle rougit.

– Je ne sais pas si je vais oser.

Je penche la tête tout en plissant les yeux.

– Ne me dis pas que je t'intimide ?

Une moue enfantine se dessine sur son visage.

– Et là, je t'intimide ?

Je lui tire la langue tout en louchant. Elle éclate de rire.

– C'est ce qui m'a toujours touchée chez toi. Cette facilité déconcertante que tu as de faire sourire les enfants et même les adultes quand ils ont un bobo ou un chagrin.

Émue par cette déclaration, je passe sous silence le tutoiement qu'elle vient d'utiliser avec beaucoup d'aisance et de spontanéité.

Pour cacher le trouble qui m'envahit, je regarde le fruit que je tiens entre mes doigts.

– Tiens, mais j'y pense, il n'y a jamais eu de Mirabelle dans la famille.

– Cela pourrait changer, me répond Jade.

– Comment ça ?

Au sourire angélique de ma belle-fille, je comprends.

– Non ? Mais tu voulais te servir un verre de rosé…

D'un geste de la main, elle évacue la remarque.

– Oh, j'aurais à peine trempé mes lèvres. C'est pas ça qui pourrait faire du mal au bébé. Faut se décontracter.

Je n'y crois pas. Jade enfreint les règles de la bienséance.

– Où est passée ma bru ?

– Au placard !

Je feins la tristesse.

– La pauvre… Pourquoi tant de dureté ?

– Elle était devenue trop encombrante et me pompait l'air. Elle a fini de nous casser les pieds avec sa rigidité et ses principes. Si jamais elle revient, il se pourrait qu'elle tente de faire du forcing, n'hésite pas à lui mettre un coup de pied aux fesses.

Dans le grand sac de l'humour et de la spiritualité, Jade a plongé ses mains et y a trouvé l'espièglerie et l'autodérision. Respect Madame.

– Tu peux compter sur moi ! J'en rêve depuis des années.

– De quoi tu rêves depuis des années ? me demande Vladimir qui vient de nous rejoindre accompagné de Raphaël.

– De me botter le cul, répond Jade en gloussant.

Les garçons en ont la bouche qui tombe. Jamais ma belle-fille n'a prononcé un gros mot.

– Eh bien, je ne sais pas ce que vous vous êtes dit, mais c'est du lourd, ricane mon fils en prenant sa femme dans ses bras et en l'embrassant dans le cou.

Il pose ses mains sur son ventre. Ce geste n'échappe pas à Pavlova. Il me regarde interloqué.

– C'est ce que je crois ?

– Une petite Mirabelle…

Étonné, il demande aux futurs parents.

– Parce que vous savez ce que c'est ?

– Oui, c'est un bébé, pouffent les jeunes.

– On l'a échappé belle, renchérit Raphaël. Cela aurait pu être…

– … Un hamster, blagué-je.

Mon fils et moi nous tapons dans la main. Vlad souffle.

– C'est ça, foutez-vous de moi ! Cela voudrait dire que tu es enceinte de cinq mois et… non, mais vous êtes des rapides vous ! Prunelle n'a que 6 mois !

– Absolument pas, s'esclaffe Jade, je suis enceinte de six semaines. C'est un peu tôt pour l'annoncer mais j'avais envie de marquer ce jour de paix avec Cerise (elle m'adresse un clin d'œil) par une jolie nouvelle.

– Donc, tu ne sais pas si c'est un garçon ou une fille ? insiste Vladimir toujours bloqué par le prénom choisi. Alors pourquoi Mirabelle ?

– Parce que cela ne peut pas être un fils, lui affirmé-je.

Je lève mon verre.

– Bienvenue, Jade, dans cette famille. Je ne te l'ai jamais dit alors aujourd'hui, je me rattrape. Merci de nous accepter tels que nous sommes avec nos qualités…

– Et tous vos défauts, m'interrompt-elle.

On entend la porte s'ouvrir en grand et Clémentine, Maxime, les jumeaux et maman déboulent dans la cuisine.

– Sans rire, c'est apéro sans nous ?

– Prends des verres, Nat, et nous embête pas. Tiens, Gab, va chercher deux autres bouteilles de rosé à la cave. On a beaucoup de choses à fêter ce soir. Maman, tu vas appeler Mamy et Jean ?

Trente minutes plus tard, nous sommes tous réunis une fois de plus sous le tilleul. Mamy a enfilé sa jupe préférée et un joli chemisier à fleurs. Elle a attaché ses cheveux en chignon comme avant. Quant à sa couleur, on devra attendre le rendez-vous chez le coiffeur.

– Mais au fait, Clémentine, tu n'avais pas des tas de choses à nous dire ?

FIN

OÙ ES-TU, PAPA ?

Sabine Bolzan

Dans les épices que je saupoudrerai,
Dans le sel que je parsèmerai,
Dans le bruit des cuillères, dans les casseroles,
Dans les plats fumants qui rissolent,
Je te trouverai…

Dans les levers et les couchers du soleil,
Dans le clair de lune qui m'émerveille,
Dans les couleurs chatoyantes du vin,
Dans le croquant d'un grain de raisin,
Je te trouverai…

Dans mon visage où tes traits se dessinent,
Dans mes mains qui aux tiennes ressemblent,
Dans le sourire de mes filles qui porte ta fierté,
Et dans le regard de maman, ton amour pour l'éternité,
Je te trouverai…

Chacun de mes pas, tu accompagneras,
Ton étoile dans le ciel me guidera,
Ta douceur m'enveloppera,
Ma main sur ton visage alors se posera,
Et je pourrai encore murmurer à ton oreille « je t'aime papa »

Église de Barsac, le 4 septembre 2019

QUELQUES MOTS DE PLUS AVANT DE NOUS QUITTER

Voilà, vous venez de tourner la dernière page et vous vous dites : « mais elle ne va pas nous laisser comme ça sur notre faim, enfin ! » Et bien, si.

Puis, vous froncez les sourcils et vous vous demandez (pour ceux qui ont lu les deux tomes de *L'Empreinte de la Chair*) : « qu'a-t-elle avec les jumeaux et le chocolat chaud ? »

À part que ça rime, je n'en sais rien. Si vous avez une idée, je suis tout ouïe.

À présent est venu le temps des explications et des remerciements.

INTROSPECTION

Ce roman, fruit de mon imagination, n'est pas un roman autobiographique et Cerise n'est pas comme moi. Nous ne nous ressemblons sur aucun point et n'avons rien en commun, si ce n'est le besoin d'écrire.

Et aussi le décès de nos papas…

Ce n'est que lorsqu'elle parle de son deuil, de sa souffrance et de son chagrin, que je lui ai prêté mes mots et mes sentiments.

J'avais besoin d'aller au bout de ce projet afin que mon père soit fier de moi et que, de là-haut ou à côté de moi, il puisse lire mon texte.

Le jour où j'ai achevé mon manuscrit, je suis allée au cimetière et je lui ai dit : « voilà, papa, je l'ai fait. J'ai réussi à écrire tout ce que je ressens ou ne ressens plus depuis ton décès. Crois-tu que mon roman pourrait aider d'autres personnes ? »

Je pleurais et j'ai tout à coup vu une goutte d'eau glisser sur la pierre tombale. J'ai voulu y voir l'émotion de mon père.

Chaque matin est un matin de plus sans lui et il est souvent douloureux de constater que tout continue. Cependant, il aimait tant la vie que chaque matin aussi, je regarde le ciel et remercie cette vie pour ce qu'elle m'offre encore.

Je remercie également mon amoureux depuis plus de trente-trois ans (je n'ai pas fait comme Cerise et attendu d'avoir cinquante ans pour déclarer ma flamme à mon meilleur ami) d'être cet homme merveilleux, compréhensif et attentionné et qui, cette année-là, a lui aussi perdu son papa. Nous avons affronté nos deuils ensemble en mêlant nos larmes et nos souvenirs, main dans la main, ces mains qui se sont jointes dans une prière commune pour nos pères.

Même s'ils nous manquent encore – ils nous manqueront toujours –, nous parvenons à parler d'eux avec un doux sourire et beaucoup de nostalgie.

Pendant toute cette épreuve, nous avons essayé de rester forts pour nos mamans et nos filles.

Merci à elles pour tout l'amour qu'elles nous donnent, aux premières pour leur courage admirable, aux secondes pour leur bonté et beauté d'âme.

Merci à toi, ma sœur de cœur, nous avons mêlé nos larmes et nos mots.

Si je ne me suis pas écroulée, c'est également aussi grâce à vous tous, mes amis, qui m'avez écoutée sans relâche et accepté mes silences et moments de solitude. Ils ont été nombreux.

Merci à ceux qui sont, ceux qui furent et ceux qui seront, tel un papillon, ils virevoltent dans ma vie.

RECONNAISSANCE

En novembre 2020, j'avais besoin de légèreté, car nous subissions un deuxième confinement.

Marie Vareille a eu la bonne idée de lancer un défi collectif sur les réseaux sociaux #jecrismonromanpendantleconfinement et j'ai décidé d'y participer.

C'est ainsi que Cerise, Vladimir et toute leur smala sont venus à moi et ont égaillé mes journées. Parfois, je riais toute seule, parfois je pleurais.

Je me souviens, un vendredi soir, alors que nous prenions l'apéritif, avoir fait lire à mon entourage le premier chapitre. Tout le monde a validé. Forte de leurs encouragements, j'ai poursuivi et voilà qu'à présent, vous en avez tourné les dernières pages.

Sachez que je tiens à vous exprimer toute ma gratitude pour ce temps que vous avez donné à mon roman.

Je tiens également à exprimer toute ma reconnaissance à mon éditrice Laurence, à Jean-Michel et à Nelly, ma Nelly comme j'ai l'habitude de l'appeler.

À Jean-Jacques Dubourdieu, Miguel Aguirre, Frédéric Batista pour avoir fait une incursion dans mon roman.

À mes bêta-lectrices : maman, Chouchou, Laulo, Valérie…

À mon chéri qui, encore une fois, m'a écoutée lui raconter la vie de mes personnages.

À mes filles qui n'ont cessé de me répéter combien elles étaient fières de moi. Moi aussi, je suis tellement fière d'elles.

À vous tous, grâce à qui, je continue cette merveilleuse aventure de l'écriture.

Et à toi, papa, mon papa, pour tout cet amour, pour tous nos échanges silencieux, pour nos partages autour de la cuisine, pour cette magnifique dernière journée passée en ta compagnie, dans le jardin, toi lisant, moi écrivant.

Aujourd'hui, alors que mon papa n'est plus là, je réalise à quel point tout ce que je ne lui ai pas dit, tout ce que je n'ai pas vécu avec lui, tout mon amour pour lui que je n'ai pu, par pudeur, lui montrer, une main dans la sienne ou un baiser sur sa joue, me blottir contre lui, tout ça je le garde en moi et il est trop tard pour lui donner. Il m'arrive souvent d'être prise d'une angoisse profonde en comprenant que c'est fini.

Comme le dit Cerise « Que faire de tout cet amour que j'ai encore pour lui ? ».

Si j'ai un message à vous transmettre chers lecteurs, c'est de profiter du présent, d'oublier les rancœurs et les rancunes, et d'aimer vos proches ici et maintenant. Ne perdez pas de temps à leur en vouloir d'une réflexion ou d'un acte manqué, accueillez ce qu'ils vous donnent.

Mon père avait ce don de vouloir vivre sa vie comme il l'entendait. Il se moquait royalement des conventions et du « qu'en dira-t-on ». Il était juste, fidèle et loyal avec les autres et avec lui-même. Cet homme authentique et vrai n'a jamais trahi celui qu'il était. Il était amoureux de la vie et de sa vie.

Il faisait ce qu'il voulait et quand il voulait avec pour crédo « qui m'aime me suive ! ». Il se fichait du regard des autres. Quand il avait un peu d'embonpoint, il répétait «de toute façon, un jour je serai assez maigre et il ne me restera plus que la peau sur les os, puis les os tout court ». Cela le faisait rire. Cela ne me fait plus rire…

Il a eu raison de profiter comme il l'a fait. Il était gourmand de tout ce que l'existence pouvait lui apporter : la nourriture, l'amitié, les repas et apéros partagés, de nous, des voyages, de la culture.

Autodidacte, il était un puits de science. Il savait tout sur tout.

J'aurais du apprendre plus de lui. Il me manque, il nous manque…

Je vous aime…

TABLE DES MATIÈRES